I0785664

DARE WITH ME: HERZ ÜBER BORD, FIREFIGHTER-ROMANZE

DARE WITH ME – SERIE ALASKA

J.H. CROIX

Copyright-Informationen

Dies ist ein Werk der Fiktion. Namen, Personen, Unternehmen, Orte, Ereignisse und Begebenheiten sind entweder der Phantasie der Autorin entsprungen oder werden fiktiv verwendet. Jede Ähnlichkeit mit tatsächlichen lebenden oder toten Personen oder tatsächlichen Ereignissen ist rein zufällig.

Urheberrecht © 2026 J.H. Croix

Alle Rechte vorbehalten.

Die Originalausgabe erschien 2021 unter dem Titel "Come To Me".

Deutsche Übersetzung: Stephan Waba

Umschlaggestaltung von Najla Qamber, Qamber Designs

Cover-Fotografie: Eric Battershell

Das Werk, einschließlich seiner Teile, ist urheberrechtlich geschützt. Jede Verwertung ist ohne Zustimmung des Verlages und des Autors unzulässig. Dies gilt insbesondere für die elektronische oder sonstige Vervielfältigung, Übersetzung, Verbreitung und öffentliche Zugänglichmachung.

Kein Teil dieses Buches darf in irgendeiner Form oder mit irgendwelchen elektronischen oder mechanischen Mitteln, einschließlich Informationsspeicher- und -abrufsystemen, ohne schriftliche Genehmigung des Autors vervielfältigt werden, es sei denn, es handelt sich um kurze Zitate in einer Buchbesprechung.

KEIN TRAINING VON KÜNSTLICHER INTELLIGENZ: Ohne die ausschließlichen Rechte der Autorin aus dem Urheberrecht in irgendeiner Weise einzuschränken, ist jede Verwendung dieser Publikation (in allen Formaten, einschließlich eBook, Print, Audio, Übersetzung und anderen Formaten) zum „Trainieren" generativer Technologien der künstlichen Intelligenz (KI) zur Texterzeugung ausdrücklich verboten. Die Autorin behält sich alle Rechte vor, dieses Werk für das generative KI-Training und die Entwicklung von Sprachmodellen für maschinelles Lernen zu lizenzieren.

Dies ist ein fiktives Werk. Namen, Personen, Unternehmen, Orte, Ereignisse und Begebenheiten sind entweder der Fantasie der Autorin entsprungen oder werden fiktiv verwendet. Jede Ähnlichkeit mit lebenden oder toten Personen oder tatsächlichen Ereignissen ist rein zufällig.

Die Erwähnung eines tatsächlich existierenden Unternehmens und/oder Produkts dient nur dem Zweck der künstlerischen Gestaltung. Solche Erwähnungen sind nicht als Empfehlung einer dieser Marken zu verstehen. Alle Marken und Urheberrechte sind Eigentum ihrer jeweiligen Inhaber.

Autor: J.H. Croix

Contact details: https://jhcroixauthor.com/website-support/

Kapitel Eins

GEMMA

Ich war total aus der Puste, während ich über den Schotterparkplatz joggte. „Charlie!", brüllte ich dem Vieh hinterher.

Doch mein Pferd zuckte nur kurz mit dem Schwanz und beschleunigte dann seinen Trab zu einem Galopp. „Du kleiner Scheißer", murmelte ich. Ich hatte so meine Schwierigkeiten, ihn einzuholen, aber das musste mir einfach gelingen und ich hoffte, dass er bald müde werden würde. So hetzte ich weiter, fluchte, als ich mir den Zeh an einem riesigen Stein stieß, und hoffte, dass Charlie nicht weiterlief und in der Nähe der Autobahn in Diamond Creek landete.

Diamond Creek in Alaska war nicht besonders belebt. Außer in den Sommermonaten, wenn sich auf der Autobahn ein Wohn-mobil an das nächste reihte. Plötzlich hörte ich das Dröhnen eines Motorrads hinter mir und hoffte, dass der Fahrer aufmerksam fuhr. Ich sah Charlies Schwanz in die Luft ragen, als er sich umdrehte und zurückblickte. Seine Mähne hob sich und wehte im Wind.

Das Motorrad fuhr vorsichtig an mir vorbei und wurde dann langsamer. Ich nahm an, dass der Fahrer mein entlaufenes Pferd gesehen hatten. Endlich kam Charlie zum Stehen und blickte zu mir zurück.

„Charlie!", rief ich.

Obwohl ich in keiner schlechten Verfassung war, war ich total außer Atem. Ich schätzte, dass ich mindestens drei Kilometer gelaufen war, und das auf jeden Fall schneller, als mir lieb war. Ich hielt inne und stützte mich mit den Händen auf meinen Knien ab. In diesem Augenblick hörte ich das Dröhnen eines Motorrads, das diesmal aus der entgegengesetzten Richtung kam.

„Oh nein", murmelte ich vor mich hin.

Ich hob den Kopf und war erleichtert, als ich sah, dass der Motorradfahrer langsamer wurde, als er an Charlie vorbeifuhr. Sofort setzte ich mich wieder in Bewegung. Da rollte das Motorrad langsam neben mir vorbei. Der Fahrer rief mir zu: „Ist das dein Pferd?"

Ich nickte und lief weiter. Ich wusste nicht wirklich, warum er mich das gefragt hatte. Durch den Helm hatte ich keine Ahnung, ob ich den Fahrer kannte. Ich hatte noch nicht so viele Leute in Diamond Creek kennengelernt, abgesehen von den Studenten, die zu meinen Yogakursen kamen, und den Angestellten in meinem neuen Lieblingscafé.

Der Mann auf dem Bike hielt an und wendete vorsichtig. Als ich ein paar Sekunden später über meine Schulter spähte, sah ich ihn neben mir anhalten. Dann öffnete der Mann das Visier seines Motorradhelms, und ich erkannte Diego Jackson.

Sobald ich ihn sah, machte mein Magen einen Purzelbaum. Von allen Männern, die hier stehen bleiben konnten, musste es ausgerechnet Diego sein.

Meine Hormone spielten verrückt. Ich hatte Diego schon ein paar Mal im Yogakurs gesehen. Er ist immer zusammen mit seinem Kumpel Flynn gekommen, der ihn und ein paar andere Jungs seiner Freundin zuliebe mitgeschleppt hat. Diese Männer trieften vor Testosteron und waren so heiß, dass sie jede Frau um den Verstand brachten. Allerdings brachte nur einer der Kerle meinen Körper auf Hochtouren – Diego.

„Hey, Gemma. Steig schon auf", rief Diego und klopfte auf den Platz hinter sich. „Ich verspreche dir auch, dass ich nicht zu schnell fahre, und überdies hast du ja einen Helm auf." Er deutete auf meinen Reithelm.

Ich zögerte, aber dann sah ich Charlies Schweif in der Luft wedeln, als er losgaloppierte. Zu Fuß hätte ich ihn niemals eingeholt.

„Bist du sicher, dass es dir nichts ausmacht?", fragte ich zögernd und überlegte, ob ich es überhaupt schaffen würde, hinter Diego auf ein Motorrad zu steigen, wo ich an seinen muskulösen, stählernen Körper gedrückt werden würde.

Ich hatte keine Ahnung, dass Diego Motorrad fuhr, aber ich wusste ja auch sonst nicht viel über ihn. Außer, dass er einen Körper hatte, der aussah wie aus Stein gemeißelt, und dass er Flugzeuge flog.

„Versteh mich jetzt nicht falsch, aber ich bezweifle, dass du das Pferd zu Fuß einholen kannst. Es ist noch nicht in der Stadt angekommen, aber schon fast, und dann haben wir jede Menge Stress mit dem Verkehr."

Im Grunde wusste ich, dass er Recht hatte. Also fackelte ich nicht lange und stieg hinter Diego auf das Bike. Dem Flattern in meinem Bauch und der Hitze, die wie heiße Funken durch mich schoss, schenkte ich keine Beachtung.

„Leg deine Arme um mich", befahl er.

Ich legte meine Arme um seine Taille. Diego trug eine Lederjacke, die jedoch kaum verbergen konnte, dass sein Körper ausschließlich aus Muskeln bestand. Mein Puls schlug vor Aufregung wie wild.

„Ich fahre auch nicht zu schnell", rief er über die Schulter, während er den Gang einlegte.

Der Motor brummte unter meinen Oberschenkeln. Ich war noch nie auf einem Motorrad gefahren. Während er langsam beschleunigte, spürte ich die Vibrationen in meinem ganzen Körper.

In weniger als einer Minute hatten wir meinen ungezogenen Hengst eingeholt. Ich hatte Charlie erst seit ein paar Monaten. Er war wunderschön, mit seinem gescheckten grauen Fell und seinem eleganten Körper. Ich hatte vor, ihm bald die Mähne zu schneiden, aber im Moment gefiel mir, wie sie im Wind wehte.

Sein Zaumzeug klimperte an den flatternden Zügeln, und die Steigbügel schlugen gegen seine Flanken. Er warf einen neugierigen Blick zur Seite und schnaubte leise. Ich spürte, wie Diego leise vor sich hin lachte.

„Er findet das wohl witzig", stellte ich über Diegos Schulter hinweg fest.

Charlie wich aus und beschleunigte, während ich meine Hände nach den Zügeln ausstreckte. Um erneut zu zeigen, wie lustig er sich fand, blickte er zurück zu Diegos Motorrad und schnaubte erneut, sobald Diego wieder neben ihm war.

Diesmal reagierte Diego allerdings blitzschnell, griff nach den Zügeln, bremste das Motorrad sanft ab und hielt Charlie dabei fest im Griff. Er fuhr an den Straßenrand, und Charlie war so vernünftig, ihm zu folgen.

Nachdem wir angehalten hatten, stieg ich vorsichtig vom Bike. Ich nahm Diego die Zügel ab.

„Danke, ohne deine Hilfe hätte ich ihn wohl nicht so schnell eingefangen."

Da hob Diego wieder sein Visier, nahm seinen Helm ab und fuhr sich mit einer Hand durch seine dunklen Locken. Sein Haar war ganz zerzaust, und seine grünen Augen wanderten von Charlie zu mir, während mein Puls wie eine Rakete in die Höhe schoss. Meine Hormone vollführten einen wahren kleinen Freudentanz.

Die Götter und Göttinnen der Schönheit hatten es mit Diego gut gemeint. Seine Augen waren wie ein Wald voller Geheimnisse, moosgrün und intensiv. Sie stachen hervor in einem Gesicht, das mit seinem scharf geschnittenen Kinn, dem sinnlichen Mund und den Wangenknochen, die einen Bildhauer zu Tränen rühren konnten, ohnehin schon atemberaubend war. Außerdem war er unglaublich kräftig.

Normalerweise war ich beim Yogaunterricht ziemlich entspannt, aber immer, wenn er auftauchte, spielten meine Hormone verrückt. Er trug eng anliegende T-Shirts und kurze Sporthosen, die seinen Knackarsch, seine trainierten Schultern, Arme, Oberschenkel und Waden nur noch mehr betonten. Einfach alles an ihm. Selbst seine Zehen würden meine Hormone wohl in Wallung bringen.

Diegos Blick wanderte zurück zu Charlie. „Was für ein Prachtstück."

Ich nickte und wandte meinen Blick wieder meinem Pferd zu. „Ein Prachtstück und eine ziemliche Herausforderung." Charlie schmiegte seinen Kopf an meine Schulter, und ich kraulte ihn hinter den Ohren.

„Wie weit ist es noch bis zu dir nach Hause?"

Ich deutete über meine Schulter. „Ein paar Kilometer zurück in diese Richtung. Ich wohne nicht direkt an dieser Straße, sondern an einer Seitenstraße. Nochmals vielen Dank für deine Hilfe."

„Hat er dich denn abgeworfen?"

Ich seufzte. „Ja. Er ist noch ein wenig wild. Ich muss ihn wohl fürs Erste ausschließlich auf der Koppel zureiten."

Diego lachte leise, und Millionen von Schmetterlingen flatterten in meinem Bauch. Verdammt noch mal. Dieser Mann hatte mich sowas von um den Finger gewickelt, und das war ziemlich beunruhigend.

„Du bist also Yogalehrerin und reitest auch noch. Was weiß ich noch nicht über dich?", fragte er. Dabei verzogen sich seine Mundwinkel zu einem Lächeln, das flüssiges Feuer durch meine Adern schickte.

Ich war ein wenig atemlos. „Das ist so ziemlich alles."

„Soll ich dich nach Hause begleiten, falls er wieder durchgeht?"

Ich wollte schon ablehnen, als mir klar wurde, dass das nicht gerade besonders klug gewesen wäre. Bis Charlie mich abgeworfen hatte, war er zweimal durchgegangen. Das Letzte, was ich wollte, war, erneut meinem Pferd hinterherjagen zu müssen.

„Das macht dir auch nichts aus?"

„Wenn es mir etwas ausgemacht hätte, hätte ich nicht gefragt."

„Na gut."

Ich stieg auf Charlies Rücken. Nachdem Diego sein Visier heruntergezogen hatte und wartete, stieß ich Charlie leicht in die Flanken, und er ging in Trab über. Praktischerweise schien Charlie sich nicht an dem Geräusch eines Motorrads hinter uns zu stören, aber Diego hielt den Motor leise und fuhr in angemessenem Abstand.

Kurz darauf wurde ich langsamer und führte Charlie in die kleine Scheune. Ich winkte Diego über die Schulter zu und rief ihm „Danke!" zu.

Schnell nahm ich Charlies Sattel und Zaumzeug ab und legte ihm sein Halfter um. Nachdem ich ihn gebürstet hatte, brachte ich ihn zusammen mit frischem Heu und Wasser in seine Box. Insgesamt dauerte das vielleicht fünf Minuten.

Ich hatte nicht erwartet, Diego noch dort vorzufinden, aber sein Motorrad stand noch da, als ich zurückkkam. Er hatte seinen Helm abgenommen und schien zu telefonieren.

Mit pochendem Herzen und wieder diesen aufgekratzten Schmetterlingen im Bauch ging ich auf ihn zu. Es erschien mir unhöflich, mich nicht um ihn zu kümmern. Ohne seine Hilfe wäre Charlie möglicherweise auf die Straße geraten, was in einer Katastrophe hätte enden können.

„Verstanden", sprach Diego in sein Telefon. „Ich bin gleich zurück."

Dann senkte das Handy und musterte mich. Sein Helm lag auf seinem Schoß. Mein Gott, er war so unglaublich männlich, wie er da auf seinem Motorrad saß, in seinen ausgewaschenen Jeans und seiner Lederjacke.

„Geht es Charlie gut?", fragte er.

Ich nickte, weil ich nichts anderes zustande brachte. Meine Gehirnzellen waren beim Anblick von ihm regelrecht verdampft, und Worte erforderten zu viel Anstrengung. Ich beobachtete, wie sein Blick über die Scheune und die angrenzende Weide schweifte, bevor er zu dem kleinen Haus auf der anderen Seite der Wiese hinter dem Kiesplatz zurückkehrte.

Ich hatte Glück gehabt mit diesem Job und dieser Unterkunft. Die Besitzer waren weggezogen und brauchten jemanden, der sich um die Pferde kümmerte. Es gab vier Pferde, von denen zwei ihnen gehörten. Die anderen beiden Ställe vermieteten sie. Ich wurde dafür bezahlt, mich um die Pferde zu kümmern, und durfte eines davon selbst reiten. Die Miete für das Haus war Teil des Deals und supergünstig. Alles in allem ermöglichte mir dieser Job den Sprung nach Alaska und verschaffte mir Zeit, um mein Yogastudio auf die Beine zu stellen.

Nachdem ich eine Reise nach Alaska gewonnen und mich in diesen Ort verliebt hatte, hatte ich schon überlegt, wie ich es wohl schaffen könnte, hier zu leben. Dieser Job ermöglichte mir einen sanften Start.

„Wunderschön hier", stellte er fest.

Gleich hinter dem Haus gab es eine Lichtung zwischen den Bäumen, von der aus man einen Blick auf die Berge und den funkelnden Hafen in der Ferne hatte. „Hier ist es wohl schwer, keine schöne Aussicht zu haben", antwortete ich.

Er kniff die Augen zusammen und grinste. „Stimmt." Dann warf er einen Blick auf die Berge, bevor er seinen Blick wieder auf mich richtete. „Ich muss los. Vielleicht sehen wir uns ja mal im Yogakurs."

„Komm gerne wieder mal vorbei."

Da zuckte einer seiner Mundwinkel. „Komm schon, Gemma, tadelst du mich jetzt, weil ich nicht regelmäßiger zum Unterricht komme?"

Der neckische Unterton in seiner Stimme ließ mich erröten. Ich spürte, wie meine Wangen heiß wurden, und zuckte mit den

Schultern. „Natürlich nicht. Ich weiß doch, dass ihr Jungs nur deswegen vorbeikommt, weil Daphne und Cammi euch dazu verdonnert haben" – ich bezog mich dabei auf die Freundinnen zweier seiner Kumpels.

Diego warf lachend den Kopf zurück. „Das mag ja sein, aber wenn ich dann da bin, finde ich es immer toll."

Kapitel Zwei

DIEGO

Gemma Marlon stand vor mir, rieb mit einer Hand über den Saum ihres T-Shirts und hielt mit der anderen den Riemen ihres Reithelms, den sie leicht hin und her schwang. Sie wirkte ein wenig angespannt. Ob das wohl daran lag, dass sie mich so in Wallung brachte und die Chemie zwischen uns so stark war?

Diese Chemie löste ein kribbelndes Gefühl in mir aus, und heiße Begierde schoss durch meinen Körper. Ich hatte sie kennengelernt, als Flynn ein paar von uns mit zum Yoga genommen hatte, weil Daphne wollte, dass er hinging.

Da meine Freunde hier wie eine Familie für mich waren, hatte ich zugesagt. Ich war davon ausgegangen, dass das Ganze eine regelrechte Tortur werden würde, aber das war überhaupt nicht der Fall gewesen. Sobald ich Gemma erblickt hatte, wollte ich nirgendwo mehr hin. Sie war auf ihre eigene Art wunderschön, mit einer sinnlichen, rauchigen Stimme, die mich fast um den Verstand brachte. Es war wohl nicht ihre Absicht, mich in jeder Stunde so scharf zu machen, dass ich meine ganze Willenskraft aufbringen musste, um mich nicht auf sie zu stürzen.

Sie ließ den Saum ihres T-Shirts los und hob die Hand, um mit den Fingern durch ihre zerzausten Locken zu fahren. Sie hatte wuschelige honigblonde Locken. Diese fielen ihr auf die

Schultern, sodass ich sie am liebsten zur Seite gestrichen und ihren Hals mit Küssen überzogen hätte.

Ich hielt inne und nahm mir einen Augenblick Zeit, um sie auf mich wirken zu lassen. Sie hatte riesige braune Augen, die toll zu ihren Locken passten. Trotz des kühlen Sommers in Alaska war ihre Haut sonnengebräunt wie Honig. Sie war eher klein, hatte einen durchtrainierten Körper, der irgendwie einladend und kurvig zugleich war. Sie hatte sich toll hinter mir auf meinem Motorrad gemacht, ihre Schenkel an meinen geschmiegt. Am liebsten hätte ich mich sofort umgedreht und sie bis zur Besinnungslosigkeit geküsst.

Wir musterten einander mehrere Sekunden lang an, und ich war erstaunt, dass ihr die Stille gar nichts ausmachte.

Nach einem Augenblick fügte sie hinzu: „Du siehst wohl jeden Tag die schönsten Seiten von Alaska."

Ich hatte irgendwie völlig den Faden. „Was meinst du damit?"

„Du fliegst doch und kannst dann alles von dort oben sehen", erklärte sie und deutete zum Himmel, der heute blau war und über den flauschige Wolken hinwegzogen, da der Wind etwas aufgefrischt hatte.

„Bist du eigentlich schon mal geflogen, seit du hier bist?"

Daraufhin schüttelte sie schnell den Kopf, sodass ihre Locken hüpften. „Ich bin mit dem Flugzeug hierhergekommen, aber das war's auch schon."

„Na dann nehme ich dich mal mit. Mit einem Linienflug hat man bei weitem nicht so eine schöne Aussicht wie in einem kleineren Flieger.

„Wirklich?", piepste sie.

„Aber natürlich." Ich spürte, wie mein Handy in meiner Brusttasche über meinem Herzen vibrierte. „Aber ich muss jetzt leider wirklich los." Das Vibrieren war der Alarm, den ich eingestellt hatte, um mich daran zu erinnern, dass es Zeit war, zum Flugzeughangar zu fahren. „Zwar noch nicht heute, aber gib mir doch mal deine Nummer", bat ich und holte mein Handy heraus.

„Ich melde mich, wenn ich einen freien Tag habe, um dich mitzunehmen."

„Ist das nicht ziemlich teuer?"

„Du bist eingeladen."

Daraufhin schüttelte Gemma den Kopf, und ich schüttelte meinen noch heftiger. „Im Ernst. Gib mir deine Nummer", wiederholte ich.

Nachdem sie sie mir gegeben hatte, tippte ich sie ein und schickte ihr eine kurze Nachricht. „Nur, damit du auch meine hast. Und jetzt muss ich los." Ich setzte meinen Helm auf.

„Nochmals vielen Dank!", rief sie, als ich mein Motorrad startete.

Mit einem kurzen Winken fuhr ich los. Es war nicht weit von ihrem Haus zum kleinen Flughafen in Diamond Creek. Es gab hier zwar auch einen Verkehrsflughafen, aber ich wollte zu dem, wo die kleinen Flugzeuge in einer Reihe von Hangars entlang der Landebahn untergebracht waren. Diese kleinen Flieger waren in Alaska ein wichtiger Wirtschaftsfaktor. Ich flog für einen meiner besten Freunde. Flynn Walker besaß und leitete ein Outdoor-Resort mitten in der Wildnis, etwa dreißig Kilometer von Diamond Creek entfernt. Dort gab es unterschiedliche Outdoor-Aktivitäten sowie Rundflüge.

Ich hatte Flynn bei der Air Force kennengelernt, und ich würde mein Leben für ihn riskieren. Bisher waren wir zu viert, die hierhergezogen waren, nachdem er uns davon erzählt hatte, dass wir hier gutes Geld verdienen könnten. Es war ein Traum-job. Ich liebte es, zu fliegen, und Alaska war einfach wunder-schön, eine Schönheit, die mich mit Ehrfurcht erfüllte.

Nach meiner Zeit bei der Air Force hatte ich einen Ort gebraucht, an dem ich mich niederlassen und genau das tun konnte, was ich am besten konnte. Alaska war genau das, was ich gesucht hatte. Einige meiner besten Freunde, die ich mittler-weile als Familie bezeichnen würde, lebten hier, und ich konnte mit ihnen zusammen leben und arbeiten. Diamond Creek war eine kleine Stadt, aber sie war auf Touristen ausgerichtet, sodass es leckeres Essen und anständige Läden gab, wenn man darauf Wert legte. Shopping war mir nicht so wichtig, aber das Essen und die Leute schon.

Ich schaffte es gerade noch rechtzeitig zum Hangar. Während ich die Familie zusammentrommelte, die ich zu einem Rundflug mitnehmen wollte, nahm ich mir vor, den Flugplan zu checken und Gemma eine Nachricht zu schicken, wann ich meinen nächsten freien Tag hatte. Ich würde jede Gelegenheit nutzen, mit Gemma zusammenzusein.

Grant warf seinem älteren Bruder Flynn einen Fünf-Dollar-Schein zu und verdrehte die Augen. „Hier, bitte. Du hast gewonnen."

Flynn schnappte sich das Geld mit einem Grinsen vom Tisch. „Keine Sorge, du weißt ja, dass du dir die Kohle sicher schon bald wieder zurückholst."

Ich grinste Grant an. „Da bin ich mir sicher. Seit Flynn mit Daphne zusammen ist, hat er wohl kein Glück mehr im Spiel."

Flynn knuffte mich leicht in die Schulter. „So schlecht bin ich nun auch wieder nicht."

Tucker, der mir gegenüber auf der anderen Seite der Sitzgruppe saß, warf Flynn einen vielsagenden Blick zu. „Oh doch. Aber gut. Wir freuen uns schließlich alle für dich. Außerdem habe ich in letzter Zeit deshalb öfter gewonnen."

„Es geht ja nicht um viel Geld, Leute", warf ich ein, während Flynn die Karten einsammelte und zu mischen begann.

Ich arbeitete hier jetzt schon seit fast vier Jahren. Walker Adventures gehörte Flynn zusammen mit seinem jüngeren Bruder Grant, der ihm gerade ein wenig das Leben schwer machte, und seiner jüngeren Schwester Nora. Cat zählte vermutlich auch dazu, aber die war erst siebzehn. Ihre Mutter hatte das Resort zusammen mit Flynns Stiefvater gegründet, aber es war nie richtig in Gang gekommen. Nachdem beide innerhalb weniger Jahre nacheinander verstorben waren, hatte Flynn die Air Force verlassen, um nach Hause zurückzukehren und sich um seine Geschwister zu kümmern. Flynn war der Älteste der vier Geschwister und der einzige, der nicht denselben Vater hatte. Er war mit mir, Tucker und Elias, der heute Abend nicht dabei war, bei der Air Force gewesen. Elias übernachtete meist bei seiner Freundin Cammi.

„Ich schätze, meine Flitterwochen mit Daphne sind wohl vorbei", meinte Flynn, als er die Karten austeilte. „Mich hat es bei weitem nicht so erwischt wie Elias."

„Stimmt", erwiderte Grant mit einem ernsten Nicken. „Ihr seid beide deutlich fröhlicher."

„Apropos fröhlich, wo zum Teufel ist eigentlich Gabriel?", fragte ich.

„Seit wann ist Gabriel fröhlich?", mischte sich Tucker mit einem langsamen Grinsen ein.

„Er hatte heute den letzten Flug und angekündigt, er würde noch schnell ein paar Reparaturen an dem Flugzeug vornehmen, das Probleme macht", antwortete Flynn.

Tucker fing meinen Blick auf, aber ich schwieg. Ich zweifelte nicht daran, dass Gabriel tatsächlich diese Reparaturen durchführte. Wie wir alle waren wir während unserer Zeit als Piloten beim Militär auch als Flugzeugmechaniker ausgebildet worden. Aber ich vermutete, dass er mehr tat als nur den Flieger in Schuss zu bringen. Da Nora heute Abend auch nicht im Resort beim Abendessen gewesen war, vermutete ich, dass sie Gabriel half. Die beiden lagen sich entweder in den Haaren ... oder gemeinsam in der Kiste. Was auch immer zwischen ihnen lief, es war ein ständiges Auf und Ab. Flynn musste einen Verdacht hegen, aber vielleicht nahm er das auch nicht richtig wahr, weil er in letzter Zeit nur Augen für Daphne hatte.

Unser Spiel ging weiter. Wir hatten uns angewöhnt, mindestens einmal pro Woche zusammen zu zocken. Das hatten wir schon gemacht, als wir noch zusammen beim Militär gewesen waren. Obwohl Elias in letzter Zeit meistens bei Cammi war, legte er Wert darauf, zumindest alle zwei Wochen vorbeizukommen.

Nach einer weiteren Runde stand Flynn auf, um aufzubrechen, als er sich umsah. „Wer kommt morgen zum Yoga?"

Flynn wohnte mit Daphne und seiner Schwester Cat in einem abgetrennten Bereich des Hauptresorts. Grant, Tucker, Gabriel und ich teilten uns ein anderes Haus, das wir erst vor zwei Sommern gemeinsam errichtet hatten. Dort hatte auch Elias offiziell noch ein Schlafzimmer, aber das benutzte er nicht mehr.

Tucker lachte leise. „Alter, ich nicht."

Grant seufzte. „Ich schon. Als ich das letzte Mal nicht mitgegangen bin, hat Daphne schon gefragt, warum."

Es fiel uns allen schwer, Daphne etwas abzuschlagen. Seit sie Köchin im Resort war, hatte sie sich so gut um uns gesorgt, dass wir alle das Gefühl hatten, ihr etwas schuldig zu sein.

„Ich komme mit", bot ich an. Eigentlich wollte ich ja bloß Gemma wiedersehen. Obwohl Yoga sich eigentlich auch ganz gut anfühlte.

Tucker lachte leise. „Ich schätze, ich neige nicht so sehr zu schlechtem Gewissen. Ich liebe Daphnes Essen und bedanke mich bei ihr nach jeder Mahlzeit. Außerdem bezahlst du sie doch, oder?" Tucker wirkte ehrlich entsetzt über die Vorstellung, dass Flynn sie vielleicht nicht für ihre Arbeit entlohnte.

„Natürlich bezahle ich sie." Flynn sah beleidigt aus, weil man ihm das Gegenteil unterstellte.

„Alter, du hast nur einen Job. Daphne bei Laune zu halten, klar?", neckte Tucker.

„Keine Sorge", erwiderte Flynn entschlossen. „Also, wir sehen uns morgen."

„Wann zieht Aubrey eigentlich hierher?", fragte ich Tucker, nachdem Flynn die Tür geschlossen hatte.

„Sie meint, irgendwann nächstes Jahr. Sie hat schon ihren Pilotenschein und alles. Ich bin mir zwar noch nicht ganz sicher, was ich davon halte, meine Schwester hier zu haben, aber Flynn sagt, wir können immer einen weiteren Piloten gebrauchen.“

„Alter, ich muss mich mit zwei Schwestern und meinem älteren Bruder als Boss rumschlagen“, sagte Grant. „Da wirst du mit einer Schwester schon klarkommen.“

Tucker lachte leise. „Stimmt.“

Dann traf sein Blick mich. „Wie geht es eigentlich deinen Schwestern?“

Ich war der Älteste von fünf Kindern und hatte noch vier jüngere Schwestern. Also hatte ich mit meinen Frauen alle Hände voll zu tun. Meine Familie hielt fest zusammen. Nur lebten wir nicht alle am selben Ort. Mein Dad war bei der Air Force gewesen, und wir waren alle Soldatenkinder, die ständig umherzogen. Mein Dad war inzwischen verstorben, ebenso wie meine Mom. Wir vermissten beide wahnsinnig, und ich telefonierte mehrmals pro Woche mit meinen Schwestern.

„Denen geht es prima. Jede Woche gibt es was zu erledigen. Allerdings ist keine von ihnen Pilotin, also muss ich mir keine Sorgen machen, dass sie hierherkommen, um mit uns zusammenzuarbeiten. Du weißt ja, dass irgendwann alle mal zu Besuch kommen werden, wenn auch vielleicht nicht alle gleichzeitig.“

„Gut, dass ihr euch alle vertragt“, meinte Grant.

„Was genau meinst du mit ‚vertragen‘?“, fragte ich trocken.

Wir liebten uns, aber wir waren dafür bekannt, dass bei uns auch schon mal die Fetzen flogen. Niemand in unserer Familie hielt sich zurück, wenn es darum ging, seine Gefühle zu zeigen.

„Woher kommst du noch mal?“, fragte Grant.

Grant war zwar Pilot, aber er war nicht bei der Air Force gewesen wie wir. Er war sieben Jahre jünger als Flynn.

„Das kann ich gar nicht so genau sagen. Ich bin in Texas geboren worden, aber mein Dad war beim Militär, also sind wir viel rumgekommen. Später sind wir dann nach Texas zurückgekehrt, als mein Dad dort stationiert worden ist. Dort habe ich auch die Highschool abgeschlossen. Da meine Eltern ebenso wie wir alle fließend Spanisch sprechen, hat er nach seinem

Ausscheiden aus dem Militär einen gut bezahlten Job als Übersetzer bekommen. Danach hat er sein eigenes Bauunternehmen gegründet. Es ist wirklich gut gelaufen für ihn."

„Und wie gefällt dir Alaska? Hier ist es doch ganz anders als in Texas."

Ich zuckte mit den Schultern. „Stimmt, aber als Soldatenkind gewöhnt man sich daran, an verschiedenen Orten zu leben. Ich bin zwar in Texas geboren, aber wir sind weggezogen, bevor ich in die erste Klasse gekommen bin. Zwar kenne ich den Bundesstaat gut, weil wir später dorthin zurückgekehrt sind, aber für mich ist Heimat eher ein Gefühl als ein Ort. Ich liebe Alaska. Es ist hier wunderschön, und ich habe euch. Ihr gehört genauso zu meiner Familie wie meine Schwestern."

Apropos Schwestern, in diesem Augenblick klingelte mein Handy. Ich warf einen Blick auf das Display. „Das ist Harley. Ich gehe besser ran, sonst gibt's noch Ärger", sagte ich.

Die Jungs schmunzelten, als ich aufstand und in die Küche ging, um den Anruf entgegenzunehmen. „Hey, Schwesterherz."

„Hey, kann ich dich besuchen kommen?", fragte meine Schwester, wie immer ohne Umschweife.

„Du weißt doch, dass ich mich immer freue, wenn du kommst. Gibt's was Neues?"

„Ich habe gerade Joey verlassen und brauche eine Bleibe. Ich gehe auf keinen Fall zurück zu diesem Job, um mir noch länger seine Fresse anzusehen. Also habe ich auch meinen Job hingeschmissen. Ich habe gedacht, ich könnte vielleicht eine Weile bei dir wohnen und mir dann überlegen, was ich als Nächstes machen könnte", erklärte Harley.

Harley war ein wenig aufbrausend. Sie bekam zwar nie richtige Wutanfälle, aber sie traf schnelle Entscheidungen und setzte diese auch sofort um, wenn sie genervt war.

Ich dachte an Elias' leeres Schlafzimmer im Obergeschoss. „Du kannst gerne bei mir wohnen. Sag mir einfach Bescheid, wann du kommst."

„In ein paar Wochen. Ich bleibe erst mal zwei Wochen bei

Terese", erklärte sie. Terese war eine andere unserer Schwestern. „Ich habe sie schon länger nicht mehr gesehen, und dann komme ich zu dir."

„Geht klar."

„Prima. Ich hab dich lieb."

Die Leitung wurde unterbrochen, sobald ich „Ich dich auch" gesagt hatte.

Lachend schüttelte ich den Kopf, starrte auf das Handy in meiner Hand und atmete tief durch. Ich liebte meine jüngste Schwester, aber manchmal stellte sie einfach alles auf den Kopf. Außerdem hatte sie immer eine Meinung zu meinem Leben. Sie würde mein Leben hier ganz schön aufmischen.

Kapitel Drei

GEMMA

Ich nahm einen Bissen vom Scone und ein leichter Orangengeschmack breitete sich auf meiner Zunge aus. „Oh mein Gott", stöhnte ich. Meine Worte waren ein wenig undeutlich, weil ich kaute. Dann seufzte ich erneut und schluckte. Ich sah Cammi in die Augen und stieß hervor: „Das ist unglaublich. Dabei hast du doch behauptet, Backen wäre nicht deine Stärke."

Cammi lächelte und ihre blauen Augen funkelten. „Ist es auch nicht. Aber ich habe mit Daphne im Resort einen Deal gemacht. Sie backt immer wieder für mich, da sie dort in der Küche ausreichend Platz hat. Ihre Sachen sind der Hammer. Wir haben sogar schon einen Lieferplan mit den Jungs aufgestellt, die jeden Tag zum Fliegen hier vorbeikommen. Einer von ihnen ist jeden Tag in der Stadt. Sie bringen mir die Sachen am Nachmittag zuvor vorbei, und ich schiebe sie am nächsten Morgen einfach nur in den Ofen."

„Wow. Ich habe schon deinen Kaffee spitze gefunden, aber jetzt, mit diesem Gebäck, kommt dein Laden erst richtig in Fahrt." Ich meinte jedes Wort davon ernst. Ich hatte das Misty Mountain Café an meinem zweiten Tag in der Stadt entdeckt und war vom ersten Augenblick an begeistert.

Cammi strahlte. „Danke. Wirklich. Wie ich dir schon gesagt

habe, habe ich mich vor diesem Jahr eigentlich nur mit Kaffee richtig gut ausgekannt. Für mich ist das eine richtige Wissenschaft. Dass ich dann das Café übernommen habe, ist ein riesiger Schritt für mich. Mir war von Anfang an klar, , dass ich auch beim Essen was bieten musste."

„Du massierst jetzt gar nicht mehr?", fragte ich und meinte damit den Nebenjob, von dem Cammi mir erzählt hatte, den sie im Winter gelegentlich in der Physiotherapiepraxis im Krankenhaus gemacht hatte.

„Ja, leider. Meine Tage sind einfach zu voll geworden. Massierst du etwa auch? Ich meine, du gibst Yogaunterricht, also ..." Dann verstummte sie. Ihr honigbraunes Haar hüpfte, als sie nickte, als würde sie sich selbst antworten.

„Nö, ich mache keine Massagen", erwiderte ich mit einem Lächeln. „Ich möchte mich voll und ganz auf meine Yogakurse konzentrieren. Und die Pferde. Ich verbringe super gerne Zeit mit Tieren, also passt das alles echt gut für mich zusammen."

„Man muss tun, wohin einen das Herz zieht. Hast du eigentlich vor, länger in Diamond Creek zu bleiben?", fragte sie, während sie den Kaffee zubereitete, den ich bestellt hatte, bevor sie mir den Scone zum Probieren angeboten hatte.

„Das hoffe ich jedenfalls. Ich war mir nicht sicher, ob ich genug Kunden haben würde. Aber mittlerweile habe ich festgestellt, dass ich im Sommer doppelte Arbeit habe, weil jede Menge Touristen während ihres Aufenthalts hier Yogakurse besuchen möchten. Und im Winter kann ich den Einheimischen Monatsabos anbieten und vielleicht noch ein paar Extras dazu. Es gefällt mir supergut hier."

„Diamond Creek ist echt toll. Ich bin hier aufgewachsen, daher bin ich vielleicht voreingenommen. Auch wenn man das Gefühl hat, als wäre man mitten im Nirgendwo, gibt es tolle Restaurants und jede Menge Einkaufsmöglichkeiten. Die Stadt hat den Charme einer Kleinstadt mit einem Hauch von Großstadt."

Ich drehte mich herum und schaute aus dem Fenster des

kleinen Cafés, von wo aus man die Berge und die unter der Sonne schimmernde Bucht sehen konnte. „Was die Aussicht angeht, würde ich nicht unbedingt von einer Stadt sprechen, aber in Bezug auf die Restaurants und den Kaffee, auf jeden Fall. Ich muss jetzt los zu meinem morgendlichen Yogakurs, aber wir sehen uns später."

Cammi warf mir einen Kuss zu und winkte mir nach, als ich mich umdrehte, und rief: „Wir sehen uns dann beim Abendkurs."

Auf dem Weg zum Yogastudio klingelte mein Handy. Das Display auf dem Armaturenbrett meines Autos zeigte an, dass es meine Mutter war. Ich holte tief Luft. Obwohl ich meine Mutter liebte, musste ich bei Anrufen von ihr manchmal kräftig durchatmen.

Ich drückte auf die Taste, um den Anruf anzunehmen, und rief: „Hey, Mom."

„Gemma, wie ist Alaska?"

„Immer noch klasse, Mom. Genau, wie ich dir schon vor drei Tagen gesagt habe."

Der Seufzer meiner Mutter drang durch die Autolautsprecher. „Ich weiß, Süße. Aber du bist nun mal so weit weg, und daran muss ich mich noch gewöhnen."

„Ich weiß, Mom. Aber es ist gar nicht so weit, wie du vielleicht denkst. Portland ist bloß vier Flugstunden entfernt."

„Ich weiß, ich weiß. Wir vermissen dich."

Ich bog mit meinem Auto in die Straße ein, die zu meinem Yogastudio führte. „Ich euch auch. Kommt mich doch bald mal hier besuchen. Das Wetter ist hier im Sommer wunderschön."

„Ich rede mal mit deinem Vater und frage ihn, wie sein Terminkalender aussieht. Ich hoffe, du findest schnell Freunde."

Ich unterdrückte einen Seufzer. Meine liebe Mutter. Sie machte sich Sorgen um mich. Aber sie war nun mal eine sorgenvolle Person. „Versprochen. Aber jetzt beginnt gleich mein Kurs, also muss ich los. Ich rufe dich am Wochenende an, einverstanden?"

„In Ordnung, mein Schatz. Ich hab dich lieb."

„Ich dich auch."

Mit einem Knopfdruck beendete ich das Gespräch. Als ich auf den Parkplatz abbog, atmete ich noch einmal tief durch und redete mir ein, dass ich mich wegen des Umzugs nicht schuldig fühlen sollte. Ich hatte das Glück, zwei liebevolle Eltern und einen älteren Bruder zu haben, der ebenfalls großartig war. Das Klischee, dass Familien ganz schön chaotisch sein können, traf auf mein Leben voll und ganz zu. Und die Liebe machte das Ganze nur noch komplizierter.

Ich würde mich nicht unbedingt als das schwarze Schaf meiner Familie bezeichnen, aber vielleicht als das graue Schaf. Ich passte nicht so richtig rein und hatte mit dem Gefühl zu kämpfen, eine Enttäuschung zu sein. Meine Eltern waren beide super intelligent. Beide waren erfolgreiche Anwälte.

Auch mein Bruder stand den beiden in nichts nach. Er war ein Musterschüler gewesen, Jahrgangsbester in der Highschool, hat das College in drei Jahren durchgezogen und das Jurastudium in weiteren zwei Jahren abgeschlossen. Egal, was er auch angepackt hatte, er hat alles doppelt so schnell wie alle anderen gemeistert. Es war schwer, in seine Fußstapfen zu treten. Meine Eltern schienen nie zu wissen, was sie mit mir anfangen sollten, weil mir das Lernen nicht so leicht fiel wie ihnen. Sie hatten einfach keine Ahnung, was sie tun sollten, und haben mich auch nie untersuchen lassen. Für sie war es ein einziges Rätsel, warum ich in der Schule Probleme gehabt hatte, als ich jünger war. Als sie mich schließlich dann doch untersuchen ließen und herausfanden, dass ich Legasthenie hatte, wurde es für mich zwar um einiges leichter, aber trotzdem musste ich eine Menge aufholen und war immer noch total frustriert.

Ich habe nie ganz das Gefühl überwunden, eine Enttäuschung zu sein. Zum Glück war ich aber eine ziemliche Sportskanone. Ich war total verrückt nach Softball, und ich war ein richtiger Star in der Highschool, bis mein Trainer mich und ein paar andere Mädels aus dem Team ins Visier genommen hat. Es ist nicht gerade angenehm, sich als Teenager gegen unange-brachte Annäherungsversuche eines erwachsenen Trainers behaupten zu müssen.

Meine Eltern hatten eine Ahnung, wie sie mir aus meiner misslichen Lage helfen sollten. Jedenfalls zerbröselte meine viel-versprechende Sportkarriere am College zwischen dem Vorfall mit meinem Trainer und meiner Rückenverletzung im darauffol-genden Jahr. Das einzig Gute daran war, dass ich dadurch Yoga für mich entdeckt hatte, das mir bei meiner Verletzung half. Von der ersten Minute an war ich hellauf begeistert gewesen und ebenso gern gab ich Kurse. Und so habe ich zwischen Yoga und Reiten, einer weiteren Leidenschaft aus meiner Kindheit, irgendwie zufällig nach Alaska gefunden.

Meine Eltern taten so, als wäre ich am anderen Ende der Welt, und nahmen es mir ein bisschen persönlich, dass ich mich entschieden hatte, aus Portland wegzuziehen. Sie fühlten sich schuldig, weil sie meine Schwierigkeiten früher nicht verstanden hatten, was durch den Vorfall mit meinem Trainer noch verstärkt wurde. Zwischen uns war jede Menge unausgesprochen geblieben und so hatten all diese Ereignisse dazu geführt, dass ich Abstand und einen Neuanfang brauchte, um meinen Platz im Leben zu finden. Alaska bot mir genau das.

Ich betrat in mein Yogastudio und sah mich kurz um. In diesem Raum hielt ich nicht nur meine Yogakurse ab, sondern er wurde auch von anderen Leuten für Gymnastikkurse und Tanz-kurse genutzt. Ich liebte diesen Raum, weil er so offen und hell war und einen wunderschönen Blick aus den Fenstern auf die Berge bot.

Kurz nachdem ich alles vorbereitet und die Türen aufge-schlossen hatte, kamen auch schon die ersten Schüler herein. Die Morgengruppe bestand eher aus eifrigen Schülern, die ihren Tag mit Yoga beginnen wollten. Klasse für mich, weil mich das dazu brachte, meinen Tag ebenso zu beginnen.

———

Mein Tag war vollgepackt mit meinem morgendlichen Kurs, dann eilte ich nach Hause, um die Pferde auf die Weide zu lassen und mit Charlie zu trainieren. Nach meinem Missgeschick ritt ich ihn nicht mehr außerhalb des eingezäunten Bereichs. Ich arbeitete mit ihm in der kleinen Koppel. Er hatte zwar schon ein grundlegendes Training absolviert, aber aufgrund seines temperamentvollen Wesens musste er noch an einigen schlechten Angewohnheiten arbeiten.

Nebenbei war ich auch noch freiberufliche Grafikdesignerin. Ich hatte damit in Portland angefangen, um gelegentlich Freunden auszuhelfen. Ich wollte den Job zwar nie hauptberuflich machen, weil ich mir nicht vorstellen konnte, so lange am Computer zu sitzen, aber es machte mir Spaß, Schilder und Werbematerialien zu gestalten. Überdies erzielte ich dadurch ein regelmäßiges Zusatzeinkommen und die Arbeit bot einen tollen Kontrast zu meinen anderen Jobs. Nachdem ich heute mit allem anderen fertig war, arbeitete ich an ein paar kleinen Grafiken für mich selbst, um sie vor Ort aufzuhängen und meine Yogakurse bei Touristen zu bewerben.

Danach fuhr ich in die Stadt zurück, um meinen abendlichen Yogakurs zu geben. Als Erster kam Diego mit der Crew aus dem Resort an. Zur heutigen Gruppe gehörten Diego, Grant, Flynn und Daphne sowie Elias und Cammi. Männer voller Testosteron und Sexappeal. Aber eigentlich schienen alle Männer in Alaska voller Energie zu sein und strahlten eine natürliche Männlichkeit aus, die nicht vom Training kam, sondern von ihrem rauen, actionreichen Leben.

Als Diego rüberkam, um sich eine Matte aus dem Regal an der Wand zu holen, hielt er kurz neben mir inne. „Ich hoffe, du bist nicht wieder abgeworfen worden."

Als ich seinen Blick traf, verzog sich sein Mund zu einem Lächeln, das mein Herz höherschlagen ließ. Ich schüttelte den Kopf. „Oh nein. Aber ich schätze, ich lasse Charlie vorerst nicht mehr raus. Er ist ziemlich wild."

„Offensichtlich", antwortete Diego mit ernster Miene. Ich

bemerkte jedoch das neckische Funkeln in seinen Augen und mein Puls schlug schneller.

Zum Glück wurde ich von einem anderen Schüler abgelenkt. Dann begann ich mit der Stunde und ermahnte mich immer wieder, nicht zu häufig an Diego zu denken. Ich hatte mir angewöhnt, während des Unterrichts im Raum herumzulaufen, aber ich stellte fest, dass mein Blick immer wieder zu ihm zurückkehrte. Es half auch nicht, dass dieser Mann im Grunde genommen eine zum Leben erwachte Skulptur war.

Nach dem Unterricht unterhielt ich mich noch kurz mit Cammi und Daphne, als Daphne mich einlud: „Komm doch mit.“

„Wohin?“, fragte ich.

„Zur großen Eröffnung.“

„Wiedereröffnung“, berichtigte Cammi sie und errötete leicht. „Jetzt, wo ein paar Monate vergangen sind und ich Zeit hatte, Misty Mountain meinen Stempel aufzudrücken, mache ich dieses Wochenende eine große Wiedereröffnung.“

„Wir sind alle mit dabei“, verkündete Elias, der sich zu uns gesellte.

„Klare Sache“, neckte ich sie.

Elias legte seinen Arm um Cammi und lud alle Anwesenden ein: „Bringt gerne alle eure Freunde mit.“

Als Diego und Flynn herüberschlenderten, lächelte Daphne zwischen ihnen hindurch. „Flynn kommt auch.“

„Falls du das noch nicht bemerkt hast, Flynn geht überall hin, wo du ihn haben möchtest“, neckte Diego sie mit einem herzlichen Lächeln.

Daphnes Wangen erröteten ein wenig, als sie ihn ansah. „Du kommst doch auch, oder?“

„Auf jeden Fall“, erwiderte er. „Das würde ich mir auf keinen Fall entgehen lassen. Außerdem hast du mich doch dazu verdonnert.“

Daphne verdrehte die Augen. „Ich hoffe doch, dass du kommst, weil du Lust dazu hast.“

„Klaro. Immerhin gibt es dort superleckeren Kaffee. Außerdem habe ich gehört, dass auch der eine oder andere Drink und ein paar Häppchen gereicht werden. Das würde ich auf keinen Fall verpassen wollen", entgegnete Diego entschlossen.

Als Daphne mir einen fragenden Blick zuwarf, fasste ich mir ein Herz: „Na gut, dann bin ich auch mit dabei."

Kapitel Vier

DIEGO

Am liebsten wäre ich nach dem Yogakurs noch länger geblieben. Dabei wollte ich gar nicht zum Yoga, aber ich bin extra hingegangen, weil ich Gemma sehen wollte. Gemma in ihrem eng anliegenden Tanktop und den Leggings hat mich total umgehauen. Ich war mir nicht sicher, aber ich hatte das Gefühl, dass sie mich während des Kurses ein wenig gemieden hat und mich nur zweimal ganz behutsam in die richtige Position gebracht hat.

So bescheuert war ich. Da hatte ich tatsächlich gehofft, während des Kurses ihre Hilfe zu brauchen, nur um ihr näher zu kommen, egal wie kurz. Auf dem Weg zum Parkplatz fragte Daphne: „Habe ich vorhin richtig gehört, dass deine Schwester für eine Weile nach Alaska kommt?"

Ich sah sie an und nickte. „Da Elias ja ständig bei Cammi ist, könnte sie doch sein Zimmer haben. Wäre das in Ordnung?" Ich sah Flynn an, als wir alle neben seinem Truck auf dem Parkplatz stehen blieben.

„Klar", antwortete er. „Solange Elias damit einverstanden ist."

„Womit?", fragte Elias, der neben uns stehen blieb.

„Meine Schwester kommt zu Besuch. Könnte sie in deinem Zimmer pennen?"

„Du bist doch ohnehin immer bei Cammi", stellte Grant mit einem verschmitzten Grinsen fest.

Elias warf Cammi einen Blick zu. „Wäre das denn in Ordnung für dich? Dann wäre ich wirklich die ganze Zeit bei dir."

Cammi lächelte ihn an, ihre Wangen färbten sich leicht rosa. „Klar."

„Dann kannst du es auch gleich offiziell machen und deine Sachen aus dem Zimmer räumen", neckte ich ihn.

„Ich räume auf jeden Fall für deine Schwester auf", entgegnete er mit einem lauten Lachen. Dann winkte er und fuhr mit Cammi davon. Ich stieg in meinen Truck und folgte Flynns Truck nach Hause.

Grant fuhr mit mir zurück zum Resort. „Na, du bist wohl auch so richtig entspannt?", fragte er, als ich auf die Autobahn abbog, die uns aus Diamond Creek herausführte.

Ich lachte leise. „Tatsächlich. Zuerst habe ich es für einen Scherz gehalten, als Flynn uns nur wegen Daphne zu diesen Kursen mitnehmen wollte, aber nach einem Tag im Flugzeug tut es gut, sich zu strecken." Ich verschwieg, wie schön es gewesen war, Gemma wiederzusehen.

„Stimmt."

„Dieser Ausblick bleibt wohl immer unvergleichlich", sagte ich und schaute auf die Berge in der Ferne, das Wasser der Bucht, das in der untergehenden Sonne funkelte, und das üppige Grün der Wälder Alaskas auf der anderen Seite.

„Wem sagst du das", antwortete Grant. „Ich lebe schon mein ganzes Leben hier und bin immer noch jeden Tag aufs Neue begeistert."

Danach schwiegen wir. Ich mochte an Grant besonders, dass ihm Stille nichts ausmachte. Ich war total entspannt und genoss die Aussicht auf der atemberaubenden Fahrt nach Hause. Das Leben in Alaska kam mir manchmal vor wie eine Postkartenidylle.

Walker Adventures, das Resort, das Flynn zusammen mit

seinen Geschwistern besaß, lag etwa zwanzig Minuten außerhalb von Diamond Creek, am Ende einer langen Schotterstraße. Es lag so weit draußen, dass man, wenn man nicht wusste, dass Diamond Creek in der Nähe war, glauben konnte, man wäre völlig abgelegen. Die kleine Stadt bot uns einen Ausgleich und ermöglichte auch erst das florierende Geschäft des Resorts. Besucher konnten zu Expeditionen in die Wildnis kommen, aber auch in die Stadt fahren, um einzukaufen oder einen Happen zu essen.

„Was Daphne wohl zum Abendessen geplant hat?", fragte Grant, als ich auf dem Parkplatz vor dem Hauptgebäude des Resorts zum Stehen kam.

„Egal, was es ist, es wird ganz bestimmt superlecker sein", antwortete ich, nachdem wir ausgestiegen waren und über den Parkplatz liefen.

Grant lachte leise. „Mit Sicherheit."

Wir stiegen die Treppe zu dem großen Gebäude hinauf. Das Resort hatte zwei Stöcke und war achteckig. Der Aufenthaltsbereich für die Gäste war geräumig und bot mehrere unterschiedliche Bereiche, in denen man zusammen Zeit verbringen konnte. In einem Bereich gab es einen Kamin mit Sitzgelegenheiten drumherum, in einem anderen einen riesigen Flachbildfernseher an der Wand mit weiteren Sitzgelegenheiten und in einem weiteren Bereich standen Bücherregale und Sitzgelegenheiten.

Im Erdgeschoss gab es neben dem großen Aufenthaltsbereich, der Küche und dem Essbereich sowie der Privatwohnung der Familie nur ein Gästezimmer. Die oberen Stockwerke beherbergten ausschließlich Gästezimmer. Im Winter war es etwas ruhiger, aber sobald der Frühling kam, rannten uns die Leute die Tür ein. Wir hatten jede Woche Gäste und waren voll ausgelastet. Neben Wanderungen und anderen Outdoor-Aktivitäten bot das Resort von Frühling bis zum Frühwinter täglich auch private Rundflüge an. Im Winter setzten wir die Flüge zwar fort, aber es war deutlich ruhiger.

Mit Flynn als Boss waren wir derzeit sieben Piloten. Flynn,

Grant, Elias, Gabriel, Tucker, Nora und ich. Tuckers Schwester Aubrey besaß ebenfalls einen Pilotenschein und würde irgendwann zu uns stoßen. Flynn hatte kürzlich ein weiteres Flugzeug erworben und ein kleines Flugunternehmen übernommen, wodurch wir noch mehr Kunden bekamen. Wir flogen abwechselnd Gäste zu kostspieligen Rundflügen und transportierten Waren und Post zwischen verschiedenen Gemeinden in der Umgebung.

Als Pilot war das das reinste Paradies – atemberaubende Aussichten und es wurde nie langweilig. Ich liebte es. Nach meinem Ausscheiden aus der Air Force hätte ich mir nie vorstellen können, einen solchen Job zu kriegen. Anscheinend war es in mehrfacher Hinsicht ein Segen, zu Flynns engsten Freunden zu gehören.

Es war allerdings nicht immer einfach. Fliegen in Alaska war aufgrund des Wetters und der kleinen Flugzeuge durchaus ein riskantes Unterfangen. Erst letzten Herbst waren Flynn und Elias mit einem Kleinflugzeug abgestürzt. Sie waren vergleichsweise glimpflich davongekommen, obwohl Elias sich den Knöchel schwer gebrochen hatte und eine Zeit lang auf Krücken angewiesen war. Ich nahm das Risiko in Kauf, allein schon wegen des Glücksgefühls, dass ich an einem so unglaublichen Ort meiner Leidenschaft nachgehen konnte.

Kaum im Resort angekommen, trafen wir auf Gäste, die sich in der Lobby tummelten. Grant und ich bahnten uns einen Weg durch die Menge und steuerten direkt auf die Küche zu. Das Essen hier hatte sich im letzten Jahr von gut zu ausgezeichnet verbessert. Daphne hatte letzten Herbst einen Aufenthalt im Resort verbracht. Sie war eine begnadete Köchin, wie man sie sonst nur in Atlanta findet. Flynn war ein verdammt strenger Boss, und sie war kurzerhand eingesprungen, um zu helfen, nachdem der damalige Koch das Handtuch geworfen hatte. Wie es der Zufall so wollte, hatten sich Flynn und sie ineinander verliebt, und sie war in Alaska geblieben. Er war so klug, ihr in der Küche freie Hand zu lassen, sodass wir alle etwas davon hatten.

Cat, mit siebzehn die Jüngste der Walker-Geschwister, stand am Herd und arbeitete fleißig, als wir die Küche betraten. Ich gesellte mich zu ihr und schaute ihr über die Schulter. „Oh, das riecht ja lecker. Brauchst du Hilfe?"

Cat rührte schnell etwas Gemüse unter die Rindfleischstreifen in der Pfanne und warf mir einen Blick zu. „Würdest du mal bitte nach dem Reis sehen? Daphne hat auch noch etwas im Ofen."

Ich durchquerte die Küche und schaute im Reiskocher nach. Der Reis war fertig, also ging ich daran, ihn zu würzen. Daphne kam mit ihrem kastanienbraunen Haar zu einem Knoten hochgesteckt aus der Speisekammer geeilt. Sie lächelte mich an. „Danke! Du bist ein Geschenk des Himmels, Diego."

Ich hatte schon immer gerne gekocht. Daphne vertraute mir mittlerweile ausreichend, dass ich ihr unter die Arme greifen durfte, nachdem sie festgestellt hatte, dass ich mich in der Küche zurechtfand. Kurz darauf saß ich mit den Angestellten an der Kücheninsel, während Daphne die Gäste am riesigen Esstisch am Fenster bediente. Wenn weniger los war, setzten sich die Angestellten manchmal auch dorthin. An Abenden, an denen Daphne kein Abendessen für die Gäste servierte, saßen die Angestellten gemütlich dort, aßen zu Abend, tranken etwas und unterhielten sich.

Ich lehnte mich auf meinem Hocker zurück und seufzte. „Verdammt, war das gut."

Cat lächelte mich an. Ihr Haar und ihre Augen hatten dieselbe Farbe wie die von Flynn und Grant: grau und dunkelblond.

„Das Pfannengericht ist echt lecker. Da war doch auch ein Hauch von Ingwer drin, oder?", fügte ich hinzu.

Cats Pferdeschwanz wippte, als sie nickte. „Gut geraten."

Nora lächelte sie an. „Du bist echt ein Segen für Daphne. Flynn und ich können überhaupt nicht kochen." Von den

Walker-Geschwistern war Nora die Einzige mit braunen Haaren und braunen Augen.

Grant lächelte verlegen. „Ich auch nicht."

Cat senkte den Kopf, und ihre Wangen erröteten. „Ich liebe es zu kochen, und Daphne ist die allerbeste Lehrerin."

„Wie sieht der Plan für morgen aus?", fragte ich Nora.

Sie hatte schon daran gearbeitet. Schnell zog sie ihren Laptop näher an die Theke, öffnete ihn, tippte auf eine Taste und der Bildschirm erwachte zum Leben. „Wir haben zwei Liefertouren für Post und Lebensmittel und vier Rundflüge für Gäste." Dann warf sie mir einen Blick zu, und ihre Augen funkelten. „Du übernimmst bitte die Gruppe mit den Mädels. Eine von ihnen hat nämlich ein Auge auf dich geworfen."

„Da muss ich leider passen", erwiderte ich schnell.

Nora hob die Augenbrauen. „Du bist doch unser absoluter Flirtprofi."

Ich zuckte mit den Schultern. „Ich bin gerade nicht in der Stimmung zum Flirten", entgegnete ich locker.

Tucker sah mich von seinem Platz gegenüber an. „Alter, was ist los?"

„Nichts, soll ich eine der Lieferungen übernehmen?"

„Bei einer davon muss ein Rettungshund transportiert werden, der adoptiert wird", bot Nora an.

„Die nehme ich. Der Hund kann gerne bei mir vorne sitzen", meinte ich.

Nora hielt den Auftrag im Zeitplan fest. Das Gespräch ging dann weiter, und glücklicherweise neckte mich niemand wegen meiner Entscheidung, nicht mit einer Gruppe von Mädels zu fliegen. Ich würde mich nicht gerade als Frauenheld bezeichnen, aber ich war auf jeden Fall kein Kostverächter. In diesem Augenblick hatte ich jedoch nur eine Frau im Kopf: Gemma.

Normalerweise war ich ja nicht der Typ, der sich allzu sehr auf eine Frau fixierte, und dafür hatte ich auch meine Gründe. Aber im Augenblick wollte ich nicht darüber nachdenken. Ich konnte es kaum erwarten, Gemma morgen Abend bei der Eröffnung von Cammis neuem Café zu sehen. In letzter Zeit sind wir hier draußen immer wieder zusammengekommen, um die Flammen unserer Kumpels zu unterstützen. Cammi hatte den besten Kaffee in Alaska, also wollte ich ihr auf jeden Fall den Rücken stärken.

Aber natürlich war es nicht der Kaffee, der mich so aus der Fassung brachte. Sondern Gemma.

Kapitel Fünf

GEMMA

Ich überquerte den Parkplatz vor dem Misty Mountain Café und wandte mich kurz um, um nochmal einen Blick auf die Umgebung zu werfen. Ich hatte mich immer noch nicht daran sattgesehen. Das kleine Café lag auf einer kleinen Anhöhe abseits der Main Street in Diamond Creek; hoch genug, um einen Blick auf die Berge und ein Stück der Bucht in der Ferne zu bieten.

Ich musste mich erst noch an die langen Tage hier gewöhnen. Es war Juni und die Sonne ging erst nach 22 Uhr unter. Nun war es Abend und die Sonne war gerade erst dabei, am Himmel unterzugehen. Im Sommer dauerte der Sonnenuntergang hier stundenlang. Im Augenblick zeigten sich die ersten Schimmer eines aquarellfarbenen Himmels, und das Licht des späten Nachmittags verblasste langsam.

Ich wandte mich um und warf einen Blick auf das neue Schild am Café. Cammi musste es irgendwann im Laufe des Tages angebracht haben. Ich lächelte. Das Gebäude war bezaubernd hergerichtet worden. An den Seiten waren Fenster eingebaut worden, und die Vorderseite, wo sich am langen Ende der zylindrischen Form der Eingang befand, bestand vollständig aus Fenstern. Ich trat ein und sah mich in dem bereits mit Kunden und Gästen gut gefüllten Raum um. Zahlreiche Kunstwerke hingen an den Wänden. Cammi hatte nicht nur einen unglaublich leckeren Kaffee, sondern auch eine Partnerschaft mit Daphne geschlossen, die Gebäck lieferte, und die Sandwichkarte überarbeitet hatte.

Während ich mich umsah, hörte ich eine Stimme hinter mir. „Hey, Gemma!"

Ich drehte mich um und sah Susie Winters, die mich anlächelte. Ihre braunen Locken hüpften und sie kniff ihre ebenfalls braunen Augen beim Lächeln zusammen. Ich hatte Susie durch Cammi kennengelernt und war ihr in der kurzen Zeit, die ich in der Stadt war, gelegentlich im Café begegnet. Eigentlich waren fast alle Leute, die ich bisher kennengelernt hatte, entweder Schüler aus meinem Yogakurs oder Leute, die ich hier getroffen hatte.

„Hey, Susie, wie geht's?"

„Gut, gut", erwiderte sie hastig. „Sieht das nicht klasse aus?

„Ja, besonders das neue Schild draußen."

Da kam Susies Mann, Jared Winters, herüber und legte seinen Arm um ihre Taille. „Du kennst doch schon meinen Mann, oder?", fragte Susie.

„Ich habe ihn nur kurz gesehen. Schön, dich wieder mal zu treffen", antwortete ich und nickte Jared zu.

„Wenn du noch nicht angeln warst, musst du das unbedingt mal nachholen", fügte Susie hinzu.

Jareds Grinsen wanderte von ihr zu mir. „Sag Susie einfach Bescheid, wenn du Lust hast, dann kannst du bei einem unserer Ausflüge mitkommen." Von Susie wusste ich, dass Jared und seine beiden Brüder ein Charterunternehmen für Angelausflüge betrieben.

„Auf jeden Fall", antwortete ich.

Susie wurde in ein anderes Gespräch verwickelt, also schlängelte ich mich durch die Menge, um Cammi zu begrüßen, die an der Theke stand. „Tolles Schild", schwärmte ich.

„Das hat Jessa gemalt. Wie auch die Tische", erklärte Cammi und deutete auf einen Tisch in der Nähe.

Ich ließ meinen Blick in diese Richtung schweifen und sah eine Frau mit gewelltem braunem Haar neben einem weiteren gutaussehenden Mann stehen. Was heiße Kerle anging, war Alaska reichlich gesegnet. Hier war eindeutig Naturverbundenheit angesagt.

Alle Tische waren fantasievoll bemalt. Cammi erklärte mir, dass sie dazu dienten, Jessas Kunstwerke zur Geltung zu bringen, die sie in einer der Galerien in der Nähe des Otter Cove Harbor verkaufte.

„Ich muss mal wieder in die Galerien gehen", meinte ich.

„Allerdings. Möchtest du einen Kaffee oder etwas zu essen? Ich habe heute sogar Wein und Cider", sprach Cammi mit einem Lächeln. „Und alles auf Haus."

„Ich nehme ein paar davon", entgegnete ich und deutete auf ein Tablett mit Gebäck. „Ein kleines Glas Cider wäre auch schön. Ich bin mit dem Auto da, also kann ich nur ein wenig nippen."

Einer von Cammis Mitarbeitern schenkte mir ein Glas ein und reichte mir einen kleinen Teller. Cammi war bereits in ein anderes Gespräch vertieft. Ich sah mich im Raum um, um herauszufinden, wen ich noch kannte, als ich eine leise Stimme hinter mir hörte. „Hey, Gemma."

Ein Kribbeln lief mir über den Rücken, als ich die unverkennbare Stimme von Diego erkannte – warm mit einem leicht rauen Anflug. Ich drehte mich um und erblickte ihn, wie immer sah er umwerfend aus. Sein dunkles Haar war wie immer leicht zerzaust. Seine grünen Augen hoben sich deutlich von seiner sonnengebräunten Haut ab. Sein kantiges Kinn und die hohen Wangenknochen waren einfach umwerfend.

Seine Augen suchten kurz meine, und ich glaubte, ein flüchtiges Aufleuchten in seinem Blick zu erkennen. „Hey", antwortete ich etwas atemlos.

„Probierst du da gerade Delias Cider?", fragte er.

Ich schaute auf das Glas in meiner Hand. Dann sah ich ihn wieder an und antwortete: „Ähm, keine Ahnung."

„Der Cider von ihr sein. Cammi hat ihre Getränke heute Abend aus der Brauerei, und die füllen nur Delias Cider ab. Du warst doch schon mal im Restaurant der Lodge, oder?"

Ich schüttelte den Kopf und nahm einen Schluck von dem Cider. Ich genoss den frischen Apfelgeschmack, der über meine Zunge glitt. „Das nehme ich mir schon lange vor, aber bislang habe ich es noch nicht geschafft."

Diego hielt meinen Blick eine Weile fest. „Dann führe ich dich einfach mal dorthin aus. Das Essen ist der Hammer, und du kannst Delia kennenlernen. Die Lodge kann dir neue Kunden für deine Yogakurse verschaffen. Im Restaurant und in der Lodge selbst gibt es jede Menge Personal."

„Ist dort im Sommer überhaupt was los? Ich hatte gedacht, dass die Lodge eher Wintertouristen anzieht."

Diego hob den Finger, als ein Kellner mit einem Tablett vorbeikam und fragte, ob er etwas wollte. Er nahm sich mehrere der kleinen Sandwiches und sein eigenes Glas Cider, bevor er sich wieder mir zuwandte.

„Das schon", erklärte er, nachdem er einen Schluck Cider getrunken hatte. „Aber im Sommer werden Wanderungen angeboten und kann sich ebenfalls nicht über Zulauf beklagen. Wir kriegen jede Menge Kunden von dort für unsere Rundflüge."

„Aber sind die im Grunde nicht eine Konkurrenz für euch?"

Dann nahm ich einen Bissen von einem Gebäckstück, schloss die Augen und stieß einen kleinen wohligen Seufzer aus. Der kleine Leckerbissen war mit Brie gefüllt und schmeckte herrlich nach Cranberry. „Oh mein Gott, ist das gut!"

Nachdem ich die Augen wieder geöffnet hatte, blickte er mich eindringlich an. „Das kannst du gerne nochmal machen", murmelte er.

Nichts, was er sagte, war richtig unangemessen; aber seine Wortwahl besaß einen frechen Unterton. Es fühlte sich an, als würden Funken über meine Haut tanzen. Ich versuchte, cool zu bleiben, was mir überhaupt nicht gelang, und sagte: „Probier doch mal."

Er nahm ein Häppchen, während ich ein weiteres genoss. Nach einem Augenblick nickte er. „Wirklich lecker. Um auf deine Frage zurückzukommen: Die Lodge ist nicht wirklich Konkurrenz. Sie richtet sich an eine ganz andere Art von Touristen. Die Leute, die dort buchen, möchten in der Nähe der Stadt wohnen. Unsere Gäste wollen hingegen eher das Gefühl haben, mitten im Nirgendwo zu sein."

Ich musste über diese Beschreibung kichern. „Das Gefühl haben? Seid ihr nicht tatsächlich ziemlich weit draußen?"

Diego nahm noch einen Bissen und mein Blick ruhte auf seiner Kehle, als er schluckte. Meine Güte. Sogar das Schlucken war megaheiß an diesem Mann. Das war doch nicht normal. Hitze kribbelte auf meiner Haut und mein Puls schlug schneller.

Er schien nichts von meiner inneren Unruhe mitzubekommen und blieb beim Thema. „Du musst unbedingt mal vorbeikommen. Wir sind nur zwanzig Minuten von der Stadt entfernt. Es fühlt sich allerdings etwas abgelegen an. Mehr als die Hälfte der Strecke führt über eine Schotterstraße. Es ist wirklich schön bei uns. Außerdem kocht Daphne. Und wie du an ihren Sandwiches sehen kannst, sind wir bestens versorgt."

„Oh, gibt es dort ein Restaurant?"

Diego lachte leise. „Nein. Das wäre zwar schön, aber wir versorgen unsere Gäste mit Mahlzeiten auf Restaurantniveau."

Da kam Elias, Cammis Freund, hinzu. Er schien das Ende unseres Gesprächs mitgehört zu haben. „Das ist das Einzige, was ich vermisse."

Diego warf ihm einen Blick zu und grinste, was Schmetterlinge in meinem Bauch aufsteigen ließ, obwohl er gar nicht mich angrinste. „Kann ich dir nicht verdenken. Aber mich vermisst du doch noch mehr", neckte er ihn.

„Nö, ihm geht bloß ab, gegen mich beim Zocken zu verlieren", warf Gabriel, ein anderer Pilot, ein, als er neben uns stehen blieb.

Die Jungs unterhielten sich locker miteinander, und ich fragte mich, wie es wohl wäre, so eine Freundschaft zu haben. Ich hatte zwar Freunde, wo ich aufgewachsen war, aber Portland war eine große Stadt, und meine Probleme in der Schule hatten dazu geführt, dass ich mich die meiste Zeit unsicher gefühlt hatte. Meine engsten Freunde hatte ich beim Softball gefunden, aber durch das, was mit unserem Trainer passiert war, waren wir auseinandergebrochen. Ich hatte zwar noch Kontakt zu ein paar von ihnen, aber die Spannungen von damals waren immer noch ungebrochen. Einige von uns verband das unangenehme Gefühl, im Mittelpunkt der Aufmerksamkeit unseres Trainers gestanden zu haben, andere nicht. Diese Ungleichheit hatte zu einer seltsamen Kluft in unseren Beziehungen geführt. Ich hasste es, dass dieses Ereignis mein Leben auch heute noch beeinflusste.

Da kam Nora, eine andere Pilotin und Flynns Schwester, die ich in Daphnes Yogakurs kennengelernt hatte, herüber und lächelte mich an. „Wie läuft es mit dem Yoga? Ich muss wirklich öfter zu den Kursen kommen", begann sie entschuldigend.

„Ich kann mich nicht beklagen. Im Augenblick überlege ich mir auch Angebote für die Touristen."

„Oh, dann gib uns doch mal deine Flyer. Wir verteilen sie gerne an unsere Gäste. Wir haben eine ganze Liste mit Tipps, über die wir sie informieren, und wenn jemand einen Yogakurs machen möchte, schicken wir die Interessenten gerne zu dir." Dann leuchteten Noras Augen auf. „Würdest du eigentlich auch mal einen Kurs im Resort geben? Vielleicht einmal pro Woche."

Ich dachte einen Augenblick darüber nach. „Das ließe sich auf jeden Fall einrichten. Wir müssten nur sicherstellen, dass wir genug Platz haben. Einmal pro Woche wäre kein Problem."

In diesem Moment kamen Flynn und Daphne herüber. „Deine kleinen Häppchen sind der Hammer", lobte ich.

Sie schenkte mir ein strahlendes Lächeln und strich sich mit der Hand über ihr kastanienbraunes Haar, das zu einem Zopf zusammengebunden war. „Ich freue mich, dass sie dir schmecken."

Nora stieß Flynn in die Seite. „Ich habe eine Idee. Warum bezahlen wir Gemma nicht dafür, dass sie einmal pro Woche einen Yogakurs für die Gäste gibt? Vielleicht an einem Abend pro Woche?"

Flynn warf mir einen Blick zu. „Wenn du denkst, dass sich das lohnt, soll es an mir nicht scheitern."

Daphne klatschte in die Hände. „Ich finde die Idee toll." Dann betrachtete sie Flynn und Nora. „Wir sollten das Ganze an einem Abend machen, an dem wir keine Gäste zum Abendessen haben. Und danach kann Gemma noch ein wenig bleiben und mit uns essen."

„Oh, wenn du kochst, bin ich dabei", warf ich ein.

Der Abend verging wie im Flug, und es wurden sogar ein paar Preise wie Angelausflüge und so weiter bei einer Tombola verlost. Außerdem hat mich Nora dazu überredet, mit ihr zum Lachsfischen zu gehen. Sie meinte, es würde einen Riesenspaß machen und ich könnte einfach zuschauen, da ich noch kein ganzes Jahr hier wohne. Obwohl ich noch nicht lange in Alaska lebte, hatte ich schnell herausgefunden, dass es strenge Vorschriften für das Fischen und Jagen gab und dass man erst nach einem Jahr als Einwohner galt. Nicht, dass ich viel Zeit mit diesen Aktivitäten verbracht hätte, aber es gab jede Menge Schilder, die Touristen auf die Gesetze hinwiesen.

Den ganzen Abend über hatte ich stets Diego im Blick. Er war zwar nicht immer an meiner Seite, aber meine Augen suchten ihn immer wieder. Dabei war nicht gerade hilfreich, dass er so klasse aussah. Aber ich schaffte es irgendwie, doch mich zusammenzureißen. Am Ende bot ich Cammi an, ihr beim Aufräumen zu helfen.

Daphne, Nora und die Jungs aus dem Resort halfen ebenfalls. Daphne kommandierte sie alle gekonnt herum. Als ich zum Parkplatz ging, versank die Sonne gerade hinter dem Horizont. Cammi verabschiedete mich von der Tür aus, und ich winkte ihr über die Schulter zu. An meinem kleinen Auto angekommen, stand Diegos Truck direkt daneben.

Nun erkannte ich sogar seinen Rücken. Er beugte sich vor, um etwas in den Kofferraum zu legen, und ich nutzte den Augenblick, um seinen muskulösen Hintern zu bewundern. Der Mann hatte einen richtig tollen Arsch. Jeder Zentimeter von ihm war lecker. Er richtete sich auf, schloss die Heckklappe und drehte sich gerade um, als ich neben meinem Auto anhielt und die Fernbedienung drückte, um es aufzuschließen.

Wir sagten nichts und sahen uns nur einen Augenblick lang an. Die Luft schien elektrisch geladen zu sein. „Brauchst du Hilfe?", fragte Diego schließlich mit einem verschmitzten Lächeln.

Überrascht schaute ich auf den Pappteller in meiner Hand. Cammi hatte mir ein paar der übrig gebliebenen Häppchen mitgegeben. „Ich schätze, ich schaffe das schon", brachte ich hervor, bevor ich wieder in seine neckischen Augen sah.

Ich öffnete die Beifahrertür, stellte den Teller auf den Sitz und legte meine Handtasche daneben. Beim Schließen der Tür drückte ich meine Hände dagegen, als könnte sie mir irgendwie Halt geben, während dieses heftige und höchst unangebrachte Verlangen nach Diego durch meinen Körper jagte.

Ich hatte gar nicht bemerkt, dass er zwischen unseren Autos hindurchgegangen war und nun nur etwa einen halben Meter von mir entfernt dastand. Mein Puls raste und Schmetterlinge flatterten in meinem Bauch.

In diesem Augenblick war niemand sonst auf dem Parkplatz, und Diegos Truck schirmte uns vor den Blicken aus dem Café ab.

„Ich hätte dich neulich gerne geküsst", gab er zu, und seine tiefe Stimme ließ mich erschaudern, während mir eine Gänsehaut über den Rücken lief.

„Wirklich?", piepste ich.

Das war echt überraschend für mich, und ich hatte gar keine Ahnung, warum. Ich war immer überrascht, wenn jemand mich begehrte. Die Gründe dafür wollte ich jetzt lieber nicht hinterfragen.

Er nickte langsam. „So wie jetzt auch."

Er trat einen Schritt näher, und plötzlich bekam ich kaum noch Luft, als mein Puls wie wild zu rasen begann. Ich konnte plötzlich an nichts anderes mehr denken, als ihn zu küssen.

„Was hältst du davon?" Allein der Klang seiner Stimme ließ mich vor Aufregung zittern.

Damit bot er mir zwar die Möglichkeit, einen Rückzieher zu machen, drängte mich aber gleichzeitig auch dazu, ihm zu sagen, was ich wollte. Und wie sehr ich ihn jetzt küssen wollte!

Ich holte tief Luft, obwohl das angesichts meiner versagenden Lungen kaum etwas half. „Das würde mir sehr gefallen", flüsterte ich schließlich mit zittriger Stimme.

Ich war normalerweise keine, die mit leiser Stimme vor sich hin seufzte. Ich war praktisch und nüchtern und ging meinen eigenen Weg. Mich brachte kein heißer Typ, der mich küssen wollte, so schnell aus der Fassung. Außer Diego, wie es schien.

„Dann lass uns das doch mal ausprobieren", flüsterte er und machte einen weiteren Schritt auf mich zu, bis er direkt vor mir stand, jeder einzelne seiner muskulösen, männlichen Zentimeter.

Diegos Anwesenheit zog mich in ihren Bann. Ich konnte ihn spüren, die Kraft und Stärke, die in seinem stämmigen Körper steckte. Er bewegte sich lässig. Irgendwo in meinem Hinterkopf bewunderte ich ihn und nahm an, dass er bestimmt viel mehr Erfahrung damit hatte als ich. Es war ja schließlich nur ein Kuss.

Dabei waren wir noch nicht mal bei dem Kuss angelangt. Allein die Vorfreude darauf gab mir das Gefühl, als würde ich am Rand einer Klippe stehen und jeden Moment hinunterstürzen. Er hob seine Hand, fuhr mit seinem Daumen an meinem Kinn entlang und dann um meine Lippen herum. Seine Augen suchten meine, während mein Inneres dahinschmolz.

Dann sagte er etwas, aber das konnte mein Gehirn nicht aufnehmen, bevor er seinen Kopf senkte und mit seinen Lippen über meine streifte. Diese zarte Berührung war wie ein Blitz in meinem Körper, glühend heiß und ließ Feuer durch meine Adern schießen."

Mein Atem wurde von einem schamlosen Stöhnen begleitet, das mir über die Lippen kam. Daraufhin streifte er meine Lippen erneut mit seinen, was einen weiteren Blitz durch meinen Körper sausen ließ. Meine Gehirnzellen waren wie weggeblasen, und ich schlang meine Arme um seine Schultern und schmiegte mich an ihn, gerade, als seine Hand um meinen Nacken glitt und ihn umfasste. Er neigte meinen Kopf und übernahm die Führung bei unserem Kuss.

Ich spürte, wie seine heiße Hand meine Wirbelsäule hinunterglitt, bis sie über meinem Po zum Liegen kam, wo sich seine Finger spreizten. Er stieß ein leises Knurren aus, bevor seine Zunge in meinen Mund glitt.

Dann löschte Diego sämtliche Erinnerungen an frühere Küsse aus. Sein Mund liebkoste mich zärtlich, während seine Zunge über meine glitt, bevor er sich zurückzog und Küsse in jeden meiner Mundwinkel drückte.

Ich drohte, so schnell dahinzuschmelzen wie Eis in der heißen Sonne. Wimmernd grub ich meine Finger in die sehnigen Muskeln entlang seines Rückens, während ich mich noch enger an ihn drückte.

Zusammen mit der feurigen Hitze, die durch meine Adern schoss, spürte ich ein Ziehen tief in meinem Bauch, und mein Puls raste durch meinen Körper. Er spielte mit meinem Mund, neckte mich mit seiner Zunge und gab mir lange Küsse.

Ich konnte kaum glauben, mit welchem Verlangen ich mich an ihn schmiegte. Meine Brustwarzen waren hart und pochten, und feuchte Hitze schimmerte zwischen meinen Schenkeln. Seine Lippen bahnten sich ihren ganz eigenen Weg und drückten heiße, innige Küsse entlang meines Kinns, während seine Zähne sanft über meinen Hals strichen.

„Diego", flehte ich und presste meine Hüften ruckartig gegen ihn.

Da durchbrach das Geräusch einer Autotür in der Ferne den

Nebel der wilden Begierde, der meinen Verstand umhüllte. Diego hob den Kopf, trat aber nicht zurück, sondern hielt mich mit seinem ganzen Körper fest an sich gedrückt.

Verdammte Sünde. Am liebsten wäre ich für den Rest meines Lebens an diesem einen Ort im Universum geblieben, eng an seinen starken Körper geschmiegt.

Kapitel Sechs

DIEGO

Gemma sah zu mir hoch, ihr Blick war verträumt, ihre Wangen rosa und ihre Lippen prall vom Küssen. Mein Herz schlug wie wild und ich fürchtete schon, es war drauf und dran, aus meiner Brust zu springen.

Ich war fast total durcheinander. Nur mit Mühe konnte ich mich beherrschen. Es war nun über fünf Jahre her, dass mich eine Frau so in ihren Bann gezogen hatte. Ich hatte das schon gar nicht mehr für möglich gehalten. Zu viele Enttäuschungen hatten Spuren in meinem Herzen hinterlassen, die mich daran erinnerten, wovon ich lieber die Finger lassen sollte.

Ich wusste, dass ich Gemma wollte, aber Begierde war nie eine Garantie dafür, dass auch Gefühle im Spiel waren. Bei ihr vermischten sich ein Ansturm von Gefühlen und ein Beschützerinstinkt mit meinem Verlangen nach ihr.

Ich rang nach Luft, und neben uns schlug eine Autotür zu. Ich musste mich sehr zusammenreißen, um meine Hände von Gemmas süßen Kurven zu nehmen und einen Schritt zurückzutreten.

Wenn jetzt jemand an unseren Autos vorbeigegangen wäre, hätte er uns in gebührendem Abstand voneinander dastehen sehen. Eine Windböe strich ihr eine lose Locke über die Wange.

Ohne nachzudenken, hob ich meine Hand, strich ihr die Locke aus den Augen und steckte sie hinter ihr Ohr. Ich hätte sie fast wieder geküsst, als sie sich auf die Lippe biss und ich ein leichtes Zittern durch ihren Körper laufen spürte.

„Scheint so, als würde ich dich vielleicht schon bald zum Yogakurs im Resort sehen. Vielleicht könnte ich dich auch mal zum Abendessen in die Lodge ausführen", brachte ich hervor.

Sie leckte sich über die Lippen, und mein bereits pochender Schwanz wurde von einer weiteren Welle feuriger Hitze durchflutet.

„Vielleicht?" Am Ende des Wortes schwang der Anflug eines Versprechens in ihrer Stimme mit.

„Nur, damit das klar ist: Ich lade dich zum Abendessen ein. Und zwar nur zum Essen."

Da errötete Gemma noch stärker und lachte leise. „Nur zum Essen? Gut zu wissen."

„Na gut, vielleicht nicht nur zum Essen. Möglicherweise ist auch ein weiterer Kuss drin."

In diesem Augenblick hörten wir Schritte über den mit Kies bedeckten Parkplatz kommen. Ich griff um Gemma herum und schloss die Beifahrertür, die sie zuvor nicht ganz geschlossen hatte. Sobald ich das Klicken hörte, sagte ich: „Ich warte noch, bis du weg bist. Schreib mir einfach eine Nachricht, was du lieber möchtest: einen Flug oder ein Abendessen."

Gemma biss sich auf die Lippe, nickte schnell und eilte dann zu ihrem Auto, um einzusteigen. Ich sah ihr nach und winkte Elias und Cammi zum Abschied zu, die gerade das Café abschlossen.

Eine Woche später

. . .

„Alter, ich kann nicht glauben, dass du nicht schon einen ganzen Haufen Kinder hast", meinte Flynn, während er sich in seinem Stuhl am Tisch in der Küche des Resorts zurücklehnte.

Heute waren nur Mitarbeiter da, und wir lungerten alle faul um den Tisch herum. Flynns Bemerkung folgte auf ein Telefonat mit meinen beiden Nichten, die Hilfe bei ihren Mathehausaufgaben gebraucht hatten. Ich war ziemlich gut in Mathe, aber bei einer der Algebra-Gleichungen hatte ich die anderen um Unterstützung gebeten

Ich zuckte mit den Schultern. „Noch nicht. Mal sehen, ob es jemals dazu kommt."

Früher hätte ich am liebsten schnell geheiratet und Kinder bekommen. Jugendliebe war manchmal echt bescheuert.

„Du warst schon mal verlobt, oder?", warf Gabriel ein.

Ich nickte langsam. „Oh ja. In meinem ersten Jahr bei der Air Force. Ich sollte in diesem Sommer eigentlich nach Hause zurückkehren und heiraten. Aber das hat sich zerschlagen."

Tucker musterte mich eindringlich.

„Du warst verdammt schlecht drauf, als du zurückgekommen bist, aber du hast uns nie erzählt, was passiert ist. Möchtest du nicht mal das Geheimnis lüften?"

Diese Jungs waren meine besten Freunde, und meistens waren sie nicht allzu neugierig. Ich hätte es ihnen nicht mal übel genommen, wenn sie Fragen gestellt hätten, da ich mit meiner Meinung über ihr Privatleben auch nicht hinterm Berg hielt.

Ich hob mein Bierglas und nahm einen langen Schluck. Dann stellte ich es ab und antwortete: „Ich musste die schmerzhafte Erfahrung machen, dass ich zu jung war und es noch nicht besser wusste."

„Mann, dabei erzählst du uns doch immer, wie verliebt deine Eltern waren. Ich kann mir nicht vorstellen, dass du einfach so eine Frau abservierst, weil du dich für zu jung hältst. So läuft das doch nicht, wenn man jung und dumm ist", meinte Gabriel.

„So einfach war die Sache nicht. Sie war die Buchhalterin in der Firma meines Vaters und eine der besten Freundinnen meiner Schwester aus dem College. So haben wir einander auch kennengelernt. Sie war eine so gute Buchhalterin, dass sie wusste, wie sie Geld aus der Firma meiner Eltern unterschlagen und ihre Spuren verwischen konnte, zumindest ein Jahr lang. Das war für mich ein Grund, die Beziehung zu beenden. Es hätte mir weitaus weniger ausgemacht, wenn sie versucht hätte, mir mein Geld zu klauen, statt das meiner Eltern."

Flynn sah einigermaßen betreten drein und zog die Augenbrauen hoch. „Scheiße. Was für ein Mist."

„Du sagst es. Keine Sorge, sie hat mir nicht allzu sehr das Herz gebrochen. Wie ich schon gesagt habe, wir waren jung. Es hat zwar superweh getan, aber wir hätten danach unmöglich noch eine Beziehung führen können."

Cat kam aus dem Wohnzimmer und ihr Pferdeschwanz hüpfte, als sie sich dem Tisch näherte.

„Sieht ganz so aus, als wolltest du Flynn etwas fragen", stellte ich grinsend fest.

Cat kniff die Augen zusammen. „Vermassle mir das jetzt bloß nicht."

Flynn sah auf. „Worum geht's denn?"

„Kann ich heute Nacht bei Shannon schlafen?"

Flynns Blick huschte zur Uhr an der Wand über der Tür. „Und wie gedenkst du, dorthin zu kommen?"

„Nora hat gesagt, sie fährt in die Stadt. Sie kann mich doch mitnehmen", antwortete Cat schnell.

Flynn nickte. „Von mir aus. Ich ruf ihre Mom an und frag nach. Und wie kommst du morgen nach Hause?"

Cat seufzte betrübt. „Ich habe gedacht, vielleicht fliegt morgen jemand und könnte mich mitnehmen. Ich würde dir doch keine Umstände machen wollen", antwortete sie säuerlich.

Davon ließ Flynn sich nicht beirren. Er lachte leise. „Natürlich fliegt jemand. Ich würde dich ja gerne mitnehmen, aber ich hatte ja keine Ahnung, ob du schon was vorhast."

Cat verdrehte die Augen und lächelte, bevor sie sich vorbeugte, um ihrem älteren Bruder einen Kuss auf die Wange zu geben. In diesem Augenblick kam Nora aus dem hinteren Flur herein, und Cat rief ihr zu: „Flynn ist einverstanden. Ich hole nur mal schnell meine Tasche."

Nora hielt neben dem Tisch an, und Elias fügte hinzu: „Ich kann Cat mitnehmen.

„Ich wollte sowieso schon los", antwortete Nora. „Ich brauche nur ein wenig Live-Musik und Entspannung."

Flynn war von etwas abgelenkt, das Daphne sagte, aber ich bekam mit, wie Gabriel aufstand und verkündete: „Ich bin auch dabei, wenn du nichts dagegen hast."

„Natürlich nicht", erwiderte Nora schnell. Dabei errötete sie, und ich fragte mich, wann die beiden wohl endlich aufhören würden, sich heimlich zu daten.

Doch das alles ging mich verdammt noch mal nichts an. Zumindest, wenn es nach Gabriel ging. Einmal, nur einmal, hatte Tucker ihn damit aufgezogen, und ich hatte mitgelacht. Daraufhin war Gabriel total sauer geworden und hatte alles rundweg abgestritten.

Allmählich zerstreute sich unsere Essensrunde. Wir waren wieder im anderen Haus, als mein Handy in meiner Hosentasche vibrierte. Ich zog es heraus und lächelte, sobald ich „Heiße Yogalehrerin" auf dem Display sah.

Heiße Yogalehrerin: *Wie wäre es einfach mit beidem?*

Diego: *Flug und Abendessen?*

Heiße Yogalehrerin: *Ja, bitte.*

Diego: *Alles klar, Süße. Sag mir einfach, welcher Tag dir passt.*

Heiße Yogalehrerin: *Wann passt es dir denn? Immerhin fliegst du mich doch. Ich gebe nur von Montag bis Freitag Yogastunden.*

Diego: *Sonntag?*

Ich wusste, dass ich am Sonntag frei hatte, und das war der einzige Tag, an dem wir keine Lieferungen durchführen. Es sei denn, es gab einen Notfall. Das bedeutete, dass mit Sicherheit ein Flugzeug verfügbar sein würde.

Heiße Yogalehrerin: *Sonntag wäre klasse.*

Diego: *Ich melde mich noch wegen der Uhrzeit.*

Kapitel Sieben

GEMMA

„Oh, wow", staunte ich, als ich aus dem Fenster des kleinen Flugzeugs schaute.

Diego hatte mir Kopfhörer gegeben, damit wir uns trotz des Motorengeräusches ungehindert unterhalten konnten. Ich konnte das Dröhnen zwar noch hören, aber wir mussten einander wenigstens nicht anschreien.

„Das ist der Hammer, oder?", fragte er.

„Eindeutig."

Die Kachemak Bay erstreckte sich unter uns, während Diego die Küste auf der anderen Seite der Bucht gegenüber von Diamond Creek entlangflog. Üppige immergrüne Bäume säumten die unteren Flanken der Berge und gingen in Felsen und einen Gletscher über, der in der Sonne in einem unwirklichen Blau leuchtete. Nur Augenblicke zuvor hatten wir einen Grizzlybären auf einer Lichtung grasen sehen. Diego war sich sicher, dass der Bär sich an Beeren gütlich getan hatte, obwohl wir nicht niedrig genug geflogen waren, um zu erkennen, um welche Art es sich handelte. Wir sahen auch mehrere Elche, die an Erlenbäumen knabberten, und sogar einen Seelöwen, der im seichten Wasser schwamm und unter der Wasseroberfläche riesig wirkte.

„Ich habe fast das Gefühl, als könnte ich die Berge berühren", sagte ich.

„Das denke ich jedes Mal, wenn ich hierher fliege", antwortete er mit einem Lachen.

Dann erzählte mir von seiner Arbeit – Rundflüge für Touristen, unterbrochen von Lieferungen von Lebensmitteln und Post an mehrere Städte und Dörfer entlang der Küste. Manchmal flogen sie so weit nach Norden, dass sie auf dem Rückweg zwischenlanden mussten, um aufzutanken. Sie flogen auch zum berühmten Katmai-Nationalpark, um die weltberühmten riesigen Braunbären zu beobachten, die im Fluss Lachse fingen. Mir reichte es schon, Bären aus der Ferne zu beobachten. Es war schon beeindruckend genug gewesen, die über vier Meter hohen ausgestopften Bären am Flughafen zu sehen. Mit ihren riesigen Pranken und langen Krallen hatten sie gewirkt, als wären Menschen nichts weiter als Spielzeug für sie.

„Wir machen uns dann mal auf den Rückweg. Einverstanden?"

Als ich Diegos Stimme direkt in meinem Ohr hörte, durchlief mich ein Schauer. Die ganze Sache hatte etwas sehr Vertrautes.

„Einverstanden." Abgesehen von der Aussicht genoss ich es, ihm dabei zuzusehen, wie er das Flugzeug mit Leichtigkeit und Selbstvertrauen steuerte.

Als er bei meiner Antwort zur Seite blickte und sein Blick meinen traf, jagte Hitze wie eine Wolke heißer Funken über meine Haut. Mit nur einem Blick entflammte das lodernde Feuer in seinen Augen meine Nerven.

Kapitel Acht

DIEGO

Gemma nahm einen Bissen Heilbutt und stieß beim Schlucken einen Seufzer aus. „Oh mein Gott", stieß sie hervor, nachdem sie fertig gekaut hatte. „Das ist ja unglaublich."

Natürlich war mir klar, dass sie das Essen gemeint hatte, aber ich konnte mich nur auf ihre Zunge konzentrieren, die blitzschnell herausschoss, um einen Tropfen Soße aus ihrem Mundwinkel aufzufangen. Eigentlich sollte ich doch nicht so erregt sein, wenn ich ihr bloß beim Essen zusah.

„Dieses Gericht habe ich wohl noch nicht probiert", antwortete ich und schaffte es, meine Gedanken wieder auf das Essen zu lenken.

„Dann probier doch mal", drängte sie.

Sie schob ihren Teller näher zu mir, also nahm ich einen Bissen. Der Heilbutt war butterzart und hatte eine cremige Konsistenz. Er war mit einer Art Zitronen-Dill-Sauce beträufelt.

„Umwerfend", seufzte ich.

„Ich kann gut verstehen, warum es hier so voll ist." Sie sah sich im Restaurant um und nahm den vollbesetzten Gastraum in sich auf. Aber obwohl alle Tische belegt waren, wirkte der Raum nicht überfüllt.

Die Lodge war ursprünglich nur im Winter für Skifahrer

geöffnet gewesen. Die Familie Hamilton, der der Laden gehörte, hatte das Geschäft ausgebaut, nachdem sie es nach jahrelanger Schließung wieder zum Leben erweckt hatte. Sie boten Wanderungen und Radtouren an und arbeiteten mit einer Reihe anderer örtlicher Tourismusanbieter zusammen, darunter auch Flynns Flugunternehmen, um ihre Gäste bei Laune zu halten.

Dieses Restaurant befand sich im Hauptgebäude der Lodge. Es bot einen Blick auf die Skipisten und die umliegenden Berge sowie eine wunderschöne Aussicht auf einen Teil des Kachemak Bay in der Ferne. Der großzügige Raum hatte eine hohe Decke mit kreuz und quer verlaufenden Balken. Er wirkte modern und dennoch urig.

Delia Hamilton trat aus der Schwingtür der Küche ins Restaurant, schaute an ein paar Tischen vorbei und hielt dann neben unserem an. „Wie ist es?", fragte sie und sah zwischen Gemma und mir hin und her.

„Wie immer der Hammer", antwortete ich schnell.

Ihre blauen Augen wanderten erwartungsvoll zu Gemma. „Ein Träumchen", antwortete Gemma überzeugt.

„Ausgezeichnet. Kann ich euch noch was bringen?"

„Nein, danke", antwortete ich, während Gemma den Kopf schüttelte.

„Ich schaue bald mal in einem deiner Yogakurse vorbei", meinte Delia. „Ich bin ständig auf den Beinen, da würde mir das bestimmt guttun, um meinen Rücken etwas zu lockern."

„Darauf freue ich mich schon", antwortete Gemma mit einem Lächeln. „Es ist wirklich wunderschön hier."

„Delia ist die Köchin und leitet das Restaurant. Ihr Mann Garrett gehört zusammen mit seinen Geschwistern zu den Besitzern. Er ist Anwalt, deshalb versuche ich immer, mich mit ihm gut zu stellen", scherzte ich.

Delia lachte leise. „Er ist zwar Anwalt, aber keineswegs gnadenlos. Vor kurzem hat er seine Wirtschaftsfälle aufgegeben und sich nun ganz der Jagd, dem Angeln und der Beilegung von

Grundstücksstreitigkeiten verschrieben. Das macht ihm großen Spaß."

„Ich kann mir vorstellen, dass es hier in Alaska an interessanten Fällen nicht mangelt", meinte Gemma.

„Es gibt auf jeden Fall genug Abwechslung" fügte Delia hinzu. „Na schön, ich muss dann mal vorne nachsehen, ob auch alles in Ordnung ist. Schön, dich getroffen zu haben, Gemma. Und bis bald in einem deiner Kurse."

Mit diesen Worten eilte Delia davon, ihr zu einem Pferdeschwanz zusammengebundenes honigblondes Haar schwang hinter ihr her, während sie durch das Restaurant huschte und durch den Torbogen im Empfangsbereich verschwand.

Wir genossen weiter unser Abendessen, wurden jedoch einige Male unterbrochen, unter anderem von Gage Hamilton, der die Skihütte wieder zum Leben erweckt hatte. Das hatte mir zumindest Nora erzählt, die uns alle über den neuesten Klatsch und Tratsch auf dem Laufenden hielt, da sie hier aufgewachsen war.

„Freut mich, dich kennenzulernen", meldete sich Gage mit einem kurzen Lächeln in Richtung Gemma, bevor er in der Küche verschwand.

„Gibt es hier eigentlich irgendjemanden, den du nicht kennst?", fragte Gemma, während sie ihren Teller beiseiteschob und sich mit der Serviette den Mund abtupfte.

„Eine Menge Leute", antwortete ich mit einem Lachen. „Ich lebe aber schon seit fünf Jahren hier. Die Einheimischen hat man bald alle durch. Aber sobald die Touristen hier aufkreuzen, sieht die Sache anders aus. Wir kennen einander ganz gut, weil wir einander gegenseitig Gäste schicken. Das ist ein Geben und Nehmen. So habe ich die meisten Leute hier kennengelernt. Du wirst schon sehen, das wird auch bei dir so sein. Kannst du dir denn vorstellen, länger hier zu bleiben?"

Gemma hielt meinen Blick einen Augenblick lang fest. Ich glaubte, in ihrem Blick Unsicherheit wie einen Schatten wahrzunehmen, aber sie hob das Kinn und nickte. „Allerdings. Ich muss nur noch sicherstellen, dass ich das finanziell hinbekomme."

„Deine Kurse sind doch immer rappelvoll, wenn ich da bin."

„Das liegt daran, dass Daphne euch alle dort zusammentrommelt. Die Kleine tut meinem Business echt gut. Die Kurse sind voll, und das ist gut so."

„Was hat dich eigentlich nach Alaska verschlagen?", fragte ich.

In Alaska lebten jede Menge Zuzügler. Die Gegend war seit vielen Jahren dünn besiedelt und das war auch heute noch so. Jeder hatte seine eigene Geschichte, warum und wie er hierher gekommen war. Ob es nun der Wunsch nach einer Veränderung war oder weil man diese unverwechselbare Art von Wildnis erleben wollte. Wir alle hatten so unsere Gründe.

Gemma senkte kurz ihren Blick und nahm den letzten Schluck Wein. Ihre Schultern hoben und senkten sich mit jedem Atemzug, und ich konnte ihre Anspannung spüren. Obwohl ich ihre Geschichte nicht kannte, verspürte ich den unbändigen Drang, sie beschützen zu wollen. Wir hatten uns bislang nur geküsst. Allerdings war dieser Kuss einer der heißesten Küsse meines Lebens gewesen. Ich kannte sie erst seit ein paar Monaten, und doch wollte ich sie vor dem schützen, was ich in ihren Augen sah.

„Ich habe einfach eine Veränderung gebraucht. Ich hatte keine Ahnung, wo ich diese Veränderung finden würde, aber dann habe ich eine Reise hierher gewonnen. Nicht nach Diamond Creek, sondern nach Anchorage. Dort hat es mir zwar super gefallen, aber ich wollte nicht in einer Stadt leben, und Anchorage ist nun mal eine richtige Stadt. Eine Frau in meiner Unterkunft hat mir dann vorgeschlagen, mir Diamond Creek anzusehen. Das habe ich dann auch getan und bin auf den Job als Pferdepflegerin gestoßen. Zusammen mit dem Haus habe ich das als Zeichen gesehen, denn ich liebe Pferde und Reiten. Der Job deckt meine Kosten, also habe ich das als perfekten Start hier angesehen. Was hat dich hierher verschlagen?»

„Air Force", sagte ich knapp.

„Warst du etwa in Alaska stationiert?"

Ich schüttelte den Kopf. „Ich war mit Flynn, Elias, Gabriel und Tucker bei der Air Force. Flynn ist hierher zurückgekehrt, um sich um seinen Bruder und seine beiden Schwestern zu kümmern, nachdem ihre Mutter gestorben war. Uns anderen hat er eingeladen, für ihn zu arbeiten, sobald wir aus der Air Force ausgeschieden waren, weil er Piloten brauchte. Elias und ich sind etwa zur gleichen Zeit hierhergekommen, vor etwa fünf Jahren. Tucker und Gabriel sind dann ein Jahr später nachgekommen."

„Ihr scheint euch ja ziemlich gut zu verstehen."

„Ja, die Jungs sind wie eine Familie für mich."

„Woher kommst du ursprünglich?", fragte sie.

„Ich bin ein Militärkind. Mein Vater war auch bei der Air Force. Wir sind vielrumgekommen. Ich habe vier Schwestern, aber meine Eltern sind beide verstorben."

„Das tut mir leid", erwiderte sie schnell.

„Danke. Es ist zwar schon ein paar Jahre her, aber ich vermisse sie immer noch. Ich hatte riesiges Glück. Sie haben einander und auch uns von Herzen geliebt. Deshalb sind wir alle noch eng verbunden, obwohl wir über das ganze Land verstreut sind. Und du? Woher kommst du?"

„Aus Portland, Oregon. Meine Eltern und mein Bruder leben noch dort."

„Was hält deine Familie davon, dass du nach Alaska gezogen bist?"

„Sie unterstützen mich, aber es wäre ihnen lieber, wenn ich noch näher bei ihnen wohnen würde. Dabei erinnere ich sie immer daran, dass es Direktflüge von Portland hierher gibt und es gar nicht so weit ist."

Ich stellte fest, dass Gemma nicht gerne über ihre Familie sprach, also ließ ich das Thema fallen und meinte beiläufig: „Die meisten Familien wünschen sich, dass alle am selben Ort bleiben."

Nachdem der Kellner unsere Teller abgeräumt hatte, fragte

er noch nach einem Dessert, aber Gemma lehnte ab. Ich hätte fast noch etwas bestellt, da warf sie mir einen Blick zu. „Ich habe Brownies zu Hause."

„Heißt das, ich könnte einen davon abkriegen?", neckte ich sie und beobachtete genüsslich, wie sich ihre Wangen rot färbten.

Sie biss sich auf die Unterlippe, was mich vor Verlangen erschaudern ließ, bevor sie nickte. „Aber klar."

Ich bat den Kellner um die Rechnung. Nachdem er gegangen war, stellte Gemma klar: „Wir teilen uns die Rechnung natürlich."

Ich sah sie an. „Aber ich habe doch dich zum Essen eingeladen, also bezahle ich."

Sie presste die Lippen zusammen. „Nein, wir teilen uns die Rechnung."

„Wie wäre es, wenn du mich auch mal zum Essen einlädst und dich damit revanchierst?", entgegnete ich.

Gemma betrachtete mich und ihre Augen funkelten. Dann lachte sie leise, was mich sofort erregte. „Na gut. Das nächste Mal bezahle ich."

Auf dem Weg nach draußen konnte ich nicht widerstehen, meine Hand auf ihren Rücken zu legen, genau in die Vertiefung ihrer Taille, direkt über der süßen Rundung ihres Pos. Nur weil wir in der Öffentlichkeit waren, verzichtete ich darauf, mit meiner Handfläche über diese Rundung zu gleiten. Ich wusste ja, wie sich das anfühlte, und ich wollte dieses Gefühl unbedingt wieder spüren. Ich war mir zwar nicht sicher, worauf ich mich da mit Gemma einließ, aber ich war mir sicher, dass ich sie wollte. Mit einer Heftigkeit, die mich selbst überraschte.

Als wir einander wegen heute geschrieben hatten, hatte ich ihr mitgeteilt, ich müsse sie abholen, weil es am Flugzeughangar kaum Parkplätze gäbe. Das stimmte zwar, aber nicht wirklich.

Vielmehr wollte ich sie bloß für mich allein haben. Mehr noch, ich wollte sie wieder auf meinem Motorrad haben, und diesmal nicht, um einem durchgegangenen Gaul nachzujagen.

Wir steuerten wieder mein Motorrad an und ich reichte ihr den Helm. „Hast du immer einen zusätzlichen Helm dabei?"

Ich schüttelte den Kopf. „Nein, nur für dich."

Da riss sie unmerklich die Augen auf, aber sie sagte nichts weiter. Wortlos stieg sie hinter mich. Ich genoss das Gefühl ihrer Kurven, die sich gegen meinen Rücken drückten, als sie ihre Arme um meine Taille schlang.

Normalerweise nahm ich niemanden auf meinem Motorrad mit, schon gar keine Mädels. Ich hatte immer einen zusätzlichen Helm zu Hause, weil ich Schwestern hatte. Auch Cat hatte mich mal überredet, sie auf eine kurze Spritztour mitzunehmen. Zu meiner Bestürzung hatte Flynn zugestimmt, als ich ihr gesagt hatte, sie müsse ihn fragen. Sie war wie eine kleine Schwester für mich, und ihre Sicherheit lag mir genauso am Herzen wie die meiner eigenen Schwestern.

Als ich bei Gemma vorgefahren war, hätte ich mich am liebsten sofort auf sie gestürzt. Aber das tat ich nicht. Schließlich hatte ich ja Manieren.

Kapitel Neun

GEMMA

Als Diego den Motor abstellte, vibrierte mein Körper noch von der unbändigen Kraft seines Bikes. Ich holte tief Luft und löste widerwillig meine Arme von seiner Taille. Die Fahrt heute Abend war so anders als die erste. Damals war ich von Diegos Auftauchen ein wenig überrumpelt und wegen Charlie, der ausgebüchst war, verunsichert gewesen. Heute Abend wusste ich jedoch, wie es sich anfühlte, von ihm gehalten zu werden, und ich liebte das Gefühl seines muskulösen Körpers an meinem.

Gerade als ich darüber nachdachte, wie schön es wäre, wenn er sich herumdrehen und mich einfach auf seinem Motorrad nehmen würde, hörte ich Hufgeklapper und sah zur Weide hinüber, wo Charlie mit zwei anderen Pferden im Galopp auf uns zukam. Es waren insgesamt vier Pferde hier eingestellt, aber das älteste hielt sich eher in der Nähe der Koppel. Shasta war zwar das freundlichste Pferd der Gruppe, aber aufgrund seines Alters schon etwas steif. Ich verwöhnte ihn regelmäßig mit Leckerbissen.

Diego schwang sein Bein über den Sattel, nahm seinen Helm ab und legte ihn neben dem Motorrad ab. Ich stieg hinter ihm ab, reichte ihm den Helm und strich mir mit der Hand über die

Haare. „Ein wunderschöner Abend für eine Ausfahrt", rief ich begeistert.

Es war fast neun Uhr abends, und gerade begann der Himmel, sich zu verdunkeln. Es war diese verzauberte Dämmerstunde, in der die Sterne im silbernen Licht der Abenddämmerung funkelten und die verblassenden Farben des Sonnenuntergangs noch nachglühten.

Diego nickte und ließ seinen Blick über die Weide zu den Bergen und dem Wasser in der Ferne schweifen. „Die Pferde sind ja offenbar ganz aus dem Häuschen, dich zu sehen", stellte er mit einem langsamen Grinsen fest, als sein Blick wieder auf mich fiel.

Er hatte da zwar etwas ganz Harmloses gesagt, aber allein sein Blick ließ Schmetterlinge in meinem Bauch flattern und mein Puls raste, als eine Hitze durch mich schoss.

„Sie sind bloß neugierig. Keine Sorge, sie haben keinen Hunger. Ich habe sie gefüttert, bevor du mich abgeholt hast."

„Bleiben sie etwa die ganze Nacht auf der Weide?"

Ich schüttelte den Kopf. „Ich muss sie noch in ihre Ställe bringen. Hast du Lust, mir zu helfen?"

„Klar." Er verstaute den Ersatzhelm im Fach unter dem Sitz und legte seinen auf den Sitz, bevor er sich zu mir gesellte.

Meine Sinne waren geschärft, abgestimmt auf Diegos Anwesenheit. Das Geräusch unserer Schritte auf dem Kies wurde von einer Eule unterbrochen, die in den nahe gelegenen Bäumen krächzte. Sobald die Pferde mich mit Diego auf die Scheune zukommen sahen, trabten sie zu uns herüber.

Als wir durch die große Schiebetür in den Stall traten, schlug mir der beruhigende Geruch von Heu, Pferden und einem Hauch von Leder entgegen. Das waren die Gerüche meiner Kindheit gewesen, als ich reiten gelernt hatte. Meine Mutter war geritten, und wir hatten Nachbarn, die einen Bauernhof gehabt hatten, auf dem wir in der Nähe reiten durften. Es war ein beruhigender Ort in meiner Kindheit gewesen, an dem ich mal zur Abwechslung nicht immer das Gefühl gehabt hatte, ich müsste mich anstrengen, um mit meinen Eltern und meinem Bruder mitzuhalten.

Legasthenie war zwar eine häufig auftretende Lernschwäche, aber es war trotzdem nervend, dass niemand genau gewusst hatte, was mit mir los gewesen war. Auf Grund der hohen Erwartungen meiner Eltern an mich hatte die Schule das Problem nicht früher erkannt. Und wenn einmal Zweifel an einem nagen, bleiben die haften, wie Schimmel, den man manchmal auch nicht aus einem Raum entfernen kriegt. Aber ich hatte mich weitgehend damit abgefunden. Ich wusste, dass meine Eltern mich liebten, aber was passiert war, hatte meine Kindheit geprägt. Die Schule ist ein unglaublich wichtiger Teil der Kindheit. Wenn es dort mal nicht gut läuft, kann das zu einer Menge Unsicherheit und Selbstzweifeln führen. Pferde und Softball waren in diesen Jahren meine große Leidenschaft, von denen mir letztendlich nur eine bleiben sollte.

Diego sah sich um. „Schöne Scheune."

In der Tat war die kleine Scheune gut in Schuss. Es gab vier Boxen mit einem Gang dazwischen. Ich ging zum anderen Ende der Scheune und öffnete die Tür zur kleinen Koppel. Mein alter Kumpel Shasta kam langsam in die Scheune und hob die Nase, um mich an der Schulter zu stupsen.

„Hey, Süßer", begrüßte ich ihn und kraulte ihn an der Stirn.

Er wandte seine Aufmerksamkeit Diego zu, schnüffelte neugierig an ihm und stupste ihn leicht an seiner Schulter, als er vorbeiging.

„Ich schätze, das ist seine Art, dir ein Küsschen zu geben", sagte ich lachend.

Diego schien das überhaupt nicht zu stören, wodurch er sofort bei mir punkten konnte. Er lachte, als er Shasta begrüßte. Shasta war mal ein gesprenkeltes Pferd gewesen, wie ich von den Fotos im Haus wusste, aber jetzt war er fast ganz weiß. Er wurde liebend gern gebürstet, also striegelte ich ihn jeden Tag und kümmerte mich besonders um seine Mähne und seinen Schweif, mit dem er liebevoll wedelte, wann immer er vorbeiging. Shasta wusste, wo sein Platz war und betrat sofort seine Box, die am nächsten an der Tür zur Koppel lag.

Dann kam Charlie im Trab vorbei, hielt kurz inne, um Diego zu begrüßen, und schien ihn wiederzuerkennen. „Ich glaube, er weiß wohl, dass er mich schon mal gesehen hat", stellte Diego mit einem Lachen fest.

„Gut möglich. Das Ganze war ja auch ziemlich außergewöhnlich, mit deinem Motorrad und so."

Nachdem Charlie in seine Box gegangen war, folgten die beiden anderen Pferde. Das eine war eine dunkle Braune mit einer Blesse auf der Stirn und gehörte einer Frau, die die Straße runter wohnte und ziemlich regelmäßig vorbeikam. Das andere war ein Fuchs mit einer breiten weißen Blesse im Gesicht. Auch dieses Tier gehörte einem Nachbarn aus der Nähe, dessen Besitzer jedoch nicht so oft vorbeikam.

Sobald alle Pferde in ihren Boxen waren, schloss Diego ohne große Aufforderung die Türen zu den Boxen und verriegelte sie. Dann holten wir etwas Heu und er half mir, es in den Boxen zu verteilen.

Auf dem Weg nach draußen kribbelte es nervös in meinem Bauch. Am liebsten hätte ich ihn hereingebeten, aber ich konnte mich nicht erinnern, wann ich das letzte Mal jemanden in meine vier Wände eingeladen hatte.

Anscheinend war mein Mund aber schneller als mein Verstand, und mir kam die Frage über die Lippen: „Möchtest du noch kurz reinkommen?"

„Na klar. Erinnerst du dich etwa nicht mehr? Du hast mir doch den perfekten Brownie versprochen."

„Oh, stimmt. Aber habe ich wirklich behauptet, die Brownies wären perfekt?"

„Vielleicht nicht unbedingt mit diesen Worten, aber gerade deshalb haben wir ja auf den Nachtisch verzichtet. Wenn du es dir jedoch anders überlegt hast, möchte ich dich aber nicht drängen."

Als ich aus den Augenwinkeln sein neckisches Lächeln sah,

machte mein Magen ein paar Saltos und Schmetterlinge flatterten wie verrückt darin herum. „Oh, ich bestehe darauf", brachte ich hervor und spürte, wie meine Wangen heiß wurden.

Ich hatte ein kleines Haus im Ranchstil gemietet. Wir schritten durch die Eingangstür, die sich in der Mitte des rechteckigen Gebäudes befand und die man über eine kleine geschwungene Veranda erreichte. Die Eingangstür führte direkt ins Wohnzimmer. Auf der einen Seite befand sich ein Torbogen, der in die Küche und den Essbereich führte, und der andere Torbogen am anderen Ende mündete in einen Flur mit drei Schlafzimmern und einem Badezimmer. Wie überall in Alaska, so schien es mir zumindest, hatte das Haus durch die Bäume hindurch einen Blick auf die Berge an der Seite.

Diego sah sich um. „Schönes Haus."

„Finde ich auch", sagte ich. „Ich habe es komplett möbliert gemietet."

An der Tür streifte ich meine Schuhe ab, und er tat es mir gleich. „Komm doch mal mit", lud ich ihn ein und lief durch den Torbogen in die Küche. „Ich hole dir den Brownie."

Schokolade gehörte zu meinen liebsten Leckereien, und ich machte verdammt gute Brownies, wenn ich das mal so sagen darf. Die Dinger waren der Hammer, mit geschmolzener dunkler Schokolade in der Mitte. Erhitzt, mit Vanilleeis, waren sie für mich das beste einfache Dessert der Welt.

Diego folgte mir und sah sich in der Küche um. An drei Wänden zogen sich Arbeitsflächen entlang, und an den Fenstern stand ein kleiner ovaler Tisch, an dem ich immer meine Mahlzeiten einnahm.

„Setz dich doch", sagte ich über meine Schulter. „Darf ich dir was zum Trinken anbieten?"

„Nur Wasser, danke."

Ich schnitt schnell zwei Brownies in Stücke und wärmte sie in der Mikrowelle auf. Nur Augenblicke später saß ich Diego gegenüber und sah zu, wie er einen Bissen nahm und ein tiefes Stöhnen von sich gab. Der Klang vibrierte durch meinen ganzen

Körper. Es schien, als würde alles, was er tat, meine Hormone in Wallung bringen. Sie jubelten vor Begeisterung.

„Verdammt. Der ist verdammt gut", stieß er mit matter Stimme hervor. „Das ist wirklich der beste Brownie, den ich je gegessen habe."

Ich hatte ja keine Ahnung, warum ich ausgerechnet wegen Brownies rot wurde, aber so war es nun mal.

„Das freut mich zu hören. Aber ich bin mir sicher, dass Delia genauso gute Desserts hinbekommt. Immerhin ist alles andere dort auch locker fünf Sterne wert."

Diego nahm noch einen Bissen. „Da magst du wohl Recht haben, aber ich bin mir nicht sicher, ob sie diesen Brownie toppen kann. Mit dem Eis ist das vielleicht das beste Essen auf der Welt."

Ich lachte und nahm einen Bissen.

„Und, wie war der Flug?", fragte er ein paar Augenblicke später, nachdem er seinen Löffel abgelegt und seine leere Schüssel beiseitegeschoben hatte.

„Traumhaft. Ich bin noch nie in einem so kleinen Flugzeug geflogen. Ich kann kaum glauben, dass das dein Job ist."

„Manchmal kann ich es auch kaum glauben. Ich fliege schon seit Jahren. Deshalb bin ich ja auch zur Air Force gegangen. Ich wollte einfach nur fliegen. Ich hatte ja keine Ahnung, dass ich nach meinem Ausscheiden aus dem Militär einen solchen Job finden würde."

„Ich wette, ihr Jungs kriegt einfach nicht genug davon."

„Das stimmt. Ich habe einen Job, den ich liebe, und ich arbeite mit Leuten zusammen, die für mich wie eine Familie sind. Das ist unschlagbar. Ich kann mich wirklich glücklich schätzen."

Da durchfuhr mich eine heftige Sehnsucht. Das Gefühl, das er beschrieb, war genau das, wonach auch ich strebte – das Gefühl, einen Platz in der Welt zu haben und zu einer kleinen Gemeinschaft zu gehören. Danach hatte ich schon ewig gesucht.

Unruhig stand ich auf, um unsere Schüsseln in die Spüle zu

stellen. Ich spürte, wie er aufstand und hinter mir in die Küche trat. Seine Anwesenheit war stark, pur, animalisch und von einer natürlichen Männlichkeit. Sie war nicht erdrückend, aber irgendwie vollkommen.

Als ich mich umdrehte, lehnte er an der Arbeitsplatte, eine Hand auf die Kante gelegt, die andere in der Tasche. Es gab nun nichts mehr zu tun, und ich wurde ein wenig unruhig.

„Komm doch mal her", murmelte er mit rauer Stimme.

Da ich anscheinend alles tat, was Diego mir sagte, schritt ich durch die Küche und hielt vor ihm inne. Er streckte eine Hand aus, ergriff eine meiner Hände und zog mich näher zu sich heran. Die Hitze, die von ihm ausging, umhüllte meinen Körper, und pures Verlangen flackerte auf und ließ Flammen in mir auflodern

„Ich muss dich einfach wieder küssen", verkündete er langsam und entschlossen, jedes Wort wie ein Tropfen flüssiges Feuer, der sich in das Verlangen in mir mischte.

Ich leckte mir über die Lippen und versuchte zu atmen. „Okay", flüsterte ich. Dann legte er seine Hand um meine Taille und zog mich ganz an sich. Ich spürte seinen Atem wie eine sanfte Brise auf meiner Haut, als er seinen Kopf senkte und mir einen Kuss auf den Hals direkt hinter meinem Ohr gab, der mich heiß erschaudern ließ. Anschließend bewegte er sich gemächlich zu meinem Mund und drückte heiße, innige Küsse auf die Unterseite meines Kinns.

Er gab mir einen Kuss auf jeden Mundwinkel, bevor er endlich, endlich seinen Mund auf meinen legte.

Das alles kann nicht länger als ein paar Sekunden gedauert haben, und doch war dieser Augenblick so voller Spannung und Verlangen, dass ich kaum noch denken konnte, als seine Zunge in meinen Mund glitt. Ich stöhnte schamlos in unseren Kuss hinein, meine Zunge gierig an seiner. Als Antwort knurrte er und ließ seine Hand zu meinem Po gleiten. Ich spürte sein hartes, heißes Verlangen an meiner Scham. Und ich wollte ihn ganz. Jetzt.

Er verschlang meinen Mund mit gekonnten Bewegungen

seiner Zunge, zog sich nur zurück, um an meinen Lippen zu knabbern und dann wieder einzutauchen. Ich war schon ganz gierig, eine Hand erkundete seine Brust, die andere schob sich unter sein Short. Mein Gott, er bestand lediglich aus Muskeln. Seine Haut fühlte sich warm an und lebendig, als ich mit meiner Hand darüber strich.

Da murmelte er etwas, riss seine Lippen los und holte keuchend Luft. Ich schluckte gierig Luft, während mein Herz pochte und mir das Blut in den Ohren rauschte.

Seine Augen wanderten über mein Gesicht. Wir waren mucksmäuschenstill und blickten uns nur an. Dieser Augenblick fühlte sich unglaublich vertraut an. Ich hatte mich noch nie so sehr im Mittelpunkt der Aufmerksamkeit eines anderen gefühlt. Wir waren einfach nur da, gefangen in diesem Augenblick,

Seine Handfläche glitt von der Stelle, an der er die Rundung meines Pos gestreichelt hatte. Ich vermisste seine Berührung sofort, aber dann hob er seine Hand und ließ seine Finger über meine Haut am Rand meiner Bluse gleiten. Seine leichte Berührung war wie ein Feuer. Er hielt inne, als seine Fingerspitze in der Mitte, über dem obersten Knopf, landete.

„Bitte", hörte ich mich sagen, kaum in der Lage, den kehligen, fast flehenden Ton in meiner Stimme zu erkennen. Ich war nicht der Typ Frau, der sich der Leidenschaft hingab. Es war fast so, als hätte ich eine Fremde beobachtet, die einen Teil von mir ausfüllte, den ich nie gekannt hatte.

Aber da Diego offenbar meine Gedanken lesen konnte, öffnete er den obersten Knopf und arbeitete sich langsam nach unten – einen verlockenden Knopf nach dem anderen.

Kapitel Zehn

DIEGO

Gemma hatte so viele nervige kleine Knöpfe an ihrer Bluse. Ich hätte nie gedacht, dass Knöpfe irgendeinen Einfluss auf meinen Körper haben könnten, aber die Spannung, die ich spürte, als ich sie einen nach dem anderen aufknöpfte, fühlte sich an, als würde sich etwas in mir zusammenziehen. Ihr leises Stöhnen und das Gefühl ihrer Hand auf meiner Brust machten die Sache noch schlimmer.

Sobald ihre Bluse aufging und ich einen Blick auf ihren dunkelblauen Spitzen-BH erhaschte, schoss mir heißes Verlangen den Rücken hinauf und ich stieß ein raues Stöhnen aus. Sie drückte sich an mich, also drehte ich uns blitzschnell herum, hob sie hoch und ließ ihre Hüften auf die Arbeitsplatte gleiten. Sie stieß ein überraschtes Keuchen aus, und als ich sie ansah, spürte ich, wie sich ein Grinsen in meinen Mundwinkeln ausbreitete.

„Entschuldige, dass ich dich erschreckt habe, Süße", flüsterte ich, bevor ich eine Spur von Küssen entlang ihres Schlüsselbeins hinterließ.

Ich quälte mich ein wenig, indem ich mit meiner Handfläche über die weiche Rundung ihres Bauches glitt, bevor ich zu einer ihrer Brüste wanderte und sie mit meiner Hand umfasste. Sie passte wie angegossen in meine Handfläche und fühlte sich schwer an. Ich strich mit meinem Daumen über die Brustwarze und genoss, wie sie sich unter meiner Berührung verhärtete. Ihre Augenlider waren schwer, und ihr Atem ging schnell und stoßweise.

Ich brauchte nun wieder ihren Mund und neigte mich zu ihr, um ihre vollen, feuchten Lippen zu erobern. Sie küsste wie ein Traum, ihr Mund öffnete sich sofort, heiß und süß. Ihre Zunge spielte mit meiner, und sie schmeckte ein bisschen nach Schokolade, eine besondere Art von Himmel, die ich mir nicht hätte vorstellen können. Schokolade und Küsse passten unglaublich gut zusammen.

Ich nahm einen langen, genüsslichen Schluck aus ihrem Mund und machte mich dabei mit dem Gefühl ihres Körpers unter meinen Händen vertraut. Ich legte eine Hand um ihre Taille, auf ihre seidige Haut, und meine Finger glitten unter den Bund ihrer Jeans, um ihren Po zu umfassen. Ich war erleichtert, dass sie nicht zu eng war, denn in diesem Augenblick wollte ich einfach nur leicht an sie herankommen.

Alles an Gemma war sanft und warm und sinnlich. Inzwischen war mein Schwanz hart wie Stahl und sehnte sich nach ihr. Ich wollte sie unbedingt, aber die heutige Nacht sollte nur ihr gehören. Obwohl ich mich nie vor einer heißen Begegnung scheute, bei der jeder bekam, was er wollte, hielt ich mich bei Gemma irgendwie zurück. Als hätte ich gewusst, dass es für mich umso besser werden würde, falls ich wartete.

Schließlich löste ich mich von ihrem verführerischen Mund und murmelte: „Du schmeckst so verdammt gut."

Sie antwortete mit einem Laut zwischen Stöhnen und Wimmern, als ich ihre Brustwarze zwischen Daumen und Zeigefinger drückte, kurz, bevor ich den Verschluss zwischen ihren Brüsten öffnete. Dann richtete ich mich auf und ließ meinen Blick nach unten gleiten. Ihre Brüste kamen zum Vorschein, prall und rund, mit tiefrosa Brustwarzen, die beide nach meinem Mund verlangten.

Ob sie nun bettelten oder nicht, ich musste sie einfach verkosten und senkte meinen Kopf, um eine Brustwarze mit meinen Lippen einzufangen. Ich umkreiste sie langsam mit meiner Zunge und saugte leicht daran, bevor ich mich zurückzog. Ich war kurz davor, in meiner Jeans zu kommen wie ein Teenager, ohne dass sie mich überhaupt berührt hatte, als sie einen rauen Schrei ausstieß und keuchend meinen Namen flüsterte. Ich konnte nicht widerstehen und musste ihrer anderen Brust die gleiche Aufmerksamkeit schenken. Ich wollte doch nicht, dass sich irgendein Teil ihres Körpers vernachlässigt fühlte.

Währenddessen griff Gemma zwischen uns und streichelte mutig mit ihrer Handfläche über meinen Schwanz. Verdammt. Diese Kleine trieb mich noch an die Grenzen meiner Selbstbeherrschung. Ich hob den Kopf, streichelte mit dem Daumen ihre Brustwarze und kostete aus, wie sie sich meiner Berührung entgegenbog.

Während sie weiter über mich strich, murmelte ich: „Ganz ruhig.“

Sie hob die Wimpern und ihr dunkler, verträumter Blick traf mich wie eine Peitsche, die mein Verlangen noch stärker und schneller anfachte.

„Ich brauche ...“, begann sie, gerade, als ich meine Hand über ihren Bauch gleiten ließ, um ihre Scham zu umfassen.

Selbst durch den Jeansstoff konnte ich ihre Hitze spüren. „Sag mir, was du brauchst, Süße.“

„Etwas“, keuchte sie, fast genervt.

Da knöpfte ich blitzschnell ihre Jeans auf und zog den Reißverschluss runter. Dieses leise Geräusch vermischte sich mit all den anderen Empfindungen, die durch meinen Körper strömten. Es war gerade genug Platz, um meine Hand in ihre Jeans zu schieben und zu spüren, dass ihr Höschen vor Erregung klatschnass war.

Ich hatte keine Lust auf irgendwelchen Schnickschnack, nicht heute Nacht. Ich fühlte mich wie ein Felsbrocken, der in einer Lawine den Berg hinunterstürzte und wild hin und her sprang, auf der Suche nach dem Einzigen, was ich begehrte. Nun, nicht dem Einzigen, aber dem Einzigen, das ich mir heute Nacht gönnen würde – ihre Lust.

Ihre Hüften bäumten sich unruhig unter meiner Berührung. Obwohl der Platz knapp war, schob ich ihr Höschen zur Seite und tauchte meine Finger in ihre Falten. Diese waren feucht von ihrer Erregung. Dann beugte ich mich vor und fing ihre Lippen wieder mit meinen ein, gerade, als sie ein leises Wimmern von sich gab, das ich in unserem Kuss auffing, während ich einen Finger nach dem anderen bis zum Fingerknöchel in ihrem engen Innersten versenkte.

Verdammt. Das Gefühl ihrer Nässe, heiß und glitschig um meine Finger, während ich sie immer höher trieb, war so ganz anders als alles andere, was ich je erlebt hatte.

Ich konnte spüren, wie ihre Brüste bei ihrem heftigen Atmen gegen meinen Oberkörper stießen. Obwohl mein T-Shirt uns trennte, war das Gefühl berauschend. Ich rang um Selbstbeherrschung, tauchte mit meiner Zunge in ihren Mund und ahmte die Bewegung meiner Finger in ihrem Kanal nach, während sie sich an mir rieb.

Ich spürte, wie sie sich um mich zusammenzog. Schnell hob ich meinen Kopf, weil ich mir das unbedingt ansehen musste. Ihre Haut war gerötet und ihre Lippen waren rosa und prall. „Lass mich deine Augen sehen", bat ich mit angespannter Stimme, die vom Verlangen in meinem Körper zeugte.

Sie hob die Wimpern und sah mir unverwandt in die Augen. Dabei beobachtete ich, wie sie sich auflöste, ihre Augen wieder schloss, ihr ganzer Körper zitterte und sie sich bog, während sich die Muskeln in ihrem Nacken unter ihrem schrillen Schrei anspannten.

Kapitel Elf

GEMMA

Ich bekam kaum mit, wie Diego langsam seine Hand zurückzog, mein Höschen zurechtzog, meine Jeans zumachte und sogar mit einer Hand zuknöpfte. Die ganze Zeit über hielt er mich fest. Mein Kopf sank auf seine Schulter, während ich versuchte, nach dem einzigen Orgasmus, den ich jemals mit jemand anderem als mir selbst gehabt hatte, wieder zu Atem zu kommen.

Ich hatte schon öfter Sex gehabt, aber nichts davon war wirklich sonderlich aufregend gewesen. Meine sexuellen Erfahrungen waren irgendwie, nun ja, langweilig. Ich hatte eigentlich schon aufgegeben, jemals etwas Besseres zu erleben. Aber Diego hier hatte mich völlig umgehauen und mich in seinen Armen dahinschmelzen lassen. Ich fühlte mich völlig kraftlos, während Wellen der Erregung durch meinen Körper rauschten wie an einer tosenden Brandung.

Ich konnte sein hartes Glied spüren, direkt an der Innenseite meines Oberschenkels, wo meine Beine vom Rand der Theke baumelten.

Ich wusste nicht warum, aber ich spürte, dass er nicht vorhatte, heute Nacht weiter zu gehen. Und ein kleiner Teil von mir machte sich darüber Sorgen. Bisher war ich davon ausgegangen, dass es die Aufgabe einer Frau war, dafür zu sorgen, dass kein Mann unbefriedigt blieb. Also wollte ich Diego wenigstens einen Bruchteil der Lust zurückgeben, die er mir gerade bereitet hatte. Und am liebsten noch viel mehr. Das hier fühlte sich alles andere als eine Pflicht an, was sich für mich seltsam anfühlte. Schon allein wegen meiner gegensätzlichen früheren Erfahrungen. Ich fühlte mich in seiner Gegenwart auf eine Weise wohl, wie ich das noch nie mit einem Mann empfunden hatte.

Endlich fand ich genug Kraft, um meinen Kopf zu heben und die Augen zu öffnen. Ich stellte fest, dass ich eine Hand um seine Taille gelegt hatte und damit gegen seine sehnigen Rückenmuskeln drückte. Ich hatte einen so heftigen Orgasmus gehabt, dass ich gar nicht bemerkt hatte, dass ein Teil meines Körpers sich noch immer an ihn klammerte.

Er schlug die Augen auf und sein Blick suchte meinen. Dann senkte er den Kopf und gab mir einen langen Kuss, gerade lang genug, um meinen Körper wieder auf Touren zu bringen, sodass Wellen der Erregung durch mich jagten und sich zu einem weiteren Rausch der Lust vermischten.

Als er sich zurückzog, entfuhr mir die Frage: „Aber was ist mit dir?"

„Nicht heute Nacht, Süße", erwiderte er da mit dieser tiefen, rauen Stimme.

Er musste nur ein Wort sagen, und schon lief mir wieder ein Schauer über die Haut. Es fühlte sich fast so an, als wäre meine Libido nach einem langen Winterschlaf erwacht, voller Energie und hungrig nach Nahrung.

Ich überraschte mich selbst mit einer weiteren Frage. „Warum nicht?"

Diego schwieg, und für einen Augenblick kam meine Verletzlichkeit wieder zum Vorschein. Ich glaubte, dasselbe in seinen Augen zu sehen. Doch das Gefühl verschwand schnell, wie der Flügel eines Vogels aus dem Augenwinkel.

„Weil ich nichts überstürzen will. Nicht mit dir." Er unterstrich seine Aussage mit einem weiteren langen Kuss.

Jede Berührung fühlte sich an wie Honigtropfen, die über meine Haut perlten, warm und süß.

„Einverstanden?", fragte er und sah mir in die Augen, als er den Kopf wieder hob.

Ich nickte, bevor ich noch groß darüber nachdenken konnte. Denn so war es. Vielleicht, nur vielleicht, musste Sex sich ja nicht wie ein Tauschgeschäft anfühlen. Das war ein ganz neuer Gedanke für mich.

Er trat zurück und half mir vom Tresen herunter. Ich schloss meinen BH und er knöpfte meine Bluse zu. Dabei streiften seine Fingerknöchel immer wieder meine Haut, und bei jeder Berührung sprühten Funken.

Ich fühlte mich innerlich wie ein Wackelpudding, und hier und da hallten kleine Wellen der Lust durch meinen Körper.

„Heute war wirklich ein unglaublicher Tag", sagte ich und sah zu ihm auf.

Seine Lippen verzogen sich zu einem langsamen Lächeln, und mein Herz machte einen süßen Sprung in meiner Brust, eine weitere Überraschung.

„In der Tat. Aber du bist mir ein Abendessen schuldig, vergiss das besser nicht."

„Auf keinen Fall. Wann sollen wir uns treffen?"

Ich verfluchte mich insgeheim dafür, dass ich so schnell geplappert hatte. Ich kannte mich mit Dating nicht wirklich aus. Oder besser, ich war grottenschlecht darin. Entweder hatte ich kein Interesse, oder ich schaffte es nicht, ungezwungen zu bleiben. Manchmal empfand ich auch nichts, oder ich kam zu übereifrig rüber, so wie jetzt. Und das kam doch nie gut an. Ich hätte lieber warten sollen, bevor ich ihn wieder sehen wollte, vielleicht gab es dafür sogar eine empfohlene Zeitspanne. Ich war mir ziemlich sicher, dass ich später online Tausende von Artikeln oder Online-Diskussionen darüber finden würde, wie lange man warten sollte und warum es am besten war zu warten und warum es wichtig war, nicht zu übereifrig zu wirken, und so weiter und so fort.

Während meine Gedanken ihre wilden Kreise zogen, holte Diego sein Handy aus der Tasche und tippte auf das Display. „Ich bin für die nächsten sieben Tage durchgehend mit Flügen ausgebucht." Dabei warf er mir einen bedauernden Blick zu.

Mein unsicheres Herz jubelte. Er war enttäuscht. Vielleicht hatte ich es doch nicht völlig vermasselt, indem ich mich wie ein überdrehtes Hündchen aufgeführt hatte.

„Wie wäre es, wenn du mir Bescheid gibst?", schlug ich vor.

„Versprochen. Meine Schwester kommt auch bald zu Besuch. Ich weiß aber noch nicht genau, wann. Ich verspreche dir, schon bald mit dir zusammen essen zu gehen, aber wahrscheinlich möchtest du nicht gleich beim ersten Mal auf ein Dreierdate zusammen mit ihr." Dabei verdrehte er die Augen. „Sie ist nämlich superneugierig und könnte dich abschrecken. Und trotzdem liebe ich sie."

Ich biss mir auf die Lippe und musste fast lachen über die Zärtlichkeit, mit der er seine Schwester beschrieb, und die liebevolle Verärgerung in seinem Tonfall.

„Sagen wir, am nächsten Samstag nach meinem letzten Flug. Wir haben immer zwei Tage frei, nachdem wir sieben Tage hintereinander gearbeitet haben. An diesem Tag fliege ich mit Sicherheit nicht."

„Aber was ist mit deiner Schwester?"

„Lass uns darüber nachdenken, falls sie dann da sein sollte", antwortete er mit einem Achselzucken.

Kapitel Zwölf

DIEGO

Ein paar Tage später

Ich leerte meinen Kaffee und lehnte mich in meinem Stuhl am Tisch in der Küche des Resorts zurück. „Mann, ist der Kaffee lecker."

Elias mir gegenüber am Tisch lachte leise. Er war heute Morgen aufgetaucht, um mit uns einen Brunch nur für Mitarbeiter zu genießen, bei dem Cammi Kaffee für alle zubereitet hatte. Sie hatte ihn sogar in einer Thermoskanne abgefüllt, damit er noch warm war, als Elias hier angekommen war.

„Ja, Mann, wehe, du trennst dich jemals von ihr", meinte Tucker neben mir.

„Auf keinen Fall. Da haben wir auf jeden Fall ein Wörtchen mitzureden", fügte Gabriel hinzu.

„Ich mache schon nicht Schluss mit ihr", versprach Elias. „Aber nicht, weil ihr Kaffee so lecker wäre."

„Wir wissen doch, dass du ihr verfallen bist, das musst du nicht ständig betonen." Gabriel klang ein bisschen genervt, wahrscheinlich, weil es ihm nicht reichte, dass er und Nora sich noch immer heimlich trafen.

Apropos, da kam Nora gerade durch die Tür vom hinteren Flur herein. Sie hatte ihre eigene Hütte in der Nähe und wohnte nicht in den Familienzimmern hier in der Lodge.

„Guten Morgen", rief Nora, als sie herüberkam, um nachzusehen, was Daphne da am Herd zubereitete.

Daphne rief ihr zu: „Es gibt Omelettes, mit Gemüse oder Fleisch."

Nora lächelte, während sie sich bediente. Obwohl das Resort viel voller war, seit Daphne hier arbeitete, veranstalteten wir mindestens einmal pro Woche einen Brunch sowie ein Abendessen nur für die Mitarbeiter. Sie hielt es für wichtig, eine Pause vom Kochen für die Gäste zu haben. Außerdem wollte sie damit auch gewährleisten, dass die Gäste die Restaurants in der Stadt besuchten. Daphne war unsere Köchin, aber mittlerweile war sie auch sowas wie die Managerin des Resorts. Flynn hatte sich so darauf konzentriert, das Fluggeschäft zum Laufen zu bringen, dass alles andere hier für ihn ein regelrechtes Chaos gewesen war.

Daphne hatte inzwischen mit fast allen anderen Tourismusunternehmen in der Stadt Kooperationsvereinbarungen getroffen. Einfach klasse. So hatten wir die Möglichkeit, uns zu entspannen und gemeinsam zu relaxen, wenn keine Gäste da waren.

Nora kam zu uns an den Tisch und ließ sich auf den freien Stuhl neben Gabriel fallen. „Also, was gibt's heute Morgen Neues?", fragte sie in die Runde.

Elias schob ihr wortlos eine Kaffeetasse mit ihrem Namen über den Tresen. „Ich schätze, der ist noch warm. Von Cammi."

Nora machte große Augen. „Oh Mann. Cammi ist echt die Beste. Du darfst nie, nie, nie mit ihr Schluss machen."

„Herrgott." Elias lehnte sich in seinem Stuhl zurück. „Was habt ihr nur alle? Ich habe doch überhaupt nicht vor, mich von Cammi zu trennen."

Flynn schmunzelte über Noras verwirrten Blick. „Wir haben ihn auch schon daran erinnert, dass er das nicht tun darf."

Nora grinste und Grübchen zeigten sich auf ihren Wangen. „Nun, wir haben und schon daran gewöhnt, mindestens einmal pro Woche ihren leckeren Kaffee von dir serviert zu bekommen. Außerdem wollen wir doch nicht, dass in den beiden besten Cafés der Stadt dicke Luft herrscht."

Das Gespräch plätscherte dahin. Daphne, die auch in unserer Pause nur an die Arbeit dachte, wollte unbedingt den Speiseplan besprechen. Cat kam von einer Pyjamaparty bei einer Freundin zurück. Gerade, als wir uns verabschieden wollten, fiel mir ein, allen mitzuteilen, dass meine Schwester morgen ankommen würde. Sie hatte sich früher als geplant angekündigt.

„Morgen? Cool. Ich mag Harley. Die ist echt witzig", meinte Cat.

„Allerdings", antwortete ich mit einem langsamen Nicken. „Ich habe ihr empfohlen, sich vielleicht ein Auto zu mieten, falls sie öfter in die Stadt fahren möchte."

„Sie kann sich doch auch einen der Trucks des Resorts schnappen", sagte Flynn. „Immerhin haben wir drei davon. Da steht immer einer frei herum."

„Sie kann doch kein Auto mit Schaltgetriebe fahren", erwiderte ich.

„Im Ernst?", fragte Grant entsetzt.

Ich lachte leise. „Ja. Das lernt heutzutage leider nicht mehr jeder."

„Ich schon", warf Cat ein. „Ich kann es ihr beibringen, und ich habe noch nicht mal den Führerschein."

„Wann ist deine Führerscheinprüfung überhaupt?", fragte Daphne.

Cat holte ihr Handy heraus und blätterte durch ihren Kalender. „In zwei Wochen. Aber bitte zwingt mich nicht, mit einem Wagen mit Schaltgetriebe zur Prüfung zu fahren. Ich kann das zwar ganz gut, aber ich möchte es keinesfalls vermasseln."

„Du kannst mein Auto nehmen", bot Daphne an. „Das ist ein SUV mit Automatik. Damit kannst du in den nächsten zwei Wochen gleich ein wenig üben." Daphne war Flynn einen bedeutsamen Blick zu. „Erspar ihr doch das Fahren mit Schaltgetriebe."

Flynn würde Daphne niemals etwas abschlagen, also nickte er schnell. „Natürlich. Am besten kümmerst du dich darum, sie auf die Prüfung vorzubereiten."

Mit einem kurzen Winken verließ Cat die Küche und steuerte die Privatwohnung an. „Bin gleich zurück, ich möchte bloß meine Tasche abstellen."

Die Gruppe löste sich allmählich auf, bis nur noch ich, Flynn, Daphne und Nora übrig waren. Cat kehrte auch wieder zu uns zurück, um mit uns zu essen, aber sie war vollauf damit beschäftigt, einer Freundin eine Sprachnachricht nach der anderen zu schicken, was im Grunde genommen auf ein Telefonat hinauslief, aber nicht wirklich. Manchmal fühlte ich mich uralt.

„Du solltest dich besser fertig machen", meinte Nora.

„Fertig machen wofür?", fragte ich zurück.

„Für deine Schwester. Als Harley das letzte Mal hier war, hatte sie drei Heiratskandidatinnen für dich im Gepäck. Alles Freundinnen. Sie bringt doch nicht etwa eine davon mit, oder?"

Ich stöhnte und lehnte meinen Kopf zurück. Nach einem tiefen Atemzug betrachtete ich Nora. „Woher soll ich das denn wissen? Sie würde vielleicht versuchen, mich damit zu nerven, aber sie würde keine Frau einfach so mitbringen, ohne vorher mit mir darüber zu sprechen. Wir bräuchten ja auch eine geeignete Unterkunft. So wie es aussieht, nimmt sie Elias' altes Zimmer."

„Wurde auch Zeit, dass er das Zimmer aufräumt", sagte Daphne mit einem leisen Lachen. „Wann hat er überhaupt das letzte Mal hier übernachtet?"

„Kann mich nicht daran erinnern", meinte Flynn.

„Ja, er ist jetzt bei Cammi eingezogen. Ich freue mich ja so für ihn", sagte ich.

Nora betrachtete mich nachdenklich. „Was ist eigentlich mit dir? Ich hätte immer gedacht, dass du der Erste sein würdest, der sich verliebt. Ehrlich gesagt bin ich überrascht, dass du noch keine Kinder hast. Du bist doch der geborene Familienvater."

Flynn nickte. „Das habe ich auch schon gesagt."

Ich zuckte mit den Schultern. „Vielleicht irgendwann mal."

Nora grinste mich verschmitzt an. Da wusste ich gleich, dass sie noch etwas im Schilde führte. „Was ist mit Gemma?"

Da schoss mir Gemmas Bild durch den Kopf – mit geröteten Wangen, von unseren Küssen geschwollenen Lippen und vor Verlangen trüben Augen. Neulich Abend hatte ich mich mit aller Kraft zurückhalten müssen, um sie nicht zu nehmen. Das wollte ich Nora aber natürlich nicht unbedingt auf die Nase binden. „Was soll mit Gemma sein?", gab ich zurück.

„Delia hat mir erzählt, dass du sie neulich zum Essen ausgeführt hast, und wir wissen alle, dass du mit ihr fliegen warst", warf Daphne ein.

Natürlich hätte ich wissen müssen, dass sie es alle herausfinden würden. Nicht, dass mich das sonderlich gestört hätte. „Ich mag Gemma", entgegnete ich also kurzentschlossen.

Flynn, der mich wahrscheinlich besser kannte als jeder andere am Tisch, lachte leise. „Diego macht nun mal alles in seinem eigenen Tempo."

In diesem Augenblick klingelte das Telefon des Resorts, Daphne stand auf und eilte durch die Küche, um abzunehmen. Die Gruppe löste sich langsam auf. Ich blieb mit Flynn am Tisch sitzen und trank meinen Kaffee aus. „Danke, dass Harley hier übernachten darf", sagte ich.

„Kein Thema", antwortete Flynn. „Sie gehört doch zur Familie, genau wie du."

„Das könntest du noch bereuen, je nachdem, wie lange sie bleibt", erwiderte ich mit einem Lachen.

Flynn schüttelte den Kopf. „Bestimmt nicht. Die Kleine ist echt in Ordnung." Er sah mich einen Augenblick lang schweigend an, bevor er fortfuhr: „Weißt du, deine Angewohnheit, alles so locker zu nehmen, passt nicht wirklich zu deiner Persönlichkeit."

„Was meinst du damit?", fragte ich zurück.

„Nun, ich weiß, dass deine Ex dich verletzt hat, mit dem, was mit dem Geld deiner Eltern abgezogen hat, aber du bist nun mal ein Familienmensch. Ich fände es schade, wenn du dir das entgehen lassen würdest, nur, weil du zu einem kleinen Zyniker geworden bist."

Ich zuckte mit den Schultern und seufzte tief. „Du brauchst reden. Erst Daphne hat dich doch wirklich weich gemacht."

Flynn zuckte lässig mit den Schultern, ohne sich von meiner Bemerkung aus der Ruhe bringen zu lassen. „Vielleicht habe ich das ja gebraucht. Vielleicht solltest du auch mal darüber nachdenken, was du brauchst."

Kapitel Dreizehn

GEMMA

Ich war gerade auf dem Weg nach Hause von meinem letzten Yogakurs des Tages und freute mich schon darauf, mich um Charlie zu kümmern. Das fand ich immer total entspannend. Da leuchtete plötzlich das Armaturenbrett in meinem Auto auf und zeigte einen Anruf an. Der Name meines älteren Bruders blinkte auf dem Display.

Ich drückte auf die Taste, um den Anruf anzunehmen. „Hey, Neal."

„Hey, Schwesterchen. Wie ist es in Alaska?"

„Wunderschön. Ich hoffe, du kannst mich bald mal besuchen kommen."

„Das habe ich vor. Ich würde gerne noch vor dem ersten Schnee kommen."

„Wie läuft es bei dir?"

Mein Bruder war einer meiner liebsten Menschen auf der Welt. Er war clever, freundlich und witzig. Außerdem war er ein hervorragender Anwalt und spezialisiert auf Umweltfragen, seine große Leidenschaft.

„Supergut. Viel zu tun bei der Arbeit."

„Was gibt es sonst noch Neues?", neckte ich ihn zurück.

Obwohl ich ihn nicht sehen konnte, spürte ich, wie er mit

den Schultern zuckte, und hörte das Lächeln in seiner Stimme. „Zum Glück macht mir die Arbeit Spaß. Hast du kurz Zeit zum Quatschen?"

„Klar. Sonst hätte ich ja nicht abgenommen. Ich sitze gerade im Auto, habe gerade meine letzte Stunde für heute hinter mir und bin auf dem Weg nach Hause, um mich um die Pferde zu kümmern."

„Alles klar. Ich wollte dich nur vorwarnen, bevor du es von jemand anderem erfährst." Neals Stimme wurde ernst.

Eine bange Vorahnung lief mir wie eiskaltes Wasser den Rücken hinunter, drehte sich in mir herum und schnürte mir die Brust zusammen wie eine kalte Faust. „Was ist denn los?", fragte ich, meine Stimme klang angespannt in meinen eigenen Ohren.

„Die Staatsanwaltschaft hat Anklage gegen Coach Winston erhoben. Darüber wird heute Abend in allen Sendungen in Portland berichtet."

Die kalte Faust in meiner Brust ballte sich noch fester und ein vertrautes Übelkeitsgefühl breitete sich in meinem Magen aus. „Was?" Bei diesem Wort fühlten sich meine Lippen ganz taub an.

„Coach Winston muss sich einer ganzen Reihe von Anklagepunkten stellen. Einige davon wegen Verstößen gegen die Universitätsordnung, andere wegen Straftaten, darunter sexueller Missbrauch von Minderjährigen. Das ist ein Riesending. Ich wollte dich nur warnen, bevor du davon in den Nachrichten hörst", erklärte Neal mit vorsichtig ruhiger Stimme.

„Heilige Scheiße", stieß ich langsam hervor.

„Ich habe dir doch gesagt, dass ich von Ermittlungen gehört habe. Wenn du dich mit jemandem darüber austauschen möchtest, kann ich dir die notwendigen Kontakte herstellen. Es gibt vielleicht keine konkreten Anklagepunkte in Zusammenhang mit deinem Fall, aber du könntest als Zeugin aussagen."

Mein Bruder hielt inne, und ich spürte, dass er abwartete, wie ich reagieren würde. Aber ich war wie gelähmt. Ich atmete tief durch und versuchte, die Angst zu unterdrücken, die in mir aufstieg.

„Du musst überhaupt nichts tun", fügte er hinzu. „Ich wollte dir nur eine Möglichkeit aufzeigen. Sie haben andere Opfer gebeten, sich zu melden. Wenn du meine Unterstützung brauchst, kann ich dich mit Anwälten zusammenbringen, die Opfer wie dich vertreten."

Der ruhige und bedächtige Tonfall meines Bruders verriet mir, dass er sich Sorgen machte. Das erinnerte mich auch wieder daran, dass ich stets diejenige in meiner Familie war, um die sich alle Sorgen machten. Und das hasste ich.

Ich holte nochmal tief Luft und antwortete schließlich: „Ich denke darüber nach. Ich hätte nie gedacht, dass das passieren würde. Ich kann es ehrlich gesagt immer noch nicht glauben.

„Was dir in der Highschool widerfahren ist und die Beschwerden, die du und Janet eingebracht habt, haben den Stein ins Rollen gebracht. Auch wenn es sich damals nicht so angefühlt hat. Seitdem steht er unter Beobachtung. Solche Dinge brauchen nun mal viel Zeit. Wie kann ich dich am besten unterstützen?"

„Allein, dass du mir davon berichtet hast, bedeutet mir sehr viel. Ich lasse mir das alles durch den Kopf gehen und melde mich dann bei dir, bevor ich irgendwas unternehme."

„Alles klar, ruf mich an, wenn du bereit bist, weiter darüber zu reden. Und sonst so ... Wie ist das Wetter bei dir?", neckte er mich. Das war so ein uralter Witz zwischen uns. Immer wenn es angespannt wurde, lenkten wir unser Gespräch auf das Wetter.

Ich grinste. „Wunderschön. Aber ich habe mich immer noch nicht an die langen Tage gewöhnt."

„Wann geht denn die Sonne dort unter?"

„Ungefähr, wenn ich für gewöhnlich schlafen gehe", antwortete ich lachend.

Meine Brust war immer noch wie zugeschnürt und mir war ein wenig übel, aber ich wollte im Augenblick meine Gefühle nicht mit meinem Bruder besprechen. Er kannte mich gut genug, um das zu wissen.

„Schick mir doch mal ein Foto vom Sonnenuntergang.“

„Versprochen.“ Ich bog in die Straße ein, in der ich wohnte. „Ich bin jetzt fast zu Hause abgekommen. Wir hören uns bald, abgemacht?“

„Klar. Ich hab dich lieb“, antwortete mein Bruder.

„Ich dich auch.“

Die Verbindung wurde unterbrochen, und die Musik aus dem Radio drang wieder aus den Lautsprechern. Ich versuchte, meine Gefühle zu ordnen. Ich fühlte mich total seltsam, ein wenig beklommen und gleichzeitig ein wenig erleichtert.

Auf meiner abendlichen Runde durch die Pferdeställe war ich dankbar für diese Beschäftigung. Ich brauchte etwas, um meine aufkommende Unruhe zu lindern. Das alles war jetzt Jahre her, und ich hatte hart daran gearbeitet, einen Zustand zu erreichen, in dem ich die meiste Zeit über ruhig und ausgeglichen war.

Yoga half mir dabei, ebenso wie die Zeit mit den Pferden und der Versuch, einen Neuanfang zu finden. Doch eines konnte ich nicht: die Vergangenheit auslöschen. Ich versuchte ja gar nicht, vor meiner Vergangenheit davonzulaufen. Mir war klar, dass das unmöglich war. Aber trotzdem wünschte ich mir manchmal, dass manche Dinge nie passiert wären.

Ich hätte nie erwartet, dass mein ehemaliger Softballtrainer aus der Highschool angeklagt werden würde. Und doch war es offenbar so. Ich fragte mich, ob er wohl irgendwie ungeschoren davonkommen würde. Das hatte er immerhin jahrelang geschafft.

Ich hatte mein Team und Softball so sehr geliebt, dass ich nicht mal gemerkt hatte, wie ich manipuliert worden war. Diesen Ausdruck hatte ich erst hinterher kennengelernt. Coach Winston war charmant und witzig gewesen und hatte mein Highschoolteam zu zwei landesweiten Meisterschaften geführt.

Außerdem war er der Erste, der mich geküsst hat. Der

einzige Trost in dieser Situation war, dass ich nicht die Einzige war, die er ins Visier genommen hatte. Als ich ihn mit heruntergelassener Hose und meiner Freundin mit abgewandtem Gesicht erwischt hatte, war ich gleichzeitig von heftigem Zorn, Scham und Erleichterung überwältigt. Die Erleichterung kam von der Erkenntnis, dass ich nicht die Einzige war, dass ich nicht allein für sein Verhalten verantwortlich gewesen war.

Meine Freundin und ich hatten dann beschlossen, es gemeinsam unseren Eltern zu erzählen. Unsere Eltern hatten alles der Schule und der Polizei gemeldet, aber es war nicht passiert. Und zwar gar nichts.

Nun ja, außer man zählt dazu, dass die Schule einen zusätzlichen Cotrainer eingestellt und neue Regeln erlassen hatte, dass keiner der Coaches der Sportteams jemals mit einer der Schülerinnen allein sein durfte. Abgesehen davon, dass es mich total aus der Bahn geworfen hat, von einem Mann, dem ich vertraut und den ich bewundert hatte, auf diese Weise missbraucht zu werden, hatte die Tatsache, dass ihm nichts passiert war, zu Bitterkeit und einem fast erdrückenden Gefühl der Ohnmacht geführt.

Danach war meine vielversprechende Softballkarriere, die mir vielleicht ein Stipendium für das College eingebracht hätte, vorbei gewesen. Obwohl ich das im Nachhinein für total verrückt hielt, hatte ich tatsächlich versucht, während meines letzten Schuljahres im Team zu bleiben. Aber dann hatte ich mich verletzt, und dann hatte ich all meine Bemühungen an den Nagel hängen müssen.

Diese Verletzung hatte mich zu Yoga geführt und schließlich zu dem, was ich jetzt mache. Aber die ganze Zeit über war das Geschehene mit Coach Winston immer in meinen Gedanken herumgespukt. Er ist dabei nie zu weit gegangen. Auch waren es lediglich drei Vorfälle gewesen. Wenn man bei sowas überhaupt von „lediglich" sprechen kan.

Ich habe versucht, mich wie eine normale Jugendliche zu verhalten. Habe versucht, zu daten. Das war jetzt nicht schrecklich gewesen, aber ich hatte mich immer total fehl am Platz gefühlt. Ich hatte nie das Gefühl gehabt, dass ich mich wirklich auf jemanden einlassen konnte. Auch am College hatte ich hier und da weiterhin Dates. Sex war für mich nicht mehr als ein Bewegungsablauf, den ich wie mechanisch ausgeführt hatte.

Und jetzt, Jahre später, war Coach Winston verhaftet worden. Nach seiner Karriere als Trainer an der Highschool hatte er mit einem Collegeteam und einem weiteren Meisterschaftstitel noch größere Erfolge gefeiert. Ich fragte mich, ob er sich wohl wieder der Justiz und seiner Verantwortung entziehen würde. Angesichts der zunehmenden Aufmerksamkeit der Medien für Männer in Machtpositionen, die diese Macht sexuell missbrauchen, überraschte mich das alles nicht wirklich. Trotz des angeblich größeren Bewusstseins in unserer Gesellschaft für diese Themen hatte ich wenig Vertrauen, dass sich wirklich etwas ändern würde.

Ich streichelte Charlie noch einmal über den Hals, bevor ich nach Shasta sah. Die beiden anderen Pferde gehörten anderen Besitzern, und ich kümmerte mich nur um ihr Futter. Charlie und Shasta hingegen standen im Besitz der Eigentümer des Stalls, die mich gebeten hatten, sie besonders zu verwöhnen. Was mir natürlich riesigen Spaß machte.

„Hey, Shasta", begrüßte ich ihn, als ich vor seiner Box stehen blieb.

Er streckte seinen Kopf über die Stalltür und stupste mich mit seiner Nase an. Ich streichelte ihm über die Stirn und holte ein Leckerli aus meiner Tasche. Als ich es ihm auf meiner flachen Handfläche anbot, schnappte er es sich genüsslich. Nachdem er sich wieder seinem abendlichen Heu zugewandt hatte, vergewisserte ich mich, dass alles für die Nacht weggeräumt war.

„Gute Nacht", rief ich, als ich den Stall verließ.

Nachdem ich die Scheunentür hinter mir geschlossen hatte, hielt ich einen Augenblick inne und lauschte den Geräuschen der hereinbrechenden Nacht. Das Rauschen von Flügeln in den nahe gelegenen Bäumen, gefolgt vom Ruf eines Raben und der Antwort einer Eule. In Alaska gab es keine Grillen, was ich irgendwie lustig fand. Ich hatte nicht erwartet, dass ich dieses Geräusch vermissen würde, und doch war dem so.

Meine Schritte knirschten auf dem Kies, als ich über den Parkplatz auf das Haus zusteuerte. Ich ging in mich, um herauszufinden, wie ich mich nach den Neuigkeiten meines Bruders fühlte. Zu meiner Überraschung ging es mir eigentlich ganz gut. Mit dem Geschehen von vor Jahren hatte ich mich bereits auseinandergesetzt. Und vielleicht, nur vielleicht, hatte ich es tatsächlich überwunden.

Während ich in der Küche herumwerkelte, Tee kochte und mich auf dem Sofa niederließ, um fernzusehen, überlegte ich, ob ich mich als Zeugin zur Verfügung stellen sollte, wenn das dem Fall helfen würde. Ich war noch nicht bereit, diese Entscheidung zu treffen, aber ich stand kurz davor.

Ich kehrte in die Küche zurück, um Honig für meinen Tee zu holen. Als ich einen Schrank öffnete, wurde mir plötzlich klar, dass Diego mich genau an dieser Stelle auf der Arbeitsplatte in den siebten Himmel katapultiert hatte. Er hatte etwas geschafft, was ich für unmöglich gehalten hatte. Er hatte mich vergessen lassen.

Kapitel Vierzehn

DIEGO

„Oh mein Gott", stieß meine Schwester hervor und legte zur Bekräftigung die Hand auf ihr Herz. „Das ist ja unglaublich, Daphne."

Harley, meine jüngste Schwester, nahm einen weiteren Bissen von Daphnes Abendessen. Sie hatte ein leicht scharfes thailändisches Pfannengericht mit Reisnudeln, mariniertem Hähnchen und Gemüse zubereitet. Wieder mal fand einer unserer Mitarbeiterabende statt, und Harley war genau zur richtigen Zeit dazugekommen.

Daphne lächelte sie an. „Freut mich, dass es dir schmeckt. Diego ist nach Cat mein allerbester Assistent. Kochst du auch gerne?"

Harley zuckte mit den Schultern. „So lala. Ich bin wahrscheinlich nicht schlecht, weil unsere Mutter uns allen das Kochen beigebracht hat, aber im Vergleich zu dir bin ich eine absolute Niete."

Ich lachte leise. „Niemand von uns kann mit Daphnes Kochkünsten mithalten. Wir können alle von Glück reden, dass sie sich in Flynn verliebt hat und geblieben ist."

Harleys Lächeln wechselte zwischen den beiden hin und her. „Ich freue mich ja so für dich, Flynn. Du scheinst tatsächlich etwas weniger genervt zu sein." Meine Schwester nahm sich eben niemals ein Blatt vor den Mund.

Nora verschluckte sich fast an ihrem Schluck Wasser. Nachdem sie wieder zu Atem gekommen war, lächelte sie Harley an. „Ich hatte schon längst vergessen, wie unverblümt du bist. Aber genau das liebe ich so sehr an dir."

Meine Schwester lachte und strich sich ihr fast schwarzes Haar aus dem Gesicht, nachdem sie ihre Gabel abgelegt hatte. Ihr Blick wanderte durch die Küche. „Es sieht echt klasse aus hier. Als ich das letzte Mal hier war, habt ihr noch so manchem den letzten Schliff verpasst."

„Es gibt immer was zu tun, aber das Hauptgebäude ist fertig", antwortete Flynn.

„Wie lange dürfen wir uns noch an deiner Gesellschaft erfreuen?", fragte Nora.

Harley seufzte leise. „Keine Ahnung. Joe und ich haben uns getrennt, was wohl eindeutig zum Besten ist. Daher sitze ich gerade ein wenig zwischen den Stühlen. Den Großteil meiner Arbeit erledige ich online, daher kann ich von überall aus arbeiten. So habe ich gedacht, ich komme einfach hierher und versuche, mir über meine nächsten Schritte klar zu werden. Sagt mir bitte rechtzeitig, wenn ich euch zur Last falle." Harley fertigte für medizinische Unternehmen Transkriptionen und Übersetzungen an. Sie liebte diese Arbeit, weil die eintönige Tätigkeit sie beruhigte.

„Auf gar keinen Fall", antwortete Nora entschieden. „Genau wie Diego gehörst du zur Familie. Bleib so lange, wie du möchtest. Dein Zimmer steht leer."

„Was ist denn mit Elias los?", fragte Harley und sah sich am Tisch um.

„Den hat Amors Pfeil getroffen", warf Cat ein, die gerade in die Küche kam und die Frage überhörte.

„Elias?" Harley machte ganz große Augen. Meine Schwester kannte alle Jungs, und daher natürlich auch Elias.

„Tatsächlich", bestätigte ich, bevor ich nach meinem Bierglas griff und einen Schluck nahm.

„Nun, wenn Elias sich verlieben kann, dann schaffst du das auch", sprach Harley und sah mich eindringlich an.

Ich unterdrückte ein Stöhnen. „Fang doch bitte nicht schon wieder damit an", murmelte ich.

Nora kicherte, und ihre Augen blitzten vor Vergnügen, während sie ihren Blick zwischen Harley und mir hin und her schweifen ließ. „Diego hatte doch schon ein Date."

Ich warf Nora einen bösen Blick zu. „Ist das wirklich nötig? Wenn du so weitermachst, zählst du bald nicht mehr zu meiner Familie."

Meine Schwester grinste breit. „Ich muss ihn dazu später unbedingt befragen. Dazu muss ich strategisch vorgehen."

„Scheiß auf mein Leben", brummte ich und warf Tucker, der neben mir saß, einen Blick zu.

Doch der schnaubte bloß. „Alter, das hättest du kommen sehen müssen. Als sie das letzte Mal hier war, hat sie doch schon versucht, dir gleich ein paar ihrer Freundinnen anzudrehen."

Zum Glück ging das Gespräch weiter. Ich liebte diese Abende, an denen wir uns in der Küche zusammensetzten und entspannen konnten. Obwohl das Leben eines Piloten in Alaska als riskant galt, empfand ich meinen Job als ziemlich chillig. Nach meinem aktiven Dienst bei der Air Force konnte ich mit Freunden abhängen und meine größte Sorge war das Wetter und wie sich dies auf unseren Flugplan auswirken könnte, was meinen Stresspegel niedrig hielt.

Später am Abend, nachdem alle, die im neuen Personalhaus übernachteten, ins Wohnzimmer umgezogen waren, erzählte mir Harley von ihrer turbulenten Trennung von Joe, ihrem College-freund, mit dem sie, soweit ich das beurteilen konnte, nur aus reiner Bequemlichkeit zusammen gewesen war.

„Ich habe meinen Augen nicht getraut. Ich habe ihn buch-stäblich dabei erwischt, wie er Janine gevögelt hat", erklärte sie mit mehr Verärgerung als Schmerz in der Stimme.

„Soll ich ihm für dich die Fresse polieren?", fragte ich.

Harley schüttelte den Kopf. „Nein, danke, Bruder. Das ist mir das Flugticket nach Texas nicht wert. Ich habe ihm einfach meine Schlüssel hingeknallt und Leine gezogen." Sie verdrehte die Augen und lehnte sich in die Kissen auf dem Sofa zurück. „Aber genug von mir. Jetzt erzähl mir endlich von deinem Date."

Ich wusste, dass sie das Thema nicht lange ruhen lassen würde, also nahm ich mir ein Herz. „Sie heißt Gemma. Sie betreibt hier in der Stadt ein Yogastudio. Und wir waren erst einmal zusammen essen."

Das klang zwar nicht nach viel, aber ich hatte nicht vor, meiner Schwester auch noch den Kuss auf die Nase zu binden, der mich auf dem Parkplatz vor dem Café umgehauen hatte.

Oder von der Begegnung erzählen, als Gemma in ihrer Küche auf meinen Fingern gekommen war. Ich vertraute meinen Schwestern ja so einiges an, aber auch ich hatte meine Grenzen.

„Ich möchte sie unbedingt kennenlernen", verkündete Harley.

„Herrgott, Harley. Wir heiraten doch nicht. Wir waren einmal essen. Jetzt mach mal halblang."

Sie seufzte. „Du musst doch irgendwann mal zur Ruhe kommen. Lass die Sache mit Denea doch nicht für alle Ewigkeiten dein Liebesleben ruinieren."

Ich lehnte mich in der Couch zurück, fuhr mir mit der Hand durch die Haare und warf ihr einen bösen Blick zu. „Das tue ich doch gar nicht. Sobald die Zeit reif ist und es sich richtig anfühlt, lass ich mich nieder. Aber mit Gemma war ich erst ein einziges Mal essen. Übertreib jetzt mal nicht."

„Du hast sie aber auch mit auf einen Flug genommen. Und das ist eindeutig mehr als nur ein Abendessen."

Da musste ich lachen. „Stimmt. Hör mal, du lernst sie schon noch kennen. Du bleibst doch mindestens ein paar Wochen hier, oder?"

Harley nickte. „Klaro."

„Daphne und Nora versuchen, für Gemma einen wöchentlichen Kurs hier im Resort zu organisieren. Wenn Daphne dich also nicht überreden kann, einen Kurs in der Stadt zu besuchen, lernst du Gemma spätestens dann kennen, sobald sie hierherkommt."

Harley klatschte in die Hände. „Ja! Ich muss sie unbedingt auf Herz und Nieren prüfen. Wenn sie in Wirklichkeit eine Zicke ist, sollten wir das besser gleich wissen."

„Gott steh mir bei", murmelte ich. „Kümmere dich bitte um dein eigenes Liebesleben."

„Ich habe Männern für immer abgeschworen. Es hat mir schon gereicht, dass ich einmal einen Freund dabei erwischt habe, wie er mich mit meiner Freundin betrogen hat. Das reicht mir für mein ganzes Leben."

„Du wirst schon wieder anders darüber denken, sobald der Schmerz nachgelassen hat."

Harley zog die Augenbrauen hoch. „Das musst du gerade sagen. Deana hat doch bloß Kohle unterschlagen. Und trotzdem hattest du seitdem keine ernsthafte Beziehung mehr."

———

Elias lehnte sich gegen den Flügel des Flugzeugs und wischte sich mit dem Ärmel über die Stirn. „Scheiße, Mann. Das ist ja eine Menge Hundefutter."

Ich lachte leise, als wir uns umdrehten und zu der Palette mit den Säcken voller Hundefutter schauten. Wir beluden gerade eines unserer Flugzeuge für einen Lieferflug zum Gemischtwarenladen in einem kleinen Dorf.

„Das macht bestimmt nicht so viel Spaß wie der Transport des Rettungshundes, der letzte Woche adoptiert worden ist." Elias grinste. „Danke, dass du mir beim Beladen hilfst. Du scheinst fast wieder hundertprozentig fit zu sein", stellte ich fest und deutete auf seinen Knöchel.

Anfang letzten Winters hatten Flynn und Elias einen kleinen Flugzeugunfall gehabt, als ein Vogel in einen ihrer Motoren geflogen war. Abgesehen von ein paar gebrochenen Rippen war Flynn unverletzt geblieben. Elias hatte sich den Knöchel gebrochen und war von einem Ast hart in die Seite getroffen worden. Er war ein paar Monate lang ziemlich mies drauf gewesen, aber jetzt flog er wieder. Zudem war er in Cammi verschossen, also war seine Welt wieder in Ordnung.

Elias grinste kurz und kniff die Augen zusammen. „So ziemlich. Ich schätze, mit diesem Knöchel kann ich jetzt für den Rest meines Lebens das Wetter vorhersagen, aber ansonsten ist alles gut."

„Das ist ja wie bei meiner Schulter", erwähnte ich und tippte auf meine linke Schulter. Die hatte ich mir während einer Übung bei der Air Force ausgekugelt. Seitdem fühlte sie sich die meiste Zeit gut an und bereitete mir keine Probleme, aber ich konnte mit ziemlich hoher Treffsicherheit vorhersagen, wann es regnen oder schneien würde.

„Was steht heute auf dem Programm?", fragte Elias und blickte durch die offene Hangartür auf ein anderes Flugzeug, das bereits in der Nähe der Startbahn wartete.

„Ich fliege eine Touristengruppe. Nur ein entspannter Flug über ein paar Gletscher. Vielleicht haben wir Glück und sehen auch ein paar Tierchen."

Daraufhin brachen wir gemeinsam in Gelächter aus. Das war unser Running Gag. In Alaska gab es Wildtiere in Hülle und Fülle, und wenn wir Touristen auf den „Geldflügen", wie Flynn sie nannte, mitnahmen, sahen wir meistens auch welche. Am häufigsten begegneten wir Elchen, gelegentlich Bären und entlang der Küste konnten wir aus der Luft auch selten Seelöwen beobachten, wenn sie sich im seichten Wasser aufhielten oder auf den Felsen ausruhten. Wir sahen auch Otter, Robben, Papageientaucher und Adler überall. Mit etwas Glück konnten wir sogar einen Wal springen sehen oder Gruppen von Orcas und Belugawalen.

Manchmal sahen wir aber auch nichts weiter als gewöhnliche Möwen. „Ich drücke dir die Daumen. Der Bereich gleich hinter dem Hafen ist in letzter Zeit ein guter Ort, um Bären zu sehen. Ich habe fast jedes Mal, wenn wir dort vorbeikommen, ein oder zwei davon gesichtet. Ich vermute, dass eine Bärenmutter dort ihren Winterschlaf gehalten hat."

Elias nickte. „Danke für den Tipp. Ich werde in dieser Gegend auf jeden Fall tief fliegen." Dann löste sich Elias vom Flügel des Flugzeugs, trat an die Palette heran, hievte eine weitere Tüte Hundefutter auf seine Schulter und stapelte sie hinten ins Flugzeug. „Lass uns das hier schnell zum Abschluss bringen, damit du loslegen kannst."

Wir arbeiteten schnell und hatten die Palette in kurzer Zeit leer. Ich winkte Elias zum Abschied, als seine Gruppe eintraf. Nur wenige Minuten später folgte ich ihm in die Luft und stabilisierte das Flugzeug, sobald ich meine Reiseflughöhe erreicht hatte. Diese kleinen Flugzeuge machten unglaublich viel Spaß. Man konnte die ganze Zeit die Welt von oben sehen, anders als in den großen Verkehrsflugzeugen, in denen man so hoch flog, dass man außer Wolken nicht viel zu sehen bekam.

Das Fliegen gab mir ein unvergleichliches Gefühl von Freiheit. Ich fühlte mich total friedlich in der Luft, glitt dahin und genoss den Blick auf das funkelnde Meer unter mir und die Berge in der Ferne. Mount Augustine, der Vulkan, der wie ein Wächter über Cook Inlet thronte, war von einer Wolkenschleier umgeben. Der Vulkan ragte hoch und majestätisch empor und erinnerte still an seine Kraft, die jederzeit ausbrechen konnte. Er diente auch als Kulisse für einige der schönsten Sonnenuntergänge, die ich je in meinem Leben gesehen habe.

Während ich so dahinflog, musste ich an Gemma denken. Ich hatte ihr noch wegen des Abendessens schreiben wollen, aber dann war Harley früher als erwartet aufgetaucht. Ich nahm mir vor, ihr zu schreiben, sobald ich wieder in Diamond Creek gelandet war.

Dann wanderten meine Gedanken zu meiner kleinen Schwester. Unsere Familie war seit jeher eng verbunden gewesen. Wir waren mit zwei Elternteilen aufgewachsen, die einander von ganzem Herzen geliebt hatten. Sie hatten sich jung verliebt, Kinder bekommen und waren bis zu ihrem Tod ein glückliches Paar geblieben. Ich hatte das Gleiche im Sinn gehabt, bis Deana meinem Vertrauen einen entscheidenden Schlag versetzt hatte.

Heute sah ich das Ganze gelassener als damals, als es passiert war. Ich wäre ohnehin zu jung gewesen. Verdammt, ich hatte um ihre Hand angehalten, als ich zur Air Force gegangen war. Deana war eine enge Freundin meiner zweitjüngsten Schwester Laura gewesen. Natürlich hatte ich ihr vertraut. Sobald sie ihren Abschluss in Buchhaltung gemacht hatte, hatten meine Eltern sie eingestellt, um die Bücher für die Firma meines Vaters zu führen. Er war jahrelang im Baugewerbe tätig gewesen und hatte ein gut gehendes Geschäft aufgebaut. Deana hatte einen ordentlichen Batzen Geld veruntreut, was meine Eltern in ziemliche Turbulenzen gestürzt hat. Meine Mutter musste unter anderem putzen gehen, um das Defizit auszugleichen.

Ich wollte zwar nicht zugeben, dass Harley Recht hatte, aber sie hatte nicht ganz Unrecht. Seit ich mit Deana Schluss gemacht hatte, hatte ich mich von allem ferngehalten, was drohte, zu ernst zu werden. Auf seltsame Weise fühlte sich das, was Deana getan hatte, persönlicher an, als wenn sie mich betrogen hätte. Vielleicht, weil sie das Ganze geplant hatte und es über einen längeren Zeitraum hinweg durchgezogen hatte. Es war kein Ausrutscher oder ein spontaner Fehltritt. Außerdem wollte ich meine Eltern unbedingt beschützen.

Schnell schob ich Deana in meinen Gedanken beiseite. Ich wollte mich nicht mit ihr beschäftigen. Gemma hatte viel mehr zu bieten. Die Frau hatte in meinem Verstand gleich ein ganzes Zimmer leergeräumt. Jetzt war sie schon dabei, es einzurichten, und schien auch nicht vorzuhaben, so bald auszuziehen. Ich hatte unsere Begegnung in ihrer Küche öfter im Kopf durchge-spielt, als ich zugeben wollte. Die Anziehungskraft, die von ihr ausging, war ungebrochen, egal, ob sie in der Nähe war oder nicht.

Kapitel Fünfzehn

GEMMA

„Und hier ist der große Aufenthaltsraum", erklärte Daphne und deutete mit einer Handbewegung auf den großen offenen Raum.

Ich drehte mich langsam im Kreis. „Hier ist es ja toll", staunte ich.

Ich war zum ersten Mal in diesem Resort. Obwohl es sich anfühlte, als wären wir mitten in der Wildnis, war Walker Adventures nur etwa 30 Kilometer von Diamond Creek entfernt. Das Resort war ein riesiges achteckiges Gebäude mit mehreren Stockwerken. Das Erdgeschoss beherbergte einen weitläufigen offenen Raum mit Fenstern an allen Seiten, außer an einer, die vermutlich in den Essbereich führte. Die Fenster boten einen Blick auf ein Feld mit Blumen, die in der späten Nachmittagssonne blühten, und immergrüne Bäume, die sich mit Pappeln und Birken vermischten. Hinter dem Feld fiel der Hügel ab und bot einen Blick auf die Bucht in der Ferne und natürlich auf die Berge.

„Nicht wahr?", erwiderte Daphne, als ich zu ihr zurückblickte. „Ich kann mich echt glücklich schätzen, hier zu leben und das jeden Tag sehen zu können."

Ich lächelte. „Das kann ich gut verstehen. Auch ich bin total happy, an diesem Fleckchen gelandet zu sein."

„Wir haben gedacht, du könntest den Yogakurs vielleicht oben abhalten. Komm doch mal mit." Daphne deutete auf die Treppe.

Obwohl der Hauptraum offen gestaltet war, bot er mehrere Bereiche zum Entspannen und Beisammensein. In einer Ecke stand eine Sitzgruppe mit einem großen Flachbildfernseher an der Wand, und es gab eine Leseecke, die von bequemen Sesseln und niedrigen Bücherregalen umgeben war, die den Raum abgrenzten. In einem anderen Bereich standen ein kleineres Sofa und Sessel vor einem großen Holzofen.

„Oben gibt es ein wunderschönes Zimmer. Das hat wohl genau die richtige Größe für dich", verkündete Daphne und lief zu einer Wendeltreppe in der Ecke.

Ich folgte ihr nach oben und wir betraten einen Flur mit Parkettboden und mehreren Türen, fast wie in einem Hotel. Daphne wandte sich mir zu. „Die oberen Stockwerke sind fast alle Gästezimmer, aber auf dieser Etage haben wir einen Freizeitraum."

Wir folgten dem Flur bis zum Ende und betraten einen Raum mit Fenstern, die auf den Wald hinausgingen. Der Raum war leer, und unsere Schritte hallten auf dem Hartholzboden wider. „Meinst du, der ist groß genug?", fragte sie.

„„Hier haben wohl etwa zehn Schüler Platz. Ich kann mir aber auch nicht vorstellen, dass mehr auf einmal auftauchen. Wie viele Gäste habt ihr denn so?"

„Bis zu dreißig gleichzeitig. Aber du hast wohl recht. Es würden sich nur etwa zehn anmelden. Außerdem sind die Hälfte oder mehr davon Männer."

Ich lachte. „Viele Männer machen Yoga. Du selbst hast schließlich alle Jungs hier überredet, zu meinen Kursen in die Stadt zu kommen."

„Wir haben uns überlegt, dass du jedes Mal, wenn du hier bist, einen Kurs für Gäste und einen für Mitarbeiter geben könntest. Wir würden weiterhin auch zu deinen Kursen in die

Stadt kommen, sodass dir keine Einnahmen entgehen. Selbstverständlich würden wir dich für die Kurse hier bezahlen."

„Klingt gut. Mittwochs habe ich nur vormittags und mittags Kurse, weil abends der Raum nicht verfügbar ist. Ich könnte dann einfach an diesem Tag kommen, wenn das für euch alle passt."

„Prima. Wann kannst du anfangen?", fragte Daphne und faltete die Hände vor der Brust.

„Wenn ihr wollt, schon nächste Woche. Wir könnten mit einem Kurs für die Mitarbeiter beginnen und sobald sich genug Gäste anmelden, mache ich auch den für die Gäste. Heute ist Sonntag, das wäre also in drei Tagen."

„Klasse. Hast du Lust, mit uns zu Abend essen?"

„Als ob ich dein Essen jemals ablehnen würde", antwortete ich mit einem Grinsen. „Ich habe zwar bislang erst die Scones probiert, die du für Cammi gebacken hast, und ein paar Häppchen bei ihrer großen Wiedereröffnung, aber alles war köstlich."

Daphnes Wangen erröteten leicht. „Vielen Dank, du machst mich ganz verlegen. Dann lass uns wieder nach unten gehen. Ich zeige dir die Küche."

Ein paar Minuten später führte mich Daphne durch die Küche. Obwohl es eine Großküche war, die eindeutig für die Bewirtung größerer Gästescharen gedacht war, war der Raum einladend. Es gab eine riesige Kochinsel mit Hockern drum herum, von der aus man den Herd sehen konnte, sowie einen langen Tisch am Fenster mit Blick auf die Felder und Berge.

„Heute Abend ist Mitarbeiterabend", erklärte sie, während sie nachschaute, was Cat am Herd machte.

Cat war Flynns jüngere Schwester und sah aus, als wäre sie ihm aus dem Gesicht geschnitten. Sie war einen Kopf kleiner als er, hatte aber seine schieferblauen Augen und dunkelblonden Haare und eine femininere Version seiner markanten Gesichtszüge. „Was sagst du?", fragte Cat, während sie mit Daphne in die Pfanne schaute.

„Super", entgegnete Daphne ermutigend. „Mach nur so

weiter, bis die Glasur karamellisiert ist. Die Hitze muss genau richtig sein."

„Was machst du denn da?", fragte ich neugierig.

Cat sah auf, und ihr Pferdeschwanz wippte fröhlich zur Seite. „Glasiertes Schweinefleisch mit Reis und Spinat. Ein ganz neues Rezept für mich."

Daphne warf ihr einen Blick zu. „Du bist eine viel bessere Köchin, als du selbst zugibst. Hör endlich auf, dir so viele Sorgen zu machen. Nur, wenn du neue Dinge ausprobierst, lernst du dazu."

„Außerdem hast du Daphne als Lehrerin. Und von der heißt es, dass alles, was sie kocht, superlecker ist", warf ich ein.

„Wie wahr", rief Tucker, der gerade durch den Torbogen vom Wohnzimmer in die Küche kam.

Wie die anderen Jungs, die für Walker Adventures flogen, hatte ich Tucker kennengelernt, weil Daphne ihn gelegentlich zu meinen Yogakursen mitbrachte. Ich lächelte ihn an. „Hey, Tucker, wie geht's?"

Als er mich sah, hob er die Augenbrauen. „Oh, die Yogalehrerin ist auch da. Hast du etwa vor, mich vor dem Abendessen noch zu einer Runde Yoga zu zwingen?"

Ich lachte. „Nö, keine Angst."

Ich war erleichtert, dass weitere Leute auftauchten und von mir ablenkten. Diego hatte mir eine Nachricht geschickt, um mir mitzuteilen, dass seine Schwester früher als erwartet angekommen war. Ich versuchte, nicht darüber nachzudenken, und redete mir ein, dass es keine große Sache wäre, seine Schwester kennenzulernen, da wir ja nicht zusammen waren. Doch es schien egal zu sein, was ich mir einredete. Jedes Mal, wenn ich an ihn dachte, überkam mich ein Gefühl der Unruhe. Ich war für jede Ablenkung dankbar.

„Sei nett", rief Daphne herüber. „Gemma bleibt zum Abendessen. Sie wird hier einmal pro Woche einen Kurs für die Mitarbeiter abhalten. Und an dem solltet ihr alle teilnehmen."

Tucker ließ sich auf einen Hocker neben der Kücheninsel

fallen, während Daphne begann, Käse zu reiben. „Yes, Ma'am", rief er mit gespielter Ernsthaftigkeit. „Wir tanzen hier alle nach Daphnes Pfeife." Er warf mir einen Blick zu. „Schließlich wollen wir sie bei Laune halten, damit sie weiter für uns kocht."

Daphne verdrehte die Augen. In dem Augenblick kam Nora in die Küche. „Hey, Gemma", rief sie, während sie durch eine Tür im hinteren Teil der Küche verschwand. Es schien eine Speisekammer zu sein, denn ich konnte einen Blick auf die Regale an den Wänden erhaschen. Sie kam mit einer Flasche Wein und einigen Gläsern zurück.

„Möchte jemand Wein?" Sie hielt an der Arbeitsplatte inne, an der Daphne stand.

„Gerne", erwiderte Daphne. „Ich kann einem guten Glas Wein nicht widerstehen."

„Und du?" Noras Blick traf meinen.

Ich schüttelte den Kopf. „Nein, danke. Ich muss noch fahren."

In der nächsten halben Stunde füllte sich die Küche allmählich mit Mitarbeitern, die von überall her kamen. Ich setzte mich auf einen Hocker am Ende der Theke und genoss das lockere Treibender Gruppe. Ich musste nicht hinsehen, um zu wissen, wann Diego angekommen war. Meine Nackenhaare stellten sich auf, und Hitze jagte durch meinen Körper.

Ich konnte nicht anders, als einen Blick auf den Torbogen zu werfen, der in die Küche führte.

Seine dunklen Locken waren zerzaust und hoben sich von seiner gebräunten Haut ab. Mein Blick blieb an ihm hängen, wie er durch den Raum schritt. Er unterhielt sich mit Flynn, der zwar auch klasse aussah, aber nicht dieselbe Wirkung auf mich und meine Hormone hatte wie Diego. Was gut war, denn Flynn hatte nur Augen für Daphne.

Diego ließ seine Arme locker an seinen Seiten schwingen, und ich genoss den Anblick seiner breiten Schultern, die sich bei dieser unmerklichen Bewegung anspannten. Er trug ein verblichenes schwarzes T-Shirt, und ich konnte nicht umhin, als mich zu fragen, wie wohl seine Brust darunter aussah. Ach! Ich war total hin und weg. Sobald er seinen Blick von Flynn abwandte, fiel er sofort auf mich, als hätte er gespürt, dass ich da war. Für den Bruchteil einer Sekunde fühlte es sich an, als wäre ein elektrischer Draht zwischen uns gespannt, der Funken durch den Raum sprühen ließ.

Oh Gott. Mein Körper brauchte dringend einen Warnhinweis vor diesem Mann. „Explosionsgefahr." Oder sowas in der Art.

Plötzlich sagte Daphne etwas zu mir, und ich riss meinen Blick von ihm los. „Was?", fragte ich total überrascht.

„Ich habe dich gerade gefragt, ob du gerne eins davon hättest." Sie hielt mir etwas Brotiges hin, das sie gerade aus dem Ofen geholt hatte.

„Klar. Ich weiß zwar nicht, was das ist, aber ich nehme gerne eins."

Daphne grinste und ihre Augen funkelten verschmitzt. „Brötchen mit Brie und Prosciutto." Dann hielt sie inne und hob eine Augenbraue. „Das hättest du auch mitbekommen, wenn du nicht so gebannt auf Diego gestarrt hättest."

Meine Wangen wurden glühend heiß, als der betreffende Mann sich zu mir gesellte. „Ich nehme auch eins", verkündete er schnell. Nachdem Daphne uns die Brötchen auf zwei kleinen Tellern gereicht hatte, und weiterging, warf er mir einen Blick zu. „Das ist ja eine nette Überraschung."

„Hi", brachte ich atemlos hervor.

„Ich sollte dich lieber warnen. Meine Schwester ist gleich da und sie möchte dich unbedingt kennenlernen."

Kapitel Sechzehn

DIEGO

Gemma machte große Augen und starrte mich an. Sie hatte gerade einen Bissen von einem der Brötchen nehmen wollen und ließ es nun langsam auf den Teller sinken. „Bald?"

Ich nickte und versuchte, nicht zu lachen. Ich konnte ihre Nervosität gut nachempfinden, denn meine Schwester kennenzulernen war wie einer Güterlokomotive gegenüberzustehen. Sie war einfach nicht zu bremsen, und Gemma wusste das noch nichtmal. „Ich habe dir doch geschrieben, dass sie schon da ist."

Gemma nickte, steckte sich eines der Brötchen in den Mund und schloss die Augen, während sie kaute. Ich konnte meinen Blick nicht von ihren üppigen, vollen Lippen abwenden, die sich um das Brötchen schlossen. Da half auch nicht gerade, dass sie ein leises, zufriedenes Stöhnen von sich gab, das einen höchst unangebrachten Schauer der Begierde durch meinen Körper jagte.

Dann öffnete sie die Augen und schluckte. „Daphnes Essen ist fast schon ein religiöses Erlebnis", stellte sie ehrfürchtig fest.

Ich lachte leise. „Stimmt. Dann wirst du ja verstehen, warum wir alle so froh sind, dass Flynn sich in sie verliebt hat. Sobald es zwischen den beiden auch nur den Hauch eines Streits gibt, sind wir sofort zur Stelle."

Ich steckte mir eines der kleinen Brötchen in den Mund und schloss die Augen, während die verschiedenen Aromen meine Sinne überwältigten.

„Verdammt", murmelte ich, als ich die Augen wieder öffnete. „Es sind zwar nur Brötchen, aber die sind der Hammer."

Gemma lachte leise und stützte sich mit den Ellbogen auf die Arbeitsplatte. „So sieht es aus. Also, deine Schwester. Wo ist sie?"

Ich warf einen Blick auf die Uhr über dem Herd. „Sie ist vorhin mit Nora in die Stadt gefahren, aber Nora ist schon zurück, also wird Harley wohl auch jeden Moment auftauchen."

„Muss ich mir Sorgen machen?"

„Überhaupt nicht. Ich habe vier Schwestern, und alle haben eine Meinung zu meinem Leben. In letzter Zeit ist Harley darauf aus, mich zu verkuppeln und unter die Haube zu bringen."

Gemma wurde knallrot. „Unter die Haube bringen?"

Ich zuckte mit den Schultern. „Ja."

„Ist deine Familie irgendwie altmodisch?", fragte sie zwischen zwei Bissen.

In diesem Augenblick tauchte Tucker auf und hörte den letzten Teil von Gemmas Frage. „Wenn du mit altmodisch meinst, dass sie von jedem erwarten, eine Familie zu gründen und bis ans Lebensende wahnsinnig verliebt ist, dann ja." Er klopfte mir auf die Schulter, schnappte sich eines meiner Brötchen und ging mit einem Augenzwinkern vorbei.

Ich verdrehte die Augen, als er sich zurückzog. „Du bist mir was schuldig", rief ich ihm nach.

Tucker drehte sich um und stützte seinen Ellbogen auf die Lehne eines Barhockers an der Theke. „Was bin ich dir schuldig?"

„Ein Brötchen. Die sind echt unglaublich."

In diesem Augenblick kam Daphne vorbei, eilte sofort zum Herd und holte ein weiteres Blech mit genau den Brötchen heraus, über die wir gerade gesprochen hatten. Ohne ein Wort zu sagen, hielt sie neben mir an, legte zwei auf meinen Teller und warf Tucker einen verschmitzten Blick zu.

„Danke, Daphne", rief ich. Doch Daphne war immer in Bewegung und eilte bereits davon.

„Sie scheint die Küche und euch alle hervorragend im Griff zu haben", stellt Gemma fest.

„Sie führt ein strenges Regiment. Sie kümmert sich um drei Mahlzeiten am Tag. Kochen ist ihre große Leidenschaft. Dabei erhält sie tatkräftige Unterstützung von Cat und mir, wenn ich Zeit habe."

„Wirklich?" Gemma sah mich mit großen Augen an.

„Natürlich", bestätigte meine Schwester hinter mir. Dann trat sie an uns heran. „Diego ist ein richtig guter Koch", stellte Harley mit hoch erhobenem Kinn fest, als hätte Gemma irgendwie an meinen Kochkünsten gezweifelt.

„Das ist meine Schwester Harley", verkündete ich und deutete auf sie. „Harley, das ist Gemma. Gemma soll hier jede Woche einen Yogakurs geben. Das habe ich zumindest gehört. Nicht wahr?" Ich sah Gemma an.

Gemma stellte ihren leeren Teller auf die Arbeitsplatte und nickte. „Zunächst mal – schön, dich kennenzulernen."

„Gleichfalls", antwortete Harley, obwohl ihr Lächeln nicht gerade herzlich war. Meine verdammte Schwester. Einerseits wollte sie mich unter die Haube kriegen. Aber andererseits wollte sie auch bestimmen, wen ich date. Das hier konnte ich unmöglich gewinnen, also zeigte ich ihr meistens die kalte Schulter.

„Was die Kurse angeht, fange ich nächste Woche hier an. Erst mal nur an einem Abend. Mal sehen, wie es läuft. Daphne möchte, dass ich zwei Kurse gebe. Einen für die Mitarbeiter und einen für Gäste. Mal sehen, ob sich genug Gäste anmelden, dass es sich lohnt."

Harley kniff ihre grünen Augen zusammen, während sie Gemma musterte. „Wenn die Kurse gut sind, würde ich sagen, ja."

Gemma betrachtete sie ruhig. „Ich finde meine Kurse ganz gut. Ich war mir nur nicht sicher, ob so viele Gäste Interesse haben würden. Das hängt wohl davon ab, warum sie hier Urlaub machen."

Harley nickte. „Vermutlich."

„Wie lange hast du vor, hierzubleiben?", fragte Gemma höflich.

„Mindestens drei Wochen. Dann muss ich mir überlegen, wie es weitergeht. Ich habe meinen Freund verlassen und muss mich erst mal wieder ein wenig zurechtfinden."

„Das tut mir leid", antwortete Gemma mit besorgter Miene.

„Das muss es nicht. Ich habe ihn dabei erwischt, wie er meine Mitbewohnerin gevögelt hat", erklärte Harley trocken. „Aber dadurch habe ich jetzt zwei Probleme. Ich habe ihn verlassen und dadurch auch mein Dach über dem Kopf verloren. Zum Glück hat mir Diego das Gästezimmer im Personalhaus hier angeboten, sodass ich eine Bleibe habe, während ich mir meine nächsten Schritte überlege."

„Was machst du beruflich?"

„Ich fertige Transkriptionen und Übersetzungen für medizinische Unternehmen an. Das klingt ziemlich trocken, macht aber tatsächlich Spaß. Ich bin dadurch auch flexibel und kann mir die Arbeit gut einteilen."

„Das ist ja mega", antwortete Gemma. „Du kannst also arbeiten, während du hier bist?"

Harley nickte entschlossen. „So sieht es aus."

Da schlenderte Nora herüber und hielt neben uns inne. „Hat Daphne dir alles gezeigt und dir auch unseren Tagesablauf erläutert?", fragte sie Gemma.

„Hat sie. Wir planen einen Abend pro Woche und gucken dann, wie es läuft. Mir gefällt der Gedanke, zwei Kurse gleichzeitig anzubieten. Dadurch lohnt sich der Weg hierher."

Nora lächelte. „Das wird schon. Da bin ich mir sicher. Ich habe schon bei einigen Gästen nachgefragt. Und alle haben zugesagt, auf jeden Fall vor dem Abendessen zum Kurs zu kommen, wenn sie nichts anderes vorhaben."

Gemma wurde in ein Gespräch mit Nora und einigen anderen verwickelt, was Harley die Gelegenheit gab, mir ihre Beobachtungen mitzuteilen. Denn meine Schwester ließ keine Gelegenheit aus, mich an ihrer Meinung teilhaben zu lassen. „Gemma scheint ganz nett zu sein." Ich sollte wohl dankbar sein, dass sie leise sprach.

„Das ist sie auch, Harley. Nimm sie bloß nicht so in die Mangel. Wir haben erst einmal zusammen gegessen." Es war nicht so, als hätte meine Schwester das nicht schon gewusst, aber ich hielt es für nötig, sie daran zu erinnern.

Harley seufzte gekränkt. „Ich nehme sie doch nicht in die Mangel. Ich gebe ja zu, dass ich neugierig bin, dass du tatsächlich ein Date hattest, aber dabei belasse ich es auch. Allerdings solltest du dich fragen, warum du endlich genug Interesse an einer Frau aufgebracht hast, um deine bescheuerten Regeln zu brechen."

Da mischte sich Gabriel ein, der auf einem Hocker in der Nähe dasaß. „Regeln?"

In diesem äußerst ungünstigen Moment kam Gemma zu uns zurück.

„Ja", antwortete Harley.

„Ich hatte ja keine Ahnung, dass Diego Regeln hat. Von denen würde ich zu gerne erfahren", stichelte Gabriel mit verschmitztem Blick.

„Ich habe keinen blassen Schimmer, von welchen Regeln du sprichst", antwortete ich und versuchte, meinen Tonfall lässig zu halten.

Harley, die nie zögerte, ihre Meinung zu allem kundzutun, was mich betraf, rief: „Seit Diego mit seiner Exverlobten Schluss gemacht hat, gilt für ihn die eiserne Regel, nicht zu daten. Das ist schon seit Jahren so."

„Du hast eine richtige Regel?", hakte Gabriel nach.

Ich schüttelte den Kopf und steckte mir noch ein Brötchen

in den Mund. Nachdem ich endlich fertig gekaut hatte, warf ich schließlich ein: „Oh, verdammt noch mal, Leute. Ich habe keine Regeln.“

„Es stimmt schon, dass du normalerweise nicht ausgehst“, warf Tucker ein, der auf der anderen Seite der Theke auftauchte. Dabei nahm er sich das letzte Brötchen vom Tablett, das Daphne auf dem Herd stehen gelassen hatte, und steckte es mit einem Grinsen in den Mund.

Ich schaute zu meinen Freunden und warf einen kurzen Blick auf Gemma. Ihre Augen funkelten und ein Lächeln spielte um ihre Mundwinkel. Da entspannte ich mich innerlich. Gut, wenigstens hatte sie durchschaut, dass meine Kumpels und meine Schwester mich nur ein wenig aufziehen wollten. Na ja, meine Schwester vielleicht nicht. Die führte immer was im Schilde. „Ich habe keine Regeln, und damit basta“, sagte ich bestimmt.

Praktischerweise rief Cat in diesem Augenblick, dass das Abendessen fertig war. Wir steuerten alle zusammen den langen Tisch am Fenster an. Ich war mir ziemlich sicher, dass meine Schwester ihre Finger im Spiel gehabt hatte, denn Gemma kam neben mir zu sitzen. Sie roch nach Erdbeeren, und ich fragte mich, warum, aber eigentlich war ich einfach froh, dass sie neben mir saß.

Das Abendessen verlief entspannt und auch ein wenig laut. Ich fand es toll hier. Wir waren zwar eine bunt zusammengewürfelte Gruppe, aber wir waren wie eine Familie.

Später am Abend beschloss ein Teil der Gruppe, in die Stadt zu fahren, um eine Band im Sally’s, einer der beliebtesten Bars der Gegend, zu sehen. Ich wollte zwar nicht ins Sally’s, aber ich wollte noch etwas Zeit mit Gemma verbringen.

Kapitel Siebzehn

GEMMA

„Deine Freunde sind echt cool", stellte ich fest. Meine Stimme war kaum zu hören wegen dem ganzen Stimmengewirr um uns herum.

Bei Sally's war heute Abend wie immer viel los. Unsere Stammkneipe war in einer umgebauten Scheune untergebracht. Auf der einen Seite befand sich ein Restaurant mit einer Küche in der Mitte, die als Trennwand zwischen den beiden Haupträumen diente. Auf der anderen Seite war eine kleine Bühne für Live-Musik aufgebaut und überall standen runde Tische. Im alten Heuboden darüber standen noch mehr Tische. Die Atmosphäre war schlicht und rustikal.

Ich hatte eigentlich keine besondere Lust gehabt, ins Sally's zu gehen, aber Diego hatte mich zusammen mit Nora und einigen anderen aus dem Resort einfach mitgenommen. Diego grinste mich an. „Das kann man wohl sagen. Allerdings können sie mit ihren Meinungen manchmal etwas übertreiben."

„Wenn man einander so nahe steht, nimmt man eben am Leben des anderen teil."

Diego zuckte lässig mit den Schultern. „Stimmt. Ich halte mit meiner Meinung auch selten hinterm Berg."

„Also, schieß los, worüber hat Harley da gesprochen?", fragte ich. Ich konnte der Frage einfach nicht widerstehen.

„Du meinst die Sache mit der Regel?"

Ich nickte. Ich war total neugierig. Viel neugieriger, als ich eigentlich wollte. Ich hatte mich immer für eine besonnene Frau gehalten, aber Diego brachte mich dazu, viel zu viele unvernünftige Gedanken anzustellen.

Diego verdrehte die Augen. „Um es kurz zu machen: Als ich noch zu jung war, um es besser zu wissen, habe ich mich verlobt. Deana war eine Freundin meiner jüngeren Schwester. Nicht von Harley, sondern von meiner Schwester Laura. Nach dem College hat sie für meine Eltern in der Buchhaltung gearbeitet. Dort hat sie eine Menge Kohle unterschlagen, und ich habe mit ihr Schluss gemacht. Das ist so ziemlich die ganze Geschichte. Ehrlich gesagt glaube ich ohnehin nicht, dass es zwischen uns geklappt hätte, weil wir viel zu jung waren."

„Das ist ja furchtbar, dass sie deine Eltern bestohlen hat", sagte ich.

Er zuckte mit den Schultern und verzog den Mund. „Das stimmt, aber sie sind damit klargekommen. So ist meine Familie nun mal. Ich wollte ihrem Beispiel immer nacheifern und habe gedacht, ich sollte so schnell wie möglich meine eigene Familie gründen. Wir sind uns sehr nahe gestanden. Meine Eltern haben direkt nach der Highschool geheiratet. Die beiden waren eines dieser glücklichen Paare. Sie haben sich bis an ihr Lebensende geliebt."

„Das ist so süß", warf ich ein.

„Allerdings." Diego zuckte mit den Schultern. „Wahrscheinlich habe ich Deana deshalb den Antrag gemacht. Aber ich bezweifle, dass jeder in diesem Alter so viel Glück hat. Ich war beim Militär, als ich von der Unterschlagung erfahren habe. Und seitdem hat Harley sich in den Kopf gesetzt, dass ich danach niemandem mehr eine Chance gegeben habe. Ich sehe das hingegen ein wenig anders."

Ich dachte darüber nach und nahm einen Schluck Wasser. „Als wir zusammen zu Abend gegessen haben, war das ein Date?"

Ich hatte eigentlich nicht vorgehabt, meine Neugier so unverhohlen zu zeigen, aber jetzt war die Frage raus.

Diegos eindringlicher Blick wanderte über mein Gesicht. „Ja, Gemma. Das war ein Date. Wofür hast du es denn gehalten?"

Wir waren in einer überfüllten Bar, im Hintergrund lief Musik und um uns herum waren lauter Leute. Und doch fühlte es sich plötzlich an, als wären wir ganz allein gewesen. Funken sprühten in der Luft um uns herum und mir stockte der Atem

Ich schluckte. „Ich habe es für ein Date gehalten."

Er stützte seine Ellbogen auf den Tisch und rückte näher an mich heran. Da konnte ich ihn deutlich spüren, seine ganze Männlichkeit. Ach! Ich wäre so gerne auf seinen Schoß geklettert und hätte ihn geküsst. Ich wollte seine starken, beschützenden Hände überall auf mir spüren.

„Gut. Denn das war es auch", antwortete er mit seiner rauen Stimme.

Der Klang seiner Stimme streichelte meine Sinne, und mein Bauch kribbelte. Er sah mich einen Augenblick lang schweigend an, bevor er hinzufügte: „Ich wollte eigentlich gar nicht hierherkommen."

Enttäuschung stieg in mir hoch, gefolgt von einer stechenden Hitze und dann Kälte. „Oh", erwiderte ich und lehnte mich in meinem Stuhl zurück. „Meinetwegen hättest du nicht kommen müssen."

Da legte er seine Hand auf meine, die auf dem Tisch lag, und seine Berührung war warm und beruhigend. „Ich bin nur wegen dir gekommen. Ich habe nach jedem Vorwand gesucht, um mehr Zeit mit dir zu verbringen."

Ein überschäumendes Glücksgefühl stieg in mir auf und mir wurde ganz schwindelig. Ich konnte kaum atmen, obwohl ich dringend Sauerstoff gebraucht hätte. „Oh."

„Also, außer, du möchtest noch bleiben ... soll ich dich nach Hause bringen?"

Ich war mir ziemlich sicher, dass Diego nicht vorhatte, mich bloß an der Haustür abzusetzen und mir dann zum Abschied zuzuwinken. Mein Verlangen war überwältigend, und mein Herzschlag hallte wie Hufschläge auf dem Boden wider. Ich schluckte. „Jetzt?"

„Wann immer du möchtest."

Kapitel Achtzehn

GEMMA

Meine Hände zitterten fast, aber nicht vor nervöser Anspannung, sondern vor Vorfreude, die durch meine Adern schoss. Diegos Worte „Wann immer du möchtest" hallten in meinem Kopf wider. Vor diesem Abend war mir gar nicht bewusst gewesen, wonach ich mich all die Zeit gesehnt hatte.

Zum ersten Mal in meinem Leben stand mir mein Verstand nicht im Weg. Wenn es um Dates, Männer und alles, was mit Berührungen zu tun hatte, ging, war mein Verstand ein absoluter Meister darin, Hindernisse aufzubauen, damit ich stolperte und hinfiel. Niemals etwas wirklich Schlimmes. Aber immer gerade genug, um mich von meinen Empfindungen abzulenken und mich dazu zu bringen, über alle möglichen Dinge nachzudenken, die nichts mit dem Augenblick zu tun hatten.

Ich hatte mir nie vorstellen zu können, jemals den Augenblick genießen zu können. Besonders, wenn es um Intimität ging. Abgesehen von all den positiven Auswirkungen auf meinen Körper nach meiner Verletzung hatte mir Yoga einen Raum geboten, in dem ich lernen konnte, mich auf körperliche Empfindungen einzulassen. Das war ein Geschenk. Dennoch hatte ich die Vorstellung, mich in Empfindungen zu verlieren, wenn Begierde im Spiel war, fast aufgegeben.

Verlangen war für mich nahezu unbekannt. Ich hatte an der Uni hier und da Dates gehabt und war auch alles andere prüde. Doch jedes Mal, wenn ich die Dinge bis zum Ende durchzog, war ich zutiefst enttäuscht worden.

Aber nun, da ich mich so klar an meine Begegnung mit Diego auf der Küchentheke erinnerte, hegte ich die leise Hoffnung, dass ich vielleicht endlich all diese Enttäuschungen hinter mir lassen könnte.

Es war für mich tatsächlich ein Segen, zu erfahren, dass Diego seine eigene skeptische Einstellung gegenüber Beziehungen hatte. Denn ich war noch nicht bereit, mich mit widersprüchlichen Gefühlen auseinanderzusetzen. Wenn es lediglich um körperliche Nähe ging, ohne den Ballast von Gefühlen – dann war das vielleicht ein unerwartetes Stück Himmel.

Plötzlich fiel meine Haustür hinter Diego ins Schloss, und er stand da, eine Hand in der Hosentasche, die andere flach gegen die Tür hinter sich gedrückt. Er war mir in seinem Truck nach Hause gefolgt. Er trug dieselbe schwarze Lederjacke, die er auch angehabt hatte, als ich ihm auf seinem Motorrad begegnet war. Anscheinend hatte ich eine Schwäche für Lederjacken.

Ich stand einfach nur da und spürte, wie mir ein Kribbeln über die Haut lief, das Gefühl, als würde ich am ganzen Körper eine Gänsehaut bekommen. Die Luft fühlte sich schwer an, geladen mit elektrischer Spannung. Wir musterten uns, und es fühlte sich fast so an, als wären wir durch einen unsichtbaren Draht verbunden, der in der Frequenz des Herzschlags der Begierde zwischen uns vibrierte.

Die Stille wurde durch das entfernte Wiehern eines Pferdes unterbrochen. Diego hob die Augenbrauen. „Begrüßen die dich immer so?“

Ich lächelte. „Normalerweise schon. Ich muss ihnen noch schnell ihr abendliches Heu geben.“

„Ich helfe dir“, bot er an, trat von der Tür zurück und öffnete sie wieder.

Ich ließ meine Handtasche auf dem Tisch im Eingangsbereich fallen und ging an ihm vorbei, während er mir die Tür aufhielt. Ich nahm seine Anwesenheit bei jedem Schritt neben mir wahr. Unsere Schritte knirschten im Kies. Ich trug einen Rock mit einer Bluse und Cowboystiefel. Normalerweise hätte ich mich umgezogen, bevor ich mich um die Pferde gekümmert hätte, aber nun war es schon spät.

Wir traten durch den Eingang der Scheune, und alle vier Pferde streckten ihre Köpfe über die Stalltüren und schauten in unsere Richtung. Charlie wieherte leise, als wir an ihm vorbeigingen. Diego begrüßte jedes der Pferde mit einem leisen „Hallo" und einer kurzen Streicheleinheit, was mein Verlangen nur noch verstärkte. Mein Herz machte bei seiner ungezwungenen Freundlichkeit gegenüber den Pferden einen kleinen Sprung.

Er half mir, das Heu in ihre Ställe zu werfen. Danach ging ich zurück in den Lagerraum, um sicherzustellen, dass die Getreidebehälter auch vollständig verschlossen waren. Neulich hatte ich eines Morgens alles in Unordnung vorgefunden, nachdem zwei Eichhörnchen dort gewütet hatten. Nach einem kurzen Blick durch den Raum stellte ich fest, dass ich den Deckel eines der Getreidebehälter offengelassen hatte.

Ich wandte mich um und sah zu Diego, der an der Tür wartete. Er hatte einen Arm über den Kopf gehoben und hielt sich entspannt am Türrahmen fest. Durch diese Haltung wurde sein T-Shirt leicht hochgehoben, und mein Blick blieb an dem Streifen bronzefarbener Haut zwischen dem Saum seines Shirts und seiner Jeans hängen. Mir lief regelrecht das Wasser im Mund zusammen. Ich wollte nichts mehr, als mit meiner Zunge über diese Haut gleiten und ihn schmecken.

Es war nun schon Abend geworden und obwohl es Frühsommer war, waren die Nächte hier in Alaska kühl. Doch plötzlich fühlte sich die Luft warm an, als die Hitze über meine Haut strömte.

Außerdem bekam ich kaum Luft. Wir standen nur einen halben Meter voneinander entfernt da, aber ich hatte keine

Ahnung, wie ich näher an ihn herankommen sollte, obwohl ich das so sehr wollte.

Weil Diego immer besonders gut zu wissen schien, was ich brauchte und wann ich es brauchte, zog er seine Hand vom Türrahmen und berührte meine. Mit einer sanften Bewegung zog er mich zu sich heran.

In einer blitzschnellen Sekunde drehte er uns herum. Meine Schulterblätter stießen gegen die Wand, und sein Mund war nur wenige Zentimeter von meinem entfernt.

Ich konnte jeden einzelnen Schlag meines Herzens spüren. Jede Zelle meines Körpers vibrierte im Rhythmus meines Verlangens und seines glühenden Blicks. Ich schnappte nach Luft und atmete schnell und flach.

„Sag mir, Süße, soll ich noch warten, bevor ich dich küsse?"

Ich schüttelte sofort den Kopf. Denn ich konnte keine Sekunde länger warten.

Da stieß Diego einen leisen Laut aus, kurz, bevor seine Lippen meine berührten. Es war eine flüchtige Berührung, ein Necken und vielleicht auch ein Experiment. Ich stieß ein leises Wimmern aus. Seine Lippen streiften erneut meine, und ein elektrischer Schauer zischte wie feurige Fäden durch meinen Körper. Ungeduldig bog ich mich ihm entgegen und legte eine Hand um seinen Nacken. Daraufhin fiel er regelrecht über meinen Mund her.

Diego war ein äußerst leidenschaftlicher Küsser. Er legte eine Hand auf meine Wange und fuhr mit seinem Daumen an meinem Kiefer entlang. Dann neigte er meinen Kopf zur Seite drang mit seiner Zunge tief in meinen Mund ein. Ich konnte einfach nicht genug von seinem Geschmack und seinen Berührungen bekommen.

Als wir uns endlich voneinander lösten, um zu Atem zu kommen, stand mein Körper in Flammen. Meine Nerven brannten und mein Verstand war benebelt von einem fast verzweifelten Verlangen. Einem Verlangen nach mehr – mehr von Diego, mehr von dem Aufruhr der Gefühle, den nur er in mir auslösen konnte.

Wir beäugten uns in dem schummrigen Raum, nur beleuchtet vom sanften Schein eines Lichtstrahls, der durch die offene Tür fiel.

Sein Gesicht lag im Schatten, was seine markanten Züge nur noch mehr zur Geltung brachte.

Ungeduldig stemmte ich ihm meine Hüften entgegen. Wir schienen füreinander gemacht zu sein. Seine Erregung lag direkt über dem Scheitelpunkt meiner Oberschenkel. Ich konnte sie dort spürten wie ein glühendes Brandeisen. Ich nahm auch die glitschige Feuchtigkeit meiner eigenen Erregung wahr und hörte mein Blut mit jedem Herzschlag in meinen Ohren rauschen.

Diegos Blick suchten den meinen. „Gemma, ich bin drauf und dran, dich hier und jetzt zu nehmen. Aber vielleicht sollte das erste Mal doch ein wenig bequemer sein?"

Ich schüttelte den Kopf. Denn in Wahrheit war die Vorstellung, so von Lust überwältigt zu sein, dass jemand mich direkt hier im Stall vögeln wollte, wahnsinnig heiß. Außerdem wollte ich nicht, dass meine übliche Unsicherheit wieder die Oberhand gewann. Ich könnte mich langweilen und anfangen, im Geiste meine To-do-Liste durchzugehen, ungeduldig werden und mir wünschen, dass es endlich vorbei sein möge.

„Wir gehen nirgendwohin", flüsterte ich, kurz bevor ich mich aufrichtete, am Revers seiner Lederjacke zupfte und ihn wieder zu meinem Mund führte.

Nach einem weiteren atemberaubenden Kuss hob er den Kopf. „Verdammt, Gemma, du bringst mich noch um den Verstand."

Mein Körper war voller Empfindungen, und ich schob eine Hand unter sein Shirt und stieß einen lautenSeufzer aus, als ich seine warme Haut spürte. Er atmete zischend aus, und ich sah ein Lächeln im schwachen Licht aufblitzen.

„Süße", flüsterte er, während ich meine Hüften ruckartig gegen seine Erregung rieb. „Das ..."

Da schob ich sein Shirt blitzschnell hoch und senkte meinen Kopf, um Küsse über seinem Oberkörper zu verteilen. Ich hörte ein gemurmeltes Fluchen und spürte dann, wie seine Hände unter meine Bluse glitten. Sobald ich seine Handflächen auf meiner Haut spürte, stieß ich einen Seufzer aus, seine schwieligen Finger ließen Funken über mich sprühen. Jede seiner Berührungen war ein Erlebnis für sich, jede öffnete eine Tür zu einem neuen Raum voller Empfindungen.

Wir hatten kaum Kontrolle über unsere Bewegungen und fummelten ungeschickt aneinander herum. Er öffnete hastig meine Bluse und schob meinen BH herunter, sodass meine Brüste hervorquollen. Dann stieß er ein Knurren aus, bevor er seinen Kopf senkte und eine meiner festen, pochenden Brustwarzen mit seinem Mund umschloss. Das Saugen ließ mich aufschreien, während ich mich gegen die raue Holzwand hinter mir drückte.

Dabei riss ich die Augen auf. Ich wollte mehr. Ich wollte ihn in mir spüren. Sein hartes Glied drückte gegen mich, und ich griff zwischen uns, um ihm flink die Hose zu öffnen.

Da legte er seine Hand auf meine und hielt sie fest. „Langsam." Seine Stimme klang rau, aber beruhigend.

Er verstand nicht, wie sehr ich das brauchte. Wie sehr ich dieses wilde Verlangen brauchte. „Nicht langsamer", flüsterte ich.

Seine Augen suchten meine. Wir sagten nichts, aber er schien zu verstehen, was ich brauchte. Dann löste er seine Hand von meiner, und ich schob meine Hand in seine Boxershorts und schloss sie um sein samtig heißes Glied. Ich kostete sein Stöhnen aus, sein unterdrücktes Stöhnen: „Gemma, du bringst mich noch um. Du bist so verdammt heiß."

In einer weiteren hastigen Bewegung zog ich seine Jeans gerade so weit herunter, dass sein Schwanz heraussprang. Währenddessen schob er meinen Rock um meine Hüften hoch. Seine Handfläche glitt über die Innenseite meines Oberschenkels, während er ein Knie zur Seite schob. Diese einfache Berührung war so verführerisch, dass Funken über meine Haut sprühten. Mein Inneres war wie geschmolzen und mein Verlangen nach ihm war grenzenlos.

Diego, der viel besser vorbereitet war als ich, zog seine Brieftasche aus der Gesäßtasche, holte ein Kondom heraus, und zog es in Sekundenschnelle über. Dann griff er zwischen meine Schenkel, schob mein Höschen beiseite und stieß einen zufriedenen Seufzer aus, als er meinen heißen, feuchten und nur allzu bereiten Eingang fand. Ich war so bereit, bereiter als je zuvor in meinem Leben.

„Oh, Süße, das tut so gut." Er zog seine Finger heraus und beraubte mich mit einem Schlag all meiner Gehirnzellen, als er sie anhob und meine Erregung ableckte. Dabei sah er mich die ganze Zeit an. „Du schmeckst so gut, wie ich mir immer vorgestellt habe", murmelte er, kurz bevor er seinen Kopf senkte und meine Lippen in einem langen Kuss fing.

Dann neckte er meinen Eingang mit seinem Schwanz, während seine Zunge über meine glitt. Ich war schon kurz davor zu kommen, aber das war mir nicht genug. Ich wollte ihn in mir spüren. Meine Hüften bäumten sich gegen ihn und ich stieß in seinem Mund einen unruhigen Laut aus.

Er hob den Kopf und zog eines meiner Knie hoch, um es um seine Hüfte zu schlingen. „Na schön, Süße, aber das jetzt wird nicht gerade elegant." Ein raues Lachen folgte, und ich glaubte schon, ich würde auf der Stelle dahinschmelzen.

„Egal", flüsterte ich. Denn so war es. Ich wollte, dass es chaotisch und heiß und wild war, sodass ich im Feuer der Lust brannte.

Er hob mich an sich, wobei er die Wand hinter uns als Stütze benutzte. Ich spürte, wie seine pralle Eichel gegen mich drückte, dann griff er zwischen uns, um sich richtig in Position zu bringen, bevor er mich vollständig ausfüllte.

Ich stieß ein heiseres Stöhnen aus, als mein Kopf gegen die Wand hinter mir schlug. Und schon war ich überwältigt. Diego hielt mich fest umschlungen, während sein praller Schaft mich ausfüllte und dehnte. Die Lust sprudelte in mir hoch und nahm mit jedem lauten Schlag meines Herzens zu.

Diego war nun fast nicht zu verstehen. „Gott, das fühlt sich so gut an. Mach genauso weiter, Süße."

Er hielt einen Augenblick lang inne, bevor er begann, mit sanften Bewegungen seiner Hüften in mich zu stoßen. Jeder Stoß ging ein wenig tiefer und dehnte mich ein wenig mehr. Wir waren fest aneinander geschmiegt, und meine Klitoris rieb bei jeder Bewegung an der Basis seines Schwanzes.

Mein Orgasmus kam urplötzlich und überwältigte mich. Alles zog sich wie ein Knoten in meinem Innersten zusammen, bevor alle Fesseln mit einem Mal gesprengt wurde. Ich schrie auf und zitterte heftig gegen ihm.

Er schmiegte seine Lippen an meinen Hals, offen und heiß an der Unterseite meines Kinns, als ich spürte, wie auch er zu zittern begann, bevor sein ganzer Körper sich anspannte und ein Schaudern durch ihn hindurchlief. Dann war alles vorbei, bis auf die Wellen der Lust, die noch in mir nachhallten. Er hielt mich dort gegen die Wand in dem staubigen, fast dunklen Lagerraum in der Scheune gedrückt, und das Geräusch unseres schweren Atems erfüllte den Raum. Ich war von Empfindungen überwältigt und schwebte auf einer Welle der puren Glückseligkeit. Ich hatte mich selbst so sehr vergessen, dass das tatsächlich hatte passieren können.

Schließlich zog sich Diego zurück und half mir, meine Klamotten wieder überzustreifen. Dann ließ er seinen Blick über mich schweifen. Ich gab wahrscheinlich ein denkbar lächerliches Bild ab, aber das war mir egal.

„Wie fühlst du dich?", fragte er, wobei sich seine Lippen zu einem langsamen Lächeln verzogen.

„Klasse. Ich fühle mich klasse."

„Na, dann wären wir damit ja schon mal zu zweit."

Kapitel Neunzehn

DIEGO

Danach hätte ich eigentlich nach Hause fahren sollen. Üblicherweise war das mein Zeichen zum Aufbruch – eine befriedigte Frau und ich total zufrieden. Aber ich wollte hier nicht weg. Gemma strahlte eine unbeschwerte Freude aus, die ich unbedingt genießen wollte. Zugegeben, ganz verstand ich dieses ungewohnte Verlangen nicht.

Wir gingen wieder rein und sie bot mir Eis an. Das hätte ich natürlich auf keinen Fall ausschlagen können. Dann ergriff sie meine Hand, zog mich in ihr Schlafzimmer und verkündete: „Wir gehen jetzt schlafen."

Das wäre meine zweite Gelegenheit gewesen, mich davonzuschleichen. Und doch ergriff ich sie nicht.

Verdammt, sie hatte mich in der Scheune förmlich umgehauen. Sie hatte tatsächlich diesen wilden, hemmungslosen Sex in der Scheune gewollt, also hatte ich ihr ihren Wunsch erfüllt. Ich hatte dabei nicht erwartet, dass sie mich mit ihrer unbändigen, ungezügelten Lust so tief in meinem Herzen berühren würde. Ich spürte, dass es nicht leicht sein würde, diesen Haken wieder zu lösen.

Ich lag neben ihr und lauschte ihrem gleichmäßigen Atem. Gerade, als ich schon dachte, mein Verstand würde wieder mal auf Hochtouren laufen und mich die ganze Nacht über wach halten, legte sie ihr Bein über mein Knie und kuschelte sich warm und weich an mich. So schlief ich ein.

Als ich am nächsten Morgen aufwachte, kannte ich mich überhaupt nicht aus, bis ich mich umsah. Ich roch Speck und Ahornsirup. Das Bett war unglaublich bequem, mit einer leichten Daunendecke und unzähligen flauschigen Kissen. Doch Gemma war nirgends zu sehen.

Ich drehte mich herum und griff nach meinem Handy auf dem Nachttisch neben dem Bett, um festzustellen, dass es erst sechs Uhr morgens war. Ich hatte noch jede Menge Zeit, um zum Resort zurückzukehren, falls ich wollte, oder hier zu duschen. Ich beschloss, mich spontan zu entscheiden.

Nachdem ich mich angezogen hatte, lief ich den Flur entlang, als ich Gemma sagen hörte: „Neal, ich bin mir nicht sicher, ob ich mich wirklich auf die Gerichtsverhandlung einlassen möchte. Ich brauche noch Zeit, um mich zu entscheiden."

Dann gab es eine Pause, und ich lief weiter, weil ich nicht wusste, wie ich sonst reagieren sollte. Als ich in die Küche trat, antwortete sie auf irgendetwas, das Neal gesagt hatte: „Ich verspreche dir, darüber nachzudenken. Ich gebe dir rechtzeitig Bescheid. Ich liebe dich."

„Guten Morgen", meldete ich mich, als sie das Handy auf die Theke legte.

Sie wandte sich um, die Stirn gerunzelt und die Augenbrauen zusammengezogen. „Oh, hey. Das war mein Bruder." Sie hielt inne, schloss die Augen und schüttelte leicht den Kopf. Als sie die Augen wieder öffnete, war ihre Stirn wieder entspannt und sie lächelte leicht. „Ich mache Frühstück. Pfannkuchen und Speck. Möchtest du auch was?"

„Da sage ich nie nein." Weil ich nicht widerstehen konnte, trat ich durch das Wohnzimmer in die Küche, wo sie am Herd stand, und senkte meinen Kopf, um ihr einen Kuss auf die Schulter zu drücken. Ihr Haar war zu einer lockeren Hochsteckfrisur zusammengebunden, und sie trug eine Schürze über ihrem T-Shirt und Leggings. Sie sah bezaubernd und wie zum Anbeißen aus.

Sie wendete den Speck in der Pfanne und hob den Kopf. Bevor ich noch wusste, wie mir geschah, küsste ich sie auch schon, und sie schmeckte köstlich. Mein Herz machte einen seltsamen Sprung, als ich in ihre Augen sah. „Guten Morgen", stammelte ich.

„Guten Morgen. Der Kaffee ist schon fertig", erklärte sie und deutete auf eine Kaffeemaschine mit einer fast vollen Kanne und einer leeren Tasse daneben.

Ich schenkte mir Kaffee ein, und sie erklärte mir, wo die Milch war. Ich sah ihr zu, wie sie den letzten Pfannkuchen zubereitete, und dann setzten wir uns zusammen an den Tisch, um zu frühstücken. Dies war wohl der gemütlichste Morgen, den ich je erlebt hatte, zumindest seit meiner Kindheit im Haus meiner Eltern.

„Was macht dein Bruder so?", fragte ich im Plauderton, während wir aßen.

„Er ist Anwalt in Portland." Sie betrachtete mich, während sie einen Schluck Kaffee trank. Dann stellte sie ihre Tasse ab und fügte hinzu: „Ich bin nicht wirklich das schwarze Schaf in meiner Familie, sondern eher das graue Schaf."

„Das graue Schaf?", fragte ich.

„Ich passe nicht wirklich in meine Familie, aber ich bin auch kein schlechtes Kind. Meine Eltern sind hervorragende Anwälte, genauso wie mein Bruder. Ich sollte eigentlich genauso ein Genie sein, aber mir ist meine Legasthenie im Weg gestanden. Das hat mich in der Schule einiges an Nerven gekostet, bevor wir herausgefunden haben, wo das Problem lag. Aber meine Familie ist klasse, deshalb beschwere ich mich nur ein bisschen."

Ich nickte langsam, während ich diese Worte verarbeitete. „Familien können echt anstrengend sein, auch wenn man sie liebt. Du hast ja Harley kennengelernt, und die ist noch nicht mal die offenherzigste meiner Schwestern. Ich liebe alle meine

Schwestern, aber manchmal können sie mich echt auf die Palme bringen. Ich hoffe, sie hat nichts Unpassendes gesagt, als ich gestern Abend nicht aufgepasst habe."

Gemma lachte leise, bevor sie einen weiteren Schluck Kaffee nahm. „Harley war prima, und hat überhaupt nichts Unpassendes gesagt. Ich kann gut verstehen, dass sie möchte, dass du ein geregeltes Leben auf die Reihe kriegst und glücklich bist. Ich bin mir sicher, dass du das Gleiche für sie möchtest."

Ich dachte über diese Beobachtung nach. „Vielleicht, aber meine Schwestern neigen dazu, mir vorzuschreiben, wie ich mein Leben zu gestalten habe."

Gemma lächelte mitfühlend. „Familie ist doch was Gutes, auch, wenn sie uns manchmal ganz schön in den Wahnsinn treiben kann. Es ist schon schwer genug, sich in dieser Welt nicht ganz verloren zu fühlen."

Dann stand vom Tisch auf und blickte auf meinen leergeputzten Teller. Ich grinste, schob ihn ihr hin und stand ebenfalls auf. „Ich helfe dir beim Abwasch."

„Das musst du nicht ...", begann sie, verstummte jedoch, als ich den Kopf schüttelte.

„Du hast mir Frühstück gemacht, und das war superlecker. Also helfe ich dir jetzt beim Abwasch. Versuche gar nicht erst, mich davon abzuhalten."

Sie schenkte mir ein verlegenes Lächeln. „Na dann krempel schon mal die Ärmel hoch", neckte sie mich.

Ich räumte alles in die Spülmaschine und folgte ihr dann hinaus, um ihr an diesem Morgen mit den Pferden zu helfen. Sobald ich den Lagerraum betrat, in dem das Futter und Heu aufbewahrt wurden, wanderten meine Gedanken zurück zu der vergangenen Nacht.

Als ich sie in meinen Armen gehalten hatte, gegen die Wand gedrückt, während ich in ihrem seidigen, engen Kanal versunken war. Verdammt. Allein der Gedanke daran, wie Gemma sich über meinen Schwanz ergossen hatte, weckte in mir das unbändige Verlangen, sie erneut gegen die Wand zu drücken.

Ein paar Minuten später stand ich neben meinem Truck und sie sah unter ihren langen Wimpern zu mir auf. „Letzte Nacht war ..." Dann verstummte sie und ihre Wangen färbten sich rosa.

„Hammermäßig", half ich ihr.

Da errötete sie noch mehr und biss sich auf die Lippe, während sie nickte. „Hammermäßig."

„Hammermäßig genug, dass wir endlich dieses Abendessen in Angriff nehmen?", fragte ich.

Ich sah, wie Zweifel wie Wolken durch ihre Augen zogen, bevor sie kurz Luft holte und nickte. „Auf jeden Fall. Wann hättest du Lust?", fragte sie.

„An jedem Abend, an dem ich früh genug vom Fliegen zurück bin, gehst du ganz mir", erwiderte ich und meinte es auch so.

Gemma holte ihr Handy aus der Tasche, öffnete den Kalender und blätterte schnell hindurch. „Wie wäre es mit diesem Freitag? Und danach sehen wir uns nächste Woche wieder beim Kurs im Resort."

„Dieser Freitag geht gut. Freitags haben wir keine langen Flüge, also sollte ich vor fünf Uhr zurück sein. Ich schicke dir noch meinen Zeitplan und dann treffen wir einander wieder hier."

Gemma nickte und wir standen einen Augenblick lang einfach nur da. Ich war dieses Gefühl überhaupt nicht gewohnt. Ich wollte sie unbedingt küssen. Verdammt, ich wollte sie einfach nur küssen, mit ihr ins Haus zurückkehren und den ganzen Tag im Bett verbringen. Solche Empfindungen kannte ich normalerweise überhaupt nicht. Aber bei Gemma war wohl alles Neuland für mich.

Ich trat näher an sie heran und beugte mich zu ihr hinunter, um ihr einen innigen Kuss zu geben. Als ich meinen Kopf wieder hob, war mein Schwanz steinhart und mein Herz schlug wie wild in meiner Brust.

„Bis Freitag", stammelte ich, zwang mich, mich von ihr zu lösen, stieg in meinen Truck und fuhr los.

Auf halbem Weg zurück zum Resort ging mir das Gespräch durch den Kopf, das ich mitbekommen hatte, als ich in die Küche gekommen war. Von welchem Gerichtsverfahren hatte sie da nur gesprochen?

Das Ganze ging mich eigentlich nichts an. Aber langsam wurde mir Gemma wichtig, und ich mochte keine Geheimnisse. Ich redete mir ein, dass sie mir keine Erklärung schuldig war und dass es wahrscheinlich überdies auch gar nichts war. Aber das konnte ich nicht ganz glauben, denn ich hatte eine gewisse Anspannung in ihren Schultern gespürt, als sie mit ihrem Bruder gesprochen hatte.

Harvey hatte mir noch eingeschärft, dass Deana zwar unsere Eltern über den Tisch gezogen hatte, das aber noch lange nicht bedeutete, dass alle Frauen sowas tun würden. Ich versuchte mir einzureden, dass das stimmte. Ich musste mir ja nicht unnötig noch mehr Probleme aufhalsen.

Kapitel Zwanzig

DIEGO

Gabriel versuchte, die Tür auf der Beifahrerseite des kleinen Flugzeugs zuzuknallen. Ein armseliger Versuch, denn die Türen waren leicht und gaben keinen befriedigenden Knall von sich. Ich setzte mein Headset auf und ging schnell alle Checks vor dem Start durch.

Erst als wir in der Luft waren, fragte ich: „Warum hast du eigentlich so eine miese Laune?"

Gabriel musterte mich aus den Augenwinkeln. Sein ganzes Gesicht spiegelte seine Verärgerung wider. Hastig setzte er sein Headset auf. Wir hatten einen eigenen Kanal, über den wir uns während des Fluges miteinander unterhalten konnten. „Nora und ich haben uns gezofft."

Deutlicher hatte er wohl noch nie zugegeben, dass zwischen ihm und Nora etwas lief. Vor Flynn hatten sie ihre Beziehung zwar ziemlich gut geheimgehalten, aber uns anderen konnten sie nichts vormachen.

„Weswegen?"

Er schwieg einen Augenblick und erklärte dann schließlich: „Ich habe ihr einfach klargemacht, dass ich nie auf eine ernsthafte Beziehung aus war. Ich habe gedacht, das wäre offensichtlich. Aber sie deswegen total angepisst auf mich."

„Du wolltest also eine dieser guten Freundschaften mit gewissen Vorzügen?"

Sein Seufzer war durch die Kopfhörer zu hören. „Eigentlich habe ich keine Ahnung, was ich möchte. Und das ist auch Teil des Problems."

„Und diese Heimlichtuerei wie Teenager, die sich vor ihren Eltern verstecken", warf ich mit einem Grinsen ein.

Er stöhnte. „Ich weiß. Das Ganze ist ins Rollen gekommen, weil sie gesagt hat, dass sie es satthätte, sich zu verstecken, und dass sie eine offene Beziehung möchte. Sie hat außerdem erwähnt, dass sie Gefühle für mich hat, mit denen sie nicht gerechnet hat. Worauf ich ihr erwidert habe, dass wir doch gar keine Beziehung hätten. Und dann ist sie total ausgeflippt."

„Nora ist doch echt klasse. Warum kannst du dir nicht mehr vorstellen?"

„Alter, du kennst mich doch. Nach der Sache mit Greg habe ich die Schnauze voll von Verpflichtungen und Beziehungen."

Ich brachte das Flugzeug in eine leichte Schräglage und beobachtete, wie das Sonnenlicht auf der Bucht unter uns schimmerte. „Das kommt mir aber ziemlich engstirnig vor", meinte ich. „Also, Greg hat mit Elias' Ex und deiner Ex rumgemacht. Elias ist darüber hinweggekommen. Warum schaffst du das nicht?"

Gabriel lachte leise. „Ernsthaft? Du bist doch nicht anders. Von uns allen bist du doch der, dem es am ehesten passieren kann, dass er sich verliebt und wie deine Eltern eine Familie gründet. Und trotzdem willst du nichts davon wissen, nur, weil deine erste richtige Freundin deine Familie verarscht hat."

Gut, das tat ein bisschen weh, aber ich steckte den scharfen Schlag weg. „Guter Punkt. Vielleicht versuche ich ja, darüber hinwegzukommen."

„Mit Gemma?"

„Mit wem sonst? Ich habe natürlich keine Ahnung, wie es mit ihr weitergeht, aber ich mag sie."

„Nun, das ist kaum zu übersehen", antwortete Gabriel mit einem verschmitzten Lachen.

Unsere Unterhaltung wurde durch eine Funkmeldung unterbrochen, dass wir noch ein paar Passagiere mitnehmen sollten, die wegen eines Arzttermins nach Diamond Creek auf der anderen Seite der Bucht mussten. Danach war der Tag total voll und wir hatten keine freie Minute, um über unsere Beziehungsprobleme nachzudenken. Ich fragte mich, wie angespannt die Lage im Resort sein würde, wenn Nora und Gabriel im selben Raum wären. Aber das war nicht wirklich mein Problem. Mein einziges Problem war, meine Ungeduld im Zaum zu halten, Gemma zu sehen.

Unvermittelt kam meine alte Angewohnheit, auf Abstand zu gehen, wieder zum Vorschein. Wir landeten früher als erwartet, und ich hatte keine Ahnung, ob Gemma Zeit hatte. Allerdings schenkte ich meiner Ungeduld keine weitere Beachtung und fuhr an diesem Abend ins Resort. Beim Abendessen waren auch Gabriel und Nora zugegen, die eiskalt zueinander waren.

Ich fragte mich, wie lange das wohl so bleiben würde.

Kapitel Einundzwanzig

GEMMA

Ich ging durchs Studio und räumte die Yogamatten weg, die sich die Schüler für den Kurs ausgeliehen hatten, nachdem ich sie gründlich mit Desinfektionsmittel abgewischt hatte. Die Badezimmertür öffnete sich und Daphne kam heraus und lächelte mich an. „Danke. Der Kurs heute Abend war super. Ich stehe so viel in der Küche, dass mein unterer Rücken total verspannt ist", sagte sie und rieb sich die Stelle mit der Handfläche.

„Freut mich, dass es hilft."

„Hast du nicht Lust, mit mir einen Kaffee trinken und Mittagessen zu gehen?", fragte sie.

Ich warf einen kurzen Blick auf die Uhr und nickte. „Klar. Ich habe erst in ein paar Stunden wieder Unterricht."

Daphnes grüne Augen funkelten, während sie lächelte. „Klasse. Lass uns doch am besten ins Misty Mountain gehen. Ich muss mich noch mit Cammi wegen des neuen Liefersystems unterhalten, auf das wir uns geeinigt haben."

Nachdem ich das Studio abgeschlossen hatte, liefen wir zusammen zum Parkplatz. „Neues System?", fragte ich am Weg zu unseren Autos. Ich drückte auf meinen Schlüsselanhänger und mein Auto gab einen leisen Signalton von sich.

Daphne blieb neben mir stehen. „Ja. Wir liefern ihr ab jetzt vorgefertigte Backwaren. Wir backen sie nicht selbst, sondern die Jungs bringen sie vorbei und sie backt sie. Ich möchte nur sicherstellen, dass die Lieferzeiten stimmen und dass die Backwaren gut gelingen."

„Heißt das, ich darf eine dieser Leckereien zum Mittagessen probieren?"

Sie grinste. „Wollen wir's hoffen."

Sie winkte mir schnell zu, sprang in ihr Auto, und ich folgte ihr zum Misty Mountain. Allmählich begann ich, mich an das Kleinstadtleben zu gewöhnen. Es tat gut, neue Freunde zu finden und das Gefühl zu haben, hierher zu gehören.

Heute Morgen hatte meine Mutter wieder angerufen und mich zum Nachdenken gebracht. Die gute Frau brachte mich eigentlich immer zum Nachdenken. Sie hatte immer daran zu knabbern, warum ich mich so lange ausgegrenzt gefühlt hatte. Doch daran trug niemand Schuld. Meine Eltern und mein Bruder waren akademische Überflieger. Ich war zwar durchaus clever, aber es hatte einfach zu lange gedauert, bis meine Legasthenie und mein Unbehagen in der Schule erkannt worden waren, als dass ich mich jemals wirklich davon hätte erholen können.

Dann war auch noch der Albtraum hinzugekommen, dass der einzige Bereich, in dem ich in meinem Leben so richtig gut gewesen war – der Sport – so richtig in die Hose gegangen war. Ich hatte zwar noch Kontakt zu ein paar Freundinnen aus dieser Zeit, aber unser Zusammenhalt war durch das Verhalten unseres Trainers in die Brüche gegangen. Wir hatten uns nie wieder richtig davon erholt. Ganz zu schweigen davon, dass nicht alle meine Freundinnen die gleiche Meinung dazu hatten, wie sich das Ganze abgespielt hatte, was die Sache für alle noch vertrackter machte.

Wenn Leute vom Fehlverhalten von angesehenen Persönlichkeiten erfahren, würden die meisten davon ausgehen, dass ansonsten freundliche und anständige Menschen davon betroffen sind. Ich habe jedoch auf die harte Tour erfahren müssen, dass das nicht so läuft. Nicht wenige Leute hatten sich schlichtweg geweigert, zu glauben, was vorgefallen war, egal, wie viele Beweise es auch gegeben hatte. All diese Aufmerksamkeit war äußerst unangenehm und hässlich. Und obwohl Medien zunehmend ausgewogener über derartige Themen berichteten, blieb die Lage weiterhin angespannt und unangenehm. Es gab immer noch viel zu viele Gegenreaktionen und böse Nachrede.

Ich stieß in meinem Auto einen leisen Seufzer aus, als ich Daphne auf den Parkplatz von Cammis neuem Café folgte. Es war schön, an einem Ort zu sein, an dem niemand die Schlagzeilen über meinen alten Trainer und die hinter vorgehaltener Hand weitergetratschten Geheimnisse über das Geschehene kannte. Auch wenn das Ganze schon Jahre zurücklag, kamen die Auswirkungen mit der nun anberaumten Gerichtsverhandlung wie ein Bumerang zu mir zurück.

Ich stellte den Motor ab, und versuchte, die unangenehmen Erinnerungen von mir abzuschütteln. Ich würde den Augenblick genießen. Das gemeinsame Mittagessen mit einer Freundin. Ein paar Minuten später betrat ich mit Daphne zusammen das Café. Cammi winkte uns von der Theke aus zu, während sie eine Familie bediente, die vor uns in der Schlange stand. Ich sah mich um und bestätigte: „Dieser Laden ist echt schick."

„Finde ich auch", stimmte Daphne zu. „Ich bin begeistert von all der Arbeit, die Cammi hier reingesteckt hat."

„Ich weiß, dass sie die neue Besitzerin ist, aber was ist mit den alten Besitzern passiert?"

„Die sind wohl weggezogen", erklärte Daphne. Ihr Blick wanderte durch den Raum. „Ich kann immer noch nicht glauben, dass sie dieses alte Gebäude in ein Café verwandelt haben."

„Diese Gebäude sind noch aus dem Zweiten Weltkrieg, glaube ich. Im Pazifischen Nordwesten gibt es noch mehr davon", erklärte ich und deutete auf den halbrunden Wellblechbau, in dem sich das Café befand.

Die zylindrische Stahlrohrkonstruktion war innen vollständig renoviert worden. An den Seiten waren Fenster ausgeschnitten und mit Gipskartonplatten verkleidet worden. Der Raum wirkte hell und luftig.

„Ich habe Flynn schon gesagt, dass wir unbedingt ein paar von Jessas Möbeln aus dem Resort holen müssen", fügte Daphne hinzu und deutete auf einen kleinen runden Tisch mit einer Sonnenblume darauf, als wir daran vorbeigingen.

„Ich glaube, ich habe Jessa bei der Eröffnung kennengelernt."

Daphne nickte, als wir uns anstellten. „Ihre Werke sind bei Midnight Sun Arts ausgestellt, einer Galerie am Hafen. Sie verkauft sie auch online. Ein äußerst cleverer Schachzug von Cammi, die Kunstwerke hier mit der Galerie abzustimmen. Davon haben beide Seiten was."

„Genau wie deine Backwaren", warf ich mit einem Grinsen ein.

Sie gluckst. „Selbstredend. Außerdem habe ich dabei jede Menge Spaß. Ich backe einfach total gerne. Obwohl ich im Resort alle Hände zu tun habe, habe ich immer wieder eine freie Minute, da wir nie mehr als dreißig Personen gleichzeitig bedienen."

Ich starrte sie mit offenem Mund an. „Ich kann mir überhaupt nicht vorstellen, für dreißig Personen zu kochen, und dabei koche ich eigentlich gerne. Hut ab."

Sie lachte. „Ich hatte früher ein ganz gut besuchtes Restaurant in Atlanta, da sind dreißig Leute für mich kein Problem."

„Oh, du bist also auch eine ehemalige Städterin?"

In diesem Augenblick erreichten wir die Spitze der Schlange. Cammi lächelte uns an, während Daphne antwortete: „Allerdings. Ich bin in Atlanta geboren worden und dort auch aufgewachsen. Welcher Stadt hast du den Rücken gekehrt?"

„Portland, Oregon."

„Ist mein Kaffee denn auch gut genug, um mit diesen Metropolen mithalten zu können?", neckte Cammi und knüpfte an unser Gespräch an.

„Und wie", antwortete ich. „Du hast die Kunst des Kaffeekochens auf die Spitze getrieben."

„Apropos Kaffee", begann Cammi, „was darf ich euch anbieten?"

Wir bestellten unseren Kaffee, und ich nahm mir noch ein Sandwich und eines von Daphnes süßen Gebäckstücken dazu. Bevor wir aus der Schlange traten, um an einem Tisch auf unsere Bestellung zu warten, sagte Daphne zu Cammi: „Vielleicht kannst du mal eine kurze Pause einschieben und kurz den Zeitplan mit mir abstimmen."

Cammi nickte schnell. „Amy kann mich ablösen; dann setze ich mich gleich zu euch. Ich bin tatsächlich am Verhungern."

Einen Augenblick später schloss ich die Augen und stieß einen zufriedenen Seufzer aus. Nachdem ich fertig gekaut hatte, öffnete ich die Augen und stieß hervor: „Dieses Sandwich ist unglaublich."

Daphne schenkte mir ein kurzes Lächeln. „Nicht wahr? Die Kombi aus Cranberry-Frischkäse und Pesto ist viel besser als ich erwartet hatte."

„Machst du die auch selbst?"

„Gott, nein. Auch mein Tag hat nur 24 Stunden. Cammi und ich haben zwar gemeinsam die Speisekarte zusammengestellt, aber die Sandwiches kommen alle von ihr."

Cammi kam mit ihrem eigenen Teller, auf dem genau das gleiche Sandwich lag, das auch wir bestellt hatten. Dann setzte sie sich und sah uns an. „Und ... wie schmeckt es?"

„Wir haben gerade davon geschwärmt, wie lecker es ist", meinte Daphne, und ich nickte zustimmend.

Cammi sah erleichtert aus. „Da bin ich aber erleichtert. Als ich hier angefangen habe, war ich ziemlich gestresst wegen der Küche. Aber zum Glück sind alle ehemaligen Mitarbeiter geblieben und machen ihre Sache großartig."

Wir genossen unsere Sandwiches ein paar Minuten lang in Ruhe, bevor Daphne feststellte: „Übrigens, wir vermissen Elias im Resort."

Cammi errötete. „Tatsächlich? Ich habe gehört, dass er sein Schlafzimmer abgeben musste."

„Na klar", antwortete Daphne mit einem Grinsen. „Er ist nie da, weil er doch die ganze Zeit an dir klebt. Aber obwohl wir wirklich vermissen, freue ich mich natürlich sehr für euch beide."

Daphnes Blick wanderte zu mir. „Aber jetzt erzähl uns doch endlich, wie es mit Diego so läuft."

„Ähm …", begann ich. Mir wurde siedend heiß, während ich zwischen den beiden hin und her blickte. „Warum habe ich nur das ungute Gefühl, dass ihr beide mehr über mich und Diego wisst als ich selbst?"

Die stets liebe und nette Cammi erbarmte sich meiner und legte mir beruhigend die Hand auf die Schulter. „Schon gut. Du musst dich nun mal daran gewöhnen, in einer Kleinstadt zu leben. Ob du das nun willst oder nicht, hier wissen die Leute meist alles. Aber wir wissen bestimmt nicht mehr als du."

Meine Wangen glühten immer noch, als ich sowas wie ein lässiges Achselzucken zustandebrachte. „Nun, wir wollten eigentlich am Freitag zusammen essen gehen, aber seine Pläne haben sich geändert, also weiß ich noch nicht, wann wir uns wiedersehen."

Daphnes Augen funkelten. „Ich bin mir sicher, dass er das nachholt. Außerdem wissen wir kaum etwas. Ich weiß nur, dass Diego dich mag und die Jungs dich für eine echte Ausnahmeerscheinung halten."

„Eine Ausnahmeerscheinung?", hakte ich nach.

Daphne nahm einen Bissen von ihrem Sandwich und ließ mich kurz zappeln. Ich glaubte nicht, dass sie das absichtlich tat, aber trotzdem. Nur etwas, das mit Diego zu tun hatte, konnte mich derart ungeduldig machen. Nachdem sie gekaut und einen Schluck Wasser getrunken hatte, fügte sie hinzu: „Anscheinend hatte er seit seiner Verlobung in jungen Jahren keine ernsthafte Beziehung mehr. Und das ist nun schon über zehn Jahre her." Dabei beugte sie sich vor und machte große Augen.

Nun war meine Neugierde geweckt, und ich hatte keine Bedenken mehr, Fragen zu stellen. Wenn ich schon Gegenstand von Klatsch und Tratsch war, konnte ich auch gleich so viel wie möglich herausfinden. „Was sagen denn die Jungs dazu? Ich weiß, dass die eine eingeschworene Gruppe sind. Sie waren doch alle zusammen bei der Air Force, oder?"

Daphne nickte gleichzeitig mit Cammi. „Ja", fügte Cammi hinzu. „Die Jungs sind wie Brüder. Ich weiß auch nicht so viel. Nur, dass Diego dafür bekannt ist, dass er in Beziehungen lieber locker bleibt. Elias hat gemeint, es wäre schon eine große Sache gewesen, dass er dich seiner Schwester vorgestellt hat."

Da öffnete sich wie aufs Stichwort die Tür zum Café und Harley kam herein. Sie hielt inne, sah sich aufmerksam im Café um und ihr Blick fiel auf uns an unserem Tisch in der Ecke. Dann warf sie ihr dunkles Haar über ihre Schulter und kam direkt auf uns zu.

„Oh Gott", stieß ich leise hervor. „Harley scheint ja wirklich nett zu sein, aber sie hat offenbar auch ihre ganz eigene Meinung, wenn du verstehst, was ich meine. Was, wenn sie mich insgeheim hasst?"

Daphne lächelte mich aufmunternd an. „Keine Sorge. Wir passen schon auf dich auf. Wenn überhaupt, dann brauchst du dir lediglich Sorgen darüber machen, dass Harley Diego unbedingt unter die Haube bringen will. Flynn hat mir erzählt, dass sie sogar schon versucht hat, ihn mit ein paar ihrer Freundinnen zu verkuppeln."

In dem Augenblick stieß Harley zu uns. „Hey, Mädels", begann sie. „Man munkelt, dass es hier den besten Kaffee der Stadt gibt."

Cammi stand vom Tisch auf, ihren leeren Teller in der Hand. „Na dann wollen wir mal hoffen, dass die Gerüchte stimmen. Was darf ich dir bringen?"

„Du arbeitest hier?", fragte Harley.

„Mir gehört das Café", antwortete Cammi und errötete leicht.

„Verdammt cool. Echt der Hammer", staunte Harley, als sie Cammi zur Kasse folgte.

Ich warf Daphne einen Blick zu. „Glaubst du, sie hat vor, mich mit Diego zu verkuppeln?" Dieser Gedanke versetzte mich trotz der Aussicht auf atemberaubende Orgasmen in leichte Panik.

Daphne kicherte. „Keine Ahnung. Harley hat eine ausgeprägte Persönlichkeit. Bleib einfach du selbst. Und vertrau darauf, dass Diego dich mag. Egal, was seine Schwester denkt."

Ein paar Minuten später kam Harley mit einem Kaffee zurück zum Tisch. Nach einem langen Schluck sah sie zwischen Daphne und mir hin und sagte: „Dieser Kaffee ist echt abgefahren."

„Stimmt", erwiderte ich. „Ich war schon oft in Seattle, und die Stadt ist berühmt für ihren Kaffee. Aber Cammis Kaffee kann da locker mithalten."

Harleys scharfer Blick, der dem von Diego so ähnlich war, richtete sich auf mich. „Also, jetzt schieß schon los, was dich nach Alaska verschlagen hat."

Ich atmete leise auf. Diesen Teil des Gesprächs konnte ich locker meistern. „Ich habe eine Reise hierher gewonnen und das als Zeichen des Schicksals aufgefasst. Ich wollte unbedingt mal was Neues machen, also bin ich hier. Ich habe einen Job gefunden, zu dem auch ein schönes Haus gehört, in dem ich mich um ein paar Pferde kümmere. Damit kann ich meine Rechnungen bezahlen und habe auch ein eigenes Yogastudio eröffnet."

Harley nickte anerkennend. „Guter Plan. Und, wie findest du meinen Bruder?"

Daphne knuffte Harley mit dem Ellbogen. „Jetzt entspann dich doch mal. Du hast Gemma doch gerade erst kennengelernt."

Harley zuckte unbeeindruckt mit den Schultern. „Na und? Ich möchte ihr doch nur mal ein wenig auf den Zahn fühlen."

Jetzt konnte ich mich nicht mehr zurückhalten und brach in

Gelächter aus. „Du möchtest mir auf den Zahn fühlen?", fragte ich, nachdem ich mich wieder eingekriegt hatte.

Diesmal sah Harley tatsächlich ein wenig verlegen aus. Nachdem sie einen Schluck Kaffee getrunken hatte, erklärte sie: „Entschuldigung. Ich bin vielleicht ein wenig zu voreilig. Aber Diego wurde schon mal verarscht. Da möchte ich bloß sichergehen, dass du es auch ehrlich meinst."

Ich hob die Hand. „Keine Sorge, Harley. Ich kann gut auf mich selbst aufpassen und habe auch keine Erwartungen. Außerdem hatten Diego und ich erst ein einziges offizielles Date. Als du mich im Resort gesehen hast, war ich eigentlich dort, um über Yogakurse zu sprechen."

Da schaltete Harley einen Gang höher. „Aber du wirst doch nicht so schnell die Flinte ins Korn werfen, oder? Glaub mir, mein Bruder ist ein absoluter Traummann."

Daphne verdrehte die Augen. „Du kannst doch nicht beides haben, Harley. Entweder versuchst du, sie in die Flucht zu schlagen, oder du überredest sie, sich deinen Bruder zu angeln. Entscheide dich mal für eine Linie und bleib dabei."

Harley lachte. „Schon gut, schon gut, vielleicht bin ich ein wenig ..." Dann verstummte sie, als sie offenbar noch kurz überlegte.

Daphne warf hilfsbereit ein: „Ein wenig übereifrig?"

Ich lachte leise und schob meinen leeren Teller beiseite. Harley warf Daphne einen freundlichen Blick zu. „Verstanden." Dann blickte sie wieder in meine Richtung. „Diego ist der Beste. Das ist alles. Aber wenn du ihm das Herz brichst, mach ich dich fertig."

„Das glaube ich dir sogar", erwiderte ich mit einem Nicken. Seltsamerweise hatte mich diese Unterhaltung für Harley eingenommen. Es war offensichtlich, dass sie ihren Bruder sehr liebte, und das gefiel mir. Familie war mir wichtig, und es bedeutete mir viel zu wissen, dass Diego eine Familie hatte, die ihn liebte und beschützte.

Das Gespräch wandte sich nun unverfänglicheren Themen zu, und einige Leute blieben an unserem Tisch stehen, um Daphne zu begrüßen. Geschickt stellte sie mich weiteren Einheimischen vor, die vielleicht zu meinen Yogakursen kommen würden. Noch besser wäre es allerdings, wenn ich neue Freunde finden würde. Das war genau mein Ding.

Kapitel Zweiundzwanzig

GEMMA

„Mom, ich weiß nicht, ob ich mich wirklich unbedingt freier fühlen muss", sagte ich, während ich das Handy an mein Ohr hielt und die Nudeln auf dem Herd umrührte.

„Honey, ich meine doch bloß, dass du so deinen Teil der Geschichte erzählen kannst. Ich hasse es, wie alles damals gelaufen ist. Dass dieser Kerl weiter als Trainer arbeiten durfte und seitdem auch noch andere Mädels missbraucht hat, macht mich stinksauer, aber ich bin auch erleichtert, dass jetzt alles ans Licht kommt. Die Wahrheit wird dich befreien."

„Mom", stöhnte ich. „Jetzt sind wir wieder bei den alten Klischees angekommen."

Doch meine Mutter ließ sich nicht beirren. „Klischees werden nicht ohne Grund zu Klischees. Weil sie irgendwo doch einen wahren Kern haben. Ich war damals nicht in der Lage, dich vor ihm zu beschützen und ich konnte nicht dafür sorgen, dass er zur Rechenschaft gezogen wurde. Ich schätze, es könnte dir Stärke verleihen, reinen Tisch zu machen."

„Mom, ich habe doch schon zugesagt, darüber nachzudenken. Lass mir doch nur ein bisschen Zeit, um mich zu entscheiden. Die Sache eilt ja nicht. Die Anwälte, die den Fall bearbeiten, haben mir geschrieben und mich über den Zeitplan auf dem Laufenden gehalten. Die erste Anhörung, bei der ich überhaupt aussagen könnte, findet erst in drei Monaten statt. Wenn überhaupt. Du bist doch immer diejenige, die predigt, dass man beim Warten auf den Gerichtstermin dem Gras beim Wachsen zusehen könnte. Es ist sehr wahrscheinlich, dass die Verhandlung vertagt wird. Ich muss mich nicht sofort entscheiden."

„Ich weiß, ich weiß. Ich würde mir nur wünschen ..."

Ich unterbrach sie. „Mom, überlass das bitte mir. Bitte."

Meine Mutter schwieg, und ich konnte förmlich sehen, wie Enttäuschung über ihr Gesicht huschte. Sie stellte sich stets entschlossen den Herausforderungen des Lebens, und ich wusste, dass sie wollte, dass ich das auch tat.

„Also gut. Aber denk daran, dass wir immer für dich da sind, ohne Wenn und Aber."

„Ich weiß, Mom. Eure Unterstützung bedeutet mir alles. Aber ich muss jetzt Schluss machen. Ich koche gerade das Mittagessen und muss die Nudeln noch abgießen. Ich melde mich in ein paar Tagen, in Ordnung?"

„Bitte vergiss nicht darauf. Ich hab dich lieb, mein Schatz."

„Ich dich auch, Mom."

Während ich zu Mittag aß, bevor ich zu meinem Abendkurs im Yogastudio ging, gönnte ich mir eine Pause von Telefonaten zu unangenehmen und aufgeladenen Themen. Ich freute mich schon darauf, am nächsten Tag zum Resort zu fahren, um dort meine ersten beiden Yogakurse zu geben. Daphne hatte mir heute bereits eine Nachricht geschickt, um mir mitzuteilen, dass der Gästekurs bereits ausgebucht war.

Nachdem ich mein Geschirr gespült und zum Trocknen in den Abtropfständer gestellt hatte, klingelte mein Handy. Ich warf einen Blick auf das Display und erkannte die Nummer nicht, aber ich erkannte die Vorwahl von Oregon, also nahm ich vor allem aus Neugierde ab.

„Hallo?"

„Ich bin auf der Suche nach Gemma Marlon."

„Sie haben Sie gefunden. Wie kann ich Ihnen helfen?"

„Ausgezeichnet", erwiderte der Mann freundlich. „Mein Name ist Tom Johnson und ich bin Anwalt im Fall Shawn Winston. Sie sind als mögliche Zeugin aufgeführt und ich hatte gehofft, wir könnten uns kurz mit Ihnen unterhalten."

„Ich habe Ihnen doch bereits gesagt, dass ich mir etwas Zeit zum Nachdenken nehmen möchte und mich dann bei Ihnen melden würde", antwortete ich und bemühte mich um eine entschlossene Stimme.

„Nur um das klarzustellen: Ich arbeite nicht für die Staatsanwaltschaft. Wir vertreten Mr. Winston. Sie wurden als jemand aufgeführt, dessen Aussage sich positiv für unseren Mandanten auswirken könnte. Ihre Zurückhaltung, sich für die Anklage zur Verfügung zu stellen, spricht Bände."

Ich war so fassungslos, dass mir der Mund offen stehen blieb. Für einen Augenblick war ich wie gelähmt und hielt es für völlig abwegig, dass sie ernsthaft davon ausgingen, dass eines seiner Opfer für ihn aussagen würde. Dann machten sich Wut und Bitterkeit in mir breit. Ich hatte solche Fälle in den Nachrichten gesehen, wo Leute Jahre später dazu überredet worden waren, ihre Aussagen zu ändern. Schließlich raffte ich mich zusammen und antwortete.

„Ich weiß nicht, wie Sie auf die Idee kommen, dass ich bereit wäre, irgendetwas zugunsten Ihres Mandanten auszusagen. Auf gar keinen Fall."

Doch der Anwalt ließ sich nicht beirren. Er antwortete geschickt: „Nun, wenn Sie es sich anders überlegen sollten, lassen Sie es uns doch bitte wissen. Er ist unschuldig in allen Anklagepunkten, und wir hoffen, das vor Gericht und der Öffentlichkeit auch beweisen zu können. Bitte rufen Sie uns gerne jederzeit an."

„Das werde ich ganz bestimmt nicht", entgegnete ich entschlossen.

Ich legte auf, legte das Handy langsam auf die Theke, verschränkte die Arme vor der Brust und schritt quer durch das

Wohnzimmer zum Fenster. Mir war speiübel und ein eiskalter Schauer lief mir über den Rücken.

„Was für eine Frechheit!", murmelte ich vor mich hin. „Woher wissen die überhaupt, dass ich noch gar nicht zugestimmt habe, auszusagen?"

Als ich so aus dem Fenster starrte, fiel mein Blick wie so oft auf die Pferde. Shasta hatte sein Kinn auf Charlies Hinterteil gelegt, wie ich das schon öfters bei ihm beobachtet hatte. Ich atmete tief ein und langsam wieder aus.

Ohne weiter nachzudenken, lief ich nach draußen, überquerte den Parkplatz und betrat die Weide. Ich ging durch die Scheune und in die kleine Koppel neben der Weide. Dort holte ich ein paar Leckerbissen aus einem kleinen verschlossenen Eimer, der an der Außenwand der Scheune direkt neben der Tür angebracht war.

Die Pferde waren schlau. Sobald sie das Geräusch des sich öffnenden Eimers hörten, hoben sie die Köpfe und trabten herbei.

„Hey", sagte ich leise, als sie vor dem Zaun stehen blieben.

Ich gab allen vier Pferden Leckerbissen und nahm mir ein paar Minuten Zeit, um sie zwischen den Ohren zu kraulen. Shasta stupste mich an der Schulter und ich spürte, wie ich ruhiger wurde. Die Zeit mit den Pferden gab mir Halt, und ich war dankbar, dass ich zu Hause gewesen war, als ich diesen seltsamen Anruf erhalten hatte.

Danach stieg ich in mein Auto und fuhr zu meinem Studio, während mir alle möglichen Gedanken durch den Kopf gingen. Vielleicht war die Sache ja total naheliegend, aber der Anruf vom Anwalt meines ehemaligen Trainers bestärkte mich in meiner Entscheidung. Ich würde als Zeugin aussagen. Ob mich das befreien würde, wie meine Mutter hoffte, wusste ich nicht, aber ich würde auf gar keinen Fall zulassen, dass mein ehemaliger Trainer ungestraft davonkam. Ich würde alles tun, um sicherzustellen, dass er endlich zur Rechenschaft gezogen wurde.

Kapitel Dreiundzwanzig

DIEGO

Harley knallte ihre Karten auf den Tisch und stieß irgendwas zwischen einem Seufzer und einem Knurren hervor. Ich warf ihr einen Seitenblick zu und fragte: „Warum bist du denn so schlecht drauf?"

„Weil ich nie auch mal gewinne", schnaufte sie.

„Du hast doch gestern Abend gewonnen", warf Grant ein, offenbar ohne zu merken, wie sehr meine Schwester es hasste, wenn man sie zurechtwies.

Harleys Blick wanderte zu ihm. „Danke für diese äußerst hilfreiche Feststellung, dass ich ein einziges Spiel gewonnen habe. Ich weiß nicht, was ich ohne deine Erinnerung getan hätte."

Grant riss die Augen auf, entschied sich aber, nichts zu sagen. Tucker machte sich nichtmal die Mühe, sein Schmunzeln zu verbergen.

„Sowas sollte dir gar nicht auffallen", sagte ich zu Grant. „Und schon gar nicht solltest du es erwähnen."

Doch Grant zuckte bloß mit den Schultern. Grant ließ sich von kaum etwas aus der Ruhe bringen, nicht mal von den spitzen Bemerkungen meiner Schwester. Er sortierte seine Karten, während Flynn seine nächste Karte auf den Tisch legte.

„Wann geht unser Yogakurs los?", fragte Harley ein paar Minuten später.

Flynn antwortete: „Ich nehme an, du meinst den hier im Resort. Gemma kommt morgen Abend vorbei. Machst du etwa auch mit?"

„Auf jeden Fall. Daphne meint, ihre Kurse sind super, aber das ist nicht der Grund, warum ich hingehe."

Tucker verdrehte die Augen. „Warum gehst du dann hin?"

„Um Diego und Gemma auszuspionieren", entgegnete Harley, ohne auch nur einen Funken Scham zu zeigen.

Ich schüttelte den Kopf, legte meine Karten hin und schied aus der Runde aus. „Ausspionieren? Das ist ein Yogakurs. Ich weiß nicht, wie gut du da irgendjemand ausspionieren kannst."

„Nun ja, du magst sie doch, also ..." Dann verstummte sie mit einem Achselzucken.

„Also was?", hakte ich nach. „Es ist meinem Liebesleben nicht gerade zuträglich, wenn du jeden meiner Schritte überwachst."

„Ha! Siehst du, jetzt hast du das L-Wort gesagt. Sie bedeutet dir also was", rief Harley und riss triumphierend die Hände hoch.

Ich stöhnte und warf Tucker, der mir gegenübersaß, einen Blick zu. „Erinnert mich bitte daran, dass ich das nächste Mal ablehne, wenn eine meiner Schwestern für ein paar Wochen zu Besuch kommen möchte."

Flynn schmunzelte, sammelte schnell die Karten ein und stapelte sie, um sie zu mischen. „Einverstanden. Dann wirst du uns allerdings bestimmt erwidern, dass dir Familie alles bedeutet. Und dass du mit allem klarkommst, was sie dir so zumuten, egal, wie sehr sie sich in dein Leben einmischen."

Ich lachte und lehnte mich in die Sofakissen zurück. „Das stimmt. Familie bedeutet mir alles." Dann hielt ich kurz inne „Also gut. Gemma und ich waren essen. Einmal. Wir können uns gut vorstellen, das nochmal zu wiederholen. Ich würde die Dinge aber gerne in meinem eigenen Tempo angehen, wenn die anderen nichts dagegen haben", fügte ich gedehnt hinzu.

Tapfer ertrug ich die fortwährenden Sticheleien an diesem Abend, nicht nur in Bezug auf Gemma, sondern über alles. Denn Familie bedeutete nun mal auch jede Menge Spott, und außerdem trafen die Sticheleien auch mal andere. Manchmal meckerte ich zwar rum, aber ich liebte meine Schwestern und ich liebte meine Freunde. Familie bedeutete mir wirklich alles.

Auch wenn ich so tat, als wäre es keine große Sache, war Gemma doch wie eine sanfte Brise in meinem Leben. Sie füllte alle Lücken in meinem Herzen, sogar die, die ich für verrammelt und zugemauert gehalten hatte. Obwohl wir im Grund nur einmal zusammen zu Abend gegessen hatten, fühlte sich alles mit ihr viel vertrauter an. Da half auch nicht, dass ich nicht aufhören konnte, an sie zu denken. Nicht an das Gefühl, mit ihr zusammen zu sein, oder daran, wie es war, mit ihr in meinen Armen einzuschlafen. Ich lief Gefahr, mich in die Kleine zu verlieben, und ich war mir nicht ganz sicher, ob sie dazu bereit war, oder besser gesagt, ob ich bereit war. Immer noch nagten diese leisen Zweifel an mir, die mir wegen dieses blöden Telefonats, das ich mitangehört hatte, im Hinterkopf herumschwirrten.

Ich war nicht der Typ, der immer alles wissen musste. Der darauf bestand, dass eine Frau ihn über jede Kleinigkeit ihres Lebens auf dem Laufenden hielt. Aber Vertrauen war mir wichtig. Und allein die Tatsache, dass ich mir überhaupt Gedanken über Gemma machte, war ein unüberhörbares Warnsignal in meinem Hinterkopf. Sie begann, mir wichtig zu werden.

———

Gemmas Yogakurs für die Mitarbeiter des Resorts am nächsten Abend war eine einzige Übung in Selbstbeherrschung. Ihr Tonfall war während des gesamten Kurses ruhig und sanft, und sie fasste mich kein einziges Mal an. Und doch erinnerte ich mich jedes Mal, wenn ich in ihre Richtung schaute, daran, wie gut ich jede Kurve ihres Körpers kannte. Ich wusste, wie sie sich anfühlte, wenn sie den Boden unter den Füßen verlor. Mein Körper wusste auch, was ich wollte – mehr von ihr, und dann noch mehr. Gemma aus meinem Kopf zu kriegen, schien eine fast unüberwindbare Aufgabe zu sein.

Zu allem Überfluss legte Harley auch noch ihre Yogamatte neben meine. Während des gesamten Kurses gab sie gelegentlich Kommentare ab. Ich liebte meine Schwester, aber verdammt, sie konnte echt nervig sein.

Kurz nach dem Kurs, nachdem Daphne Gemma ein freies Zimmer zur Verfügung gestellt hatte, damit sie duschen und sich umziehen konnte, und nachdem ich mich widerwillig ins Personalhaus begeben hatte, um selbst zu duschen und mich umzuziehen, trafen wir uns wieder in der Küche.

Es fühlte sich an, als wäre sie mein persönlicher Leitstern, und jede Zelle meines Körpers richtete sich nur nach ihr aus. Ich ließ mir aber nichts anmerken. Ich saß an der Theke, neckte die Jungs und schenkte den spitzen Blicke meiner Schwester keine Beachtung. Ich konnte nicht sagen, ob sie Gemma vergraulen wollte oder ob sie uns tatsächlich eine Chance geben wollte. Aber wenn sie so weitermachte, würde sie noch jeden in die Flucht schlagen, sogar eine ihrer Freundinnen.

Als Gemma neben der Theke anhielt, spürte ich ihre Anwesenheit wie eine sanfte Frühlingsbrise. Ihr Duft umhüllte mich. Ich wandte mich ihr zu und meine Lippen verzogen sich sofort zu einem Lächeln.

Ihre Augen funkelten, als sich unsere Blicke trafen. Ihr Haar war ein wenig feucht, und ich hätte so gern mit ihr geduscht

„Hey", begann sie leise.

„Hey. Der Kurs war super."

Da wir hier nicht nur unter uns waren, mischte sich Gabriel ein: „Stimmt. Kommst du jetzt wirklich jede Woche? Das ist echt der Hammer."

Gemma lächelte. „Wenn der Gästekurs weiterhin so gut gebucht ist, komme ich jede Woche."

Da kam Nora hinzu und stützte sich mit den Händen auf den Tresen gegenüber von uns. „Das heißt, wir müssen auch in ausreichender Zahl antanzen, oder?"

Gemma legte den Kopf schief. „Das wäre toll. Aber wenn ich schon mal hier bin, bleibe ich auch. Eine Stunde länger ist kein Problem, auch wenn es nicht ganz so viele sind."

Als ich zur Seite schaute, entging mir Gabriels durchdringender Blick auf Nora nicht. Aber der war auch kaum zu übersehen. Sie blendete ihn komplett aus.

Die Spannung zwischen den beiden war in letzter Zeit unerträglich. Meist versuchten sie zu vermeiden, sich im selben Raum aufzuhalten, was wahrscheinlich das Beste war.

Plötzlich huschte Noras Blick über Gabriel, ihre Lippen verzogen sich leicht und eine Röte breitete sich auf ihren Wangen aus. Dann wandte sie ihren Blick wieder Gemma zu. „Ich bin auf jeden Fall mit dabei. Außerdem komme ich auch weiterhin mindestens einmal pro Woche zu deinen Kursen in der Stadt. Der Tapetenwechsel tut mir gut."

Daphne eilte mit einem Tablett vorbei und rief über die Schulter: „Essen ist fertig! Da wir heute unter uns sind, lasst uns doch den Tisch nutzen."

Während wir den Raum durchquerten, fragte Gemma: „Benutzt ihr den Tisch normalerweise nicht?"

„Nur wenn keine Gäste hier zu Abend essen. In dem Fall essen wir direkt in der Küche an der Theke."

„Nicht, dass sich irgendjemand darüber beschweren würde", warf Tucker nach meiner Erklärung ein.

Wir setzten uns hin, um ein Abendessen aus Silberlachs mit einer Zitronen-Dill-Honig-Glasur, sautiertem Gemüse und Reis zu genießen. Kurz gesagt, es war himmlisch.

„Oh mein Gott", stöhnte Gemma nach ein paar Bissen. „Gut, dass ich nicht immer hier bin. Sonst würde ich in kürzester Zeit ein paar Pfund mehr auf die Rippen kriegen."

Daphne schenkte ihr ein flüchtiges Lächeln. Harley benahm sich während des Abendessens vorbildlich, unterhielt sich ganz normal mit Gemma und bekam sogar ein paar Ratschläge von ihr, wieder aufs College zu gehen. Sie war zwar gut in Transkription und Übersetzung, aber sie spielte immer noch mit dem Gedanken, ob sie nicht doch einen richtigen Abschluss machen sollte.

„Ich weiß nicht. In manchen Branchen ist ein Collegeabschluss wichtig. Aber bei dem, was du machst, spricht deine Arbeit mehr als alles andere für sich. Ich würde nur hingehen, wenn du das auch wirklich möchtest. Denn ein Studium kann superanstrengend sein. Ich habe einen Collegeabschluss und benutze ihn nicht mal.“

„Wirklich?“ Harley sah sie überrascht an.

Gemma kräuselte die Nase und zuckte mit den Schultern. „Ja. Ich habe Sportmedizin studiert und mochte es nicht wirklich. Mir machen Yogakurse viel mehr Spaß. Ich wende zwar das Wissen aus dem Studium an, aber den Abschluss selbst brauche ich nicht, um meinen Beruf auszuüben. Ich kann mir nicht vorstellen, je wieder in die Sportmedizin zurückzukehren.“

Das Abendessen verlief ruhig weiter, und danach begleitete ich Gemma zu ihrem Auto. Gerade als ich mir überlegte, ihr in die Stadt zu folgen und sie zu überreden, mich über Nacht bleiben zu lassen, ertönte ein lautes Schnauben aus den Bäumen. Als ich zur Seite schaute, sah ich eine Elchkuh mit zwei Jungtieren aus den Bäumen stürmen. Die friedliebenden Tiere waren keine große Sache. Aber der Braunbär, der ihnen folgte, jagte mir einen eisigen Schauer über den Rücken.

Gemma und ich befanden uns zufällig auf halber Strecke über den Schotterparkplatz. Wir standen zwischen dem Resort und den Fahrzeugen, die auf der anderen Seite des Parkplatzes geparkt waren. Ich packte sie am Ellbogen. „Hierher“, sagte ich schnell.

Wir konnten uns nur deshalb zurückziehen, weil der Bär abgelenkt war. Ich brachte uns zwischen zwei Autos in Sicherheit. Gemma war total angespannt und zitterte am ganzen Körper. „Oh mein Gott, oh mein Gott", flüsterte sie schnell. „Nachdem ich einen davon am Flughafen gesehen hatte, tot und ausgestopft, hatte ich schon genug. Von mir aus hätte ich nie wieder einen Bären aus der Nähe sehen brauchen."

„Schon klar. Aber du musst jetzt leise sein. Wir springen jetzt in diesen Truck."

Der Bär hatte direkt am Rand des Parkplatzes angehalten. Ob er uns gehört oder unsere Bewegung gespürt hatte, sein massiver Kopf schwang in unsere Richtung.

In diesem Augenblick trat Flynn mit einer 12-Kaliber-Schrotflinte in der Hand auf die Veranda. Sein Blick traf meinen, und er hob leicht das Kinn.

„Was sollen wir tun?", flüsterte Gemma.

Doch ich antwortete nicht. Ich legte einfach meine Hand um den Türgriff eines der Trucks des Resorts und öffnete die Tür. Dann schubste ich Gemma regelrecht hinein. Ich stieg so schnell ich konnte hinter ihr ein. Der Bär stürmte genau in dem Augenblick auf uns zu, als die Tür zufiel. Loser Kies prasselte gegen die Seite des Trucks.

„Oh mein Gott, oh mein Gott", wiederholte Gemma mit zitternder Stimme.

„Alles wird gut", beruhigte ich sie.

Ich warf einen Blick über meine Schulter und sah, dass der Bär nun hinten am Truck stand. Flynn hatte die Waffe erhoben und mehrere Warnschüsse abgegeben.

„Der Bär verschwindet schon, gib ihm bloß ein paar Minuten", versicherte ich Gemma.

Wir waren in aller Eile in den Truck gestiegen, sodass sie nun mit der Hüfte halb auf der Konsole saß. Ich half ihr, sodass sie sich auf den Beifahrersitz fallen lassen konnte, die Augen weit aufgerissen, als sie mich ansah. „Das war vielleicht verrückt."

„Irgendwie schon. Bären und Elche gehören hier zum Leben dazu. Allerdings war ich auch noch nie einem Bären so nah. Ich sehe die Biester lieber aus der Ferne."

Ich schaute zurück und sah, dass der Bär immer noch in der Nähe der Ladefläche stand. Flynn gab noch einen Warnschuss ab, der den Bären endlich aufschreckte. Er hob seinen schweren Kopf langsam und starrte Flynn an. Dann lauschten und beobachteten wir, wie der Bär langsam und gemächlich davonstapfte. Gemma seufzte erleichtert, sobald der Hinterteil des Bären zwischen den Bäumen verschwunden war.

Sie wandte sich wieder mir zu. „Ich glaube, ich will nie wieder aus diesem Truck aussteigen."

Ich lachte leise. „Keine Eile. Wir bleiben auf jeden Fall noch ein paar Minuten hier sitzen."

„Glaubst du, die Elche sind in Sicherheit?" Sie blickte besorgt in die Richtung, in die die anderen Tiere verschwunden waren.

„Vielleicht. Das waren Jungtiere, die für den Bären nicht so leicht zu erlegen sind, vor allem nicht, wenn eine ausgewachsene Elchkuh in der Nähe ist. Wir haben ihm da wohl einen gehörigen Strich durch die Rechnung gemacht. Er ist nicht in die gleiche Richtung gelaufen wie sie. Ich schätze, sie hatten genug Zeit, um abzuhauen."

„Weißt du denn, ob es ein Männchen gewesen ist?" Ihr Blick huschte zurück zu mir.

„Ich habe echt keine Ahnung, aber um diese Jahreszeit bringen die Weibchen normalerweise ihre Jungen zur Welt. Da ich keine sehen kann, schätze ich mal, dass es sich um ein Männchen gehandelt hat."

In dem Augenblick vibrierte mein Handy in meiner Jeanstasche. Ich holte es heraus, während ich mich im Sitz zurücklehnte. Ein Blick auf das Display verriet mir, dass es Flynn war, der mich wahrscheinlich von der Veranda aus anrief. Ich wischte mit dem Daumen über den Bildschirm und nahm den Anruf an: „Gute Arbeit."

Flynn lachte leise. „Ich bin heilfroh, dass die Warnschüsse ihn vertrieben haben. Ich nehme an, ihr werdet den Truck so schnell nicht verlassen."

„Wir bleiben noch eine Weile hier."

„Geht es Gemma gut?"

Ich sah zu ihr hinüber und sagte: „Flynn fragt, wie es dir geht."

„Alles gut. Zumindest jetzt." Sie schüttelte den Kopf und sah immer noch etwas mitgenommen aus von den aufregenden Ereignissen.

„Ihr geht es gut, falls du ihre Antwort nicht gehört hast. Falls noch jemand plant, nach Hause zu gehen, sollte er besser noch ein wenig warten."

„Natürlich. Wir reden, sobald du zurück bist."

Ich legte das Handy auf das Armaturenbrett und schaute zu den Bäumen, wo der Bär verschwunden war.

„Wie lange sollen wir jetzt abwarten?", fragte Gemma.

Ich zuckte mit den Schultern. „Vielleicht fünf Minuten oder so. Jedenfalls lange genug, um sicher zu sein, dass er nicht mehr zurückkommt."

Sie lehnte ihren Kopf gegen den Sitz und drehte ihn zur Seite, um mich anzusehen. „Das war genug Aufregung für mich heute Abend."

Wir saßen bloß in einem Truck. Und es war noch nicht mal mein Truck. Warum wir eigentlich hier waren, war irgendwie witzig und sogar ein wenig lebensgefährlich, obwohl die Gefahr nun mit Sicherheit vorüber war. Aber das spielte keine Rolle. In meinem Körper hatte sich etwas verändert.

Wir musterten uns, und es fühlte sich an, als würde das Verlangen wie Rauch durch jede Ritze an den Fenstern und Türen schlüpfen und die Luft um uns herum mit einem Summen von Elektrizität und Funken erfüllen. Gemmas Augen verdunkelten sich, ein Spiegelbild des unbändigen Verlangens, das durch mich strömte. Ich musste sie jetzt unbedingt küssen, so sehr, wie ich Luft zum Atmen brauchte. Also tat ich es. Ich beugte mich über die Mittelkonsole, legte meine Hand um ihr Kinn und fuhr mit meinem Daumen über ihre Unterlippe. Wir saßen ganz ruhig da und sahen einander an. Die Vorfreude stieg.

Und es fühlte sich genauso gut an, wie ich mir vorgestellt hatte, als meine Lippen endlich ihre berührten.

Das Geräusch ihres heftigen Einatmens war wie ein Peitschenhieb durch die Luft. Unsere Lippen verschmolzen, und ein elektrischer Schauer durchfuhr mich in einem feurigen Stoß.

Gemma seufzte und öffnete ihren Mund in dem Augenblick, als meine Zunge über ihre Lippen glitt. Ihre Zunge strich wie Seide über meine und neckte mich. Dann tauchte ich in die warme Süße ihres Mundes ein, genoss jedes kleine Geräusch, das sie von sich gab, und stieß ein raues Knurren aus.

Kapitel Vierundzwanzig

GEMMA

Diego zu küssen war himmlisch. Ich vergaß alles außer dem Gefühl seiner Zunge, die sich mit meiner verflocht, und seinen Lippen, die meine mit kleinen Bissen und Küssen in den Mundwinkeln beherrschten, bevor er wieder in meinen Mund eintauchte. Ich hatte ja keine Ahnung, dass Küsse so berauschend sein konnten. Es fühlte sich fast so an, als wäre Diego selbst eine Droge gewesen, deren Wirkung tief in mein Innerstes vorgedrungen wäre. Ich war ganz in diesem Augenblick versunken, verloren in der köstlichen Verführung seines Mundes.

Ich vergaß sogar, wo wir waren. Bis es laut an der Rückseite des Trucks klopfte. Ich hatte keine Ahnung, wessen Truck das überhaupt war.

Wir lösten uns voneinander und schnappten beide tief nach Luft. „Hört schon auf, ihr zwei", rief eine Männerstimme.

Diego gluckste und warf mir einen verschämten Blick zu. „Klingt, als würde Grant diesen Truck brauchen."

„Ist das etwa sein Truck?", fragte ich und versuchte verzweifelt, meine Gehirnzellen wieder zusammenzusammeln

„Der Truck gehört dem Resort, aber er fährt ihn am häufigsten, und er ist mit Sicherheit derjenige, der da hinten gerade rumhämmert."

„Oh mein Gott", stöhnte ich und vergrub mein Gesicht in meinen Händen.

„Es war doch nur ein Kuss", entgegnete Diego, und ich spürte, wie seine Hand tröstend über meinen Rücken strich.

Ich hob den Kopf. „Normalerweise bin ich nicht so vertieft in einen Kuss, dass ich völlig vergesse, wo ich bin."

„Das geht mir doch genauso, Süße. Wir sollten uns jetzt wegen des Bären keine Sorgen mehr machen, also bringe ich dich am besten zu deinem Auto."

Ich kratze meinen letzten Rest an Selbstachtung zusammen und stieg aus dem Truck. Grant stand tatsächlich hinten am Truck. Zusammen mit Flynn, Daphne, Tucker, Nora und sogar Harley. Na toll. Jetzt wusste auch Diegos Schwester, dass ich mit ihm rumgemacht hatte wie ein Teenager.

———

Heute Abend?

Das war Diegos Nachricht. Ein einziges Wort. Doch anscheinend reichte das schon, um mein Herz flattern zu lassen, Hitze durch meine Adern zu jagen und ein aufregendes Kribbeln in meinem Körper hervorzurufen.

Das würde ich mir auf keinen Fall entgehen lassen. Denn wenn es um Diego ging, war ich so naiv wie ein Schulmädchen. Eine seltsame Erfahrung für mich. Wegen der Vorfälle in der Highschool, hatte ich eher weniger jugendliche Schwärmereien und all den Spaß mitgemacht. Vielleicht bekam ich ja jetzt endlich die Gelegenheit dazu. Auch wenn ich nicht so genau wusste, wie sich das Ganze entwickeln würde, hatte ich so wenige Erwartungen, dass ich diese Gelegenheit mit Diego einfach mit beiden Händen ergreifen würde.

Ich tippte meine Antwort. *Wo und wann?*

Diego: *In der Brauerei? Sagen wir um 18 Uhr?*

Ich: *Klingt gut.*

Meine Arme lagen um Diegos Taille, und die kühle Meeresbrise wehte mir durch die Haare. Wir brausten mit dem Motorrad über eine Straße, die an einer Steilküste entlangführte und einen absolut traumhaften Blick auf die Kachemak Bay bot. Die Natur in Alaska war hier wirklich atemberaubend und bot fast überall, wohin man blickte, ein beeindruckendes Schauspiel.

Wir waren auf dem Heimweg von unserem lang ersehnten zweiten Dinnerdate, und ich war überglücklich, dass Diego mich mit seinem Motorrad abgeholt hatte. Das war zwar nur eine Kleinigkeit, aber für mich war es aufregend. Diego war auch ohne Motorrad schon heiß genug. Aber mit seiner schwarzen Lederjacke über einem schwarzen T-Shirt, schwarzen Jeans und passenden abgetragenen Stiefeln drehten meine weiblichen Hormone auf Hochtouren wie bei Cheerleadern nach einem gewonnenen Spiel.

Ich schmiegte meine Wange an seinen Rücken, und ich genoss den Fahrtwind, der meine Haarspitzen unter dem Rand des Helms zerzauste. Wir fuhren nicht besonders schnell. In Diamond Creek konnte man nirgendwo wirklich schnell mit einem Motorrad fahren. Zumindest niemand mit Verstand. Die Straßen waren viel zu eng und kurvig. Doch ich liebte das Gefühl der Freiheit auf einem Motorrad. Das Erlebnis war ganz anders und hatte doch Ähnlichkeiten mit dem Reiten.

Das Essen in der hiesigen Braustube war köstlich gewesen. Diamond Creek war zwar eine Kleinstadt, aber die Touristen, die im Sommer hierher strömten, sorgten für jede Menge Abwechslung. Es gab zahlreiche ausgezeichnete Restaurants, von einfachen Lokalen bis hin zu fast schon Haubenküche. Mit der Ausnahme, dass ich nicht den Eindruck hatte, dass auch nur ein einziges Restaurant im gesamten Bundesstaat Alaska elegante Abendgarderobe verlangte. Einen solchen Laden würden die Einwohner Alaskas wahrscheinlich boykottieren.

Diego wurde langsamer, als wir uns der Straße näherten, die zu meinem Haus führte, und ich schmunzelte vor mich hin, als wir an der Stelle vorbeifuhren, an der er angehalten hatte, um mir zu helfen, als Charlie sich losgerissen hatte. Einen Augenblick später bog er auch schon in meine Einfahrt ein.

Ich stieg widerwillig vom Motorrad. Es fühlte sich toll an, an Diego geschmiegt zu sein. Ich nahm meinen Helm ab und reichte ihn ihm, während er das kleine Fach hinter dem Sitz öffnete, auf dem ich gesessen hatte, und ihn dort verstaute. Charlie wieherte leise von seinem Platz am Rand des Weidezauns neben dem Parkplatz. Shasta gesellte sich zu ihm und schaute erwartungsvoll zu uns herüber, die Ohren gespitzt, während Diego und ich neben seinem Motorrad standen.

Ich trat von einem Fuß auf den anderen, um hinüberzuschauen, und blieb mit der Ferse an einem kleinen Stein hängen. Als ich leicht ins Straucheln geriet, legte Diego seine Hand auf meine Schulter, um mich zu stützen.

Es war nur eine flüchtige Berührung. Und doch richtete sich meine ganze Aufmerksamkeit auf diese Stelle, als hätte er mir ein Brandmal aufgedrückt. Die Hitze seiner Berührung drang durch meine Kleidung bis auf meine Haut und jagte einen Blitz durch meinen ganzen Körper.

Sein Blick fiel auf die Pferde. „Haben sie Hunger?", fragte er mit einem Lächeln, und die Hitze in seinen Augen ließ Heerscharen von Schmetterlingen in meinem Bauch flattern.

Seine Hand glitt von meiner Schulter, und ich vermisste seine Berührung sofort. Ich zwang mich, mich zu konzentrieren und normal zu verhalten. Er schien nicht gerade von Begierde überwältigt zu sein. Als wollte er mich in die Wirklichkeit zurückholen, wieherte Charlie erneut, diesmal mit einem Anflug von Ungeduld.

„Wahrscheinlich. Mein Yogakurs war gerade mal eine halbe Stunde zu Ende, bevor du mich zum Abendessen abgeholt hast. Deshalb bin ich heute wohl etwas spät dran mit dem Füttern."

„Ich helfe dir", bot er an und deutete mit seinem Kinn in Richtung der Pferde.

„Das macht dir nichts aus?"

„Quatsch. Ich mag Pferde. Komm schon. Wir sollten sie nicht länger warten lassen."

Diego ergriff meine Hand, als wir über den Parkplatz zur Scheune gingen. Ich bedeutete ihm, mir in den Futterraum zu folgen.

Als ich mich umdrehte, sah ich, wie er zu der Stelle an der Wand neben der Tür guckte, wo er mich zuletzt um den Verstand gebracht hatte. Als sich unsere Blicke trafen, begannen meine Wangen zu glühen.

„Sag mir einfach, was ich tun soll", bat er, und seine Lippen verzogen sich zu einem Lächeln.

Es fühlte sich an, als hätten seine Worte eine doppelte Bedeutung. Mit meinem letzten Rest an Selbstbeherrschung erklärte ich ihm, was er tun sollte, um das Futter für die Pferde vorzubereiten.

„Shasta bekommt Medizin ins Futter", sagte ich und deutete auf die Eimer, die in einer Reihe neben der Tür standen.

Ich hatte ein paar Wochen gebraucht, aber dann hatte ich mir ein System zurechtgelegt, bei dem ich morgens, nachdem ich die Pferde gefüttert hatte, ihre Futtereimer hierherbrachte, weil ich so weniger hin und her laufen musste. „Und Hazelnut kriegt das Premiumfutter", erklärte ich und deutete auf einen beschrifteten Eimer.

„Es ist vegan", fügte ich hinzu, als Diego neugierig hineinschaute und fragend die Augenbrauen hob.

„Vegan, nun ja", erwiderte er mit einem Achselzucken.

Nachdem wir die Futtereimer in die Ställe gestellt hatten, ließ ich die Pferde rein, während Diego Heu in jeden Stall warf. „Was jetzt?", fragte er.

„Normalerweise lasse ich sie mindestens eine Stunde lang fressen. Manchmal sind sie früher fertig, aber dann lasse ich sie noch ein paar Stunden raus, bevor ich sie für die Nacht reinhole."

„Eine Stunde sollte mehr als ausreichen."

Er streckte seine Hand aus, ergriff meine und zog mich zu

sich heran. Sofort sprühten Funken durch meinen Körper. Ich wurde gegen seinen harten, muskulösen Körper gedrückt, und er überzog meinen Hals mit heißen Küssen, während ich am ganzen Körper erschauderte.

Ich war furchtbar darin, die Coole zu spielen, einfach nur erbärmlich. Und anscheinend schmolz ich dahin, wenn ein Kerl mich so richtig erregen konnte, wie nur Diego das vermochte.

„Ausreichen wofür?", fragte ich atemlos.

Diego hob den Kopf. „Nun, vielleicht doch nicht."

„Du hast meine Frage noch nicht beantwortet", entgegnete ich, als er sich umdrehte.

Enttäuschung überkam mich, als er einen Schritt zurücktrat und nach meiner Hand griff. Ich wollte mehr Küsse und mehr von, nun ja, einfach mehr. Rasch verließ er die Scheune, achtete aber darauf, die Tür hinter uns vollständig zu schließen.

„Um dich zu verschlingen."

„Verschlingen?"

Da grinste er mich an, was mir ein Kribbeln durch den Bauch jagte. „Eigentlich habe ich das Wort ‚verschlingen' noch nie benutzt."

Ich musste kichern und stolperte ein wenig, als wir beinahe über den Parkplatz rannten. Wir stiegen die Stufen hinauf, und als ich wieder stolperte, stützte Diego mich mit seinen Händen an meiner Taille.

„Warte."

Es war nur ein Wort von ihm, eine einfache Aufforderung, aber es fühlte sich wie ein Befehl an. Ich gehorchte sofort, hielt inne und blickte über meine Schulter zu ihm zurück. Er stand eine Stufe unter mir, und ich begann mich umzudrehen.

„Bleib genau da stehen", befahl er.

Dann glitten seine Hände nach unten und legten sich auf meine Hüften, knapp unterhalb meiner Taille. Ich hielt ganz still und zitterte fast vor Verlangen. Ich spürte die feuchte Erregung zwischen meinen Schenkeln und war fast erschrocken darüber.

Normalerweise wurde ich nicht so schnell erregt, schon gar nicht, während ich eine Treppe hinaufstieg.

Da wanderte eine seiner Hände unter den Saum meiner Bluse und schob mein Unterhemd leicht hoch. Ich spürte einen heißen Kuss auf meinem Rücken, der sich wie ein Tropfen warmer Honig auf meiner Haut anfühlte. Ein weiterer folgte und dann noch einer, während er den Stoff weiter hochschob. Meine Knie fühlten sich an wie Wackelpudding und ich konnte kaum atmen, während mein Puls wie wild raste, als wären Pferde auf die Weide gelassen worden und hätten mit ihren Hufen über den Boden gestampft.

Ich hörte mich selbst leise wimmern, als ein weiterer heißer Kuss auf meiner Haut landete. Schließlich zog er sich zurück, und ich vermisste sofort seine Berührung. „Diego." Sein Name war ein geflüstertes Flehen.

Dann bewegten wir uns schnell und stolperten durch die Haustür. Die nächsten Augenblicke waren wie ein Wirrwarr meiner Sinne, die eine Sache nach der anderen aufnahmen. Die Haustür schlug zu. Unsere Kleider landeten auf einem Haufen am Boden und verursachten dabei eine Vielzahl an Geräuschen – das Aufschlagen eines Schuhs, das Flattern meiner Bluse in der Luft und ihr fast lautloses Rascheln auf dem Boden. Diegos Handflächen auf meiner Haut, seine Lippen ungeduldig und spielerisch an meinem Hals.

Ich war kaum noch bei klarem Verstand. Längst schon hatten meine Gefühle Oberhand gewonnen und das intensive Verlangen nach mehr, mehr, mehr – mehr von allem, und alles hatte mit Diego und seiner berauschenden Berührung zu tun.

Irgendwie stolperten wir in mein Schlafzimmer. Die Bewegungsmelder gingen an und tauchten den Raum in ein sanftes, stimmungsvolles Licht. Am Fußende meines Bettes drehte Diego mich herum. Mein Atem ging stoßweise und flach. Ich musterte ihn und fühlte mich innerlich ein wenig wild, wie ein Bach, der nach der ersten Schneeschmelze im Frühling über eine Klippe stürzte.

„Du bist so verdammt schön", knurrte er, senkte seinen Kopf und küsste mich heftig. Eine seiner Hände breitete sich besitzergreifend auf meinem Bauch aus, die andere umfasste eine Brust, sein Daumen neckte meine empfindliche Brustwarze. Ich war ein wenig überrascht, als ich feststellte, dass ich bereits völlig nackt war.

Diego war auch nackt, und ich spürte seine Erregung, die sich samtig an meiner Hüfte anfühlte. Da verkrampfte sich mein Innerstes, und ich wollte ihn in mir spüren. Und zwar gleich.

Ungeduldig griff ich zwischen uns und legte meine Hand um seinen seidigen Schaft. Sein Schwanz pulsierte unter meiner Berührung, und ein Schauer lief mir über den Rücken, als mir bewusst wurde, dass meine Berührung ihn so erregte.

„Langsam, diesmal möchte ich es nicht überstürzen", flüsterte er an meiner Haut, wobei seine Worte und die Bewegung seiner Lippen eine weitere Welle der Erregung durch mich hindurchfließen ließen.

Mein Verlangen war wie ein Lagerfeuer, und jede Empfindung war wie ein weiteres Stück Holz, das in das lodernde Inferno geworfen wurde. Ich wollte schon leise widersprechen, da lachte er nur. „Heute habe ich das Sagen."

Und so ungeduldig ich auch war, ich würde mich Diego hingeben, weil ich ihm bedingungslos vertraute und ihn leidenschaftlich begehrte.

Er legte mich auf das Bett und zog mit seinen Lippen eine schlangenförmige Spur über meine Brüste und meinen Bauch. Funken sprühten über meine Haut, als er meine Schenkel mit einem langsamen, fast gemächlichen Druck auseinanderschob. Dann küsste er mich innig auf die Innenseiten meiner Schenkel, und ich bebte vor Vorfreude, die so heftig war, dass ich laut aufschrie, während er über meine Schamlippen leckte.

Ich spürte, wie erst ein Finger und dann ein weiterer in mich eindrang, und ich stemmte ihm unruhig meine Hüften entgegen, während er mich mit seinem Mund und seinen Fingern verwöhnte und mich völlig um den Verstand brachte. Ich weiß nicht, wie lange ich durchhielt, bevor der Druck in mir wie eine Welle zusammenbrach und mich heftige Wellen der Lust durchtränkten.

Ich bebte noch von diesem ersten Höhepunkt, als ich spürte, wie er sich aufrichtete. Ich riss die Augen auf. „Wohin gehst du?", fragte ich heiser.

„Ich muss nur schnell meine Jeans holen. Ich brauche ein Kondom."

Und dann war er auch schon verschwunden. Bevor ich noch widersprechen konnte, war er auch schon wieder zurück und zog sich ein Kondom über, um uns in diesem innigen Augenblick vollendeter Leidenschaft zu schützen.

Ich genoss es, wie sein Gewicht sich auf mich legte, spürte, wie seine pralle Eichel an meiner Öffnung drückte und dann langsam in mich eindrang, bis er mich ganz ausfüllte.

Schließlich strich er mir das zerzauste Haar aus der Stirn, während er flüsterte: „Ich muss dich sehen."

Kapitel Fünfundzwanzig

DIEGO

Gemma öffnete langsam die Augen und schlug die Wimpern auf. Sie musterte mich mit dunklem Blick. Ich konnte ihr Herz gegen meines pochen spüren. Ihr Körper zitterte noch von den Nachwirkungen ihres Orgasmus vor wenigen Augenblicken und umklammerte sanft meinen Schwanz.

Dann schoss ihre Zunge hervor und sie fuhr damit langsam über ihre Unterlippe, bevor sie zittrig Luft holte. Ich küsste sie und kostete langsam ihren süßen Mund, während ich in ihr enges, seidiges Inneres sank.

In ihr zu sein schleuderte mich in einen Fluss der Lust. Ich spürte, wie bei jedem Stoß in sie Flammen an mir leckten. Ihre Beine umklammerten meine Hüften und ihre Haut war feucht, während ich in sie stieß. Plötzlich brauchte ich dringend Luft und hob meinen Kopf. Da öffnete sie die Augen ich spürte, wie sich die Spannung in ihr wieder aufbaute, jeder Muskel sich anspannte und zuckte.

Ich griff zwischen uns, neckte ihre Klitoris mit meinen Fingern und lauschte, wie sie heiser meinen Namen hervorstieß, während sie dich zitternd durch einen heftigen Orgasmus wand. Mein eigener Orgasmus hielt sich bereit wie eine Schlange, die nur auf den richtigen Moment wartete, um zuzuschlagen.

Schließlich nahm der Druck an der Basis meiner Wirbelsäule immer weiter zu, gefolgt von einem feurigen Kribbeln, das nach oben stieg, und schließlich durchfuhr mich ebenfalls meine Erlösung.

Ich sank auf sie, kaum bei Bewusstsein, um uns auf die Seite zu rollen und sie fest in meinen Armen zu halten, während ich versuchte, wieder zu Atem zu kommen. Sobald meine Wahrnehmung zurückkehrte, genoss ich das Gefühl ihrer sanften Kurven an mir und den Hauch ihres Atems auf meiner Schulter. Ich ließ meine Finger durch ihr Haar gleiten und lehnte mich gegen die Kissen, während sie noch in meinen Armen lag. Ich war immer noch gierig nach ihr und wollte sie einfach nicht loslassen.

Schließlich hob sie den Kopf. „War das jetzt wohl eine Stunde?"

Ich brauchte eine Minute, um zu verstehen, worauf sie anspielte, und dann lachte ich leise. „Das bezweifle ich. Bei dir bin ich offenbar weder besonders raffiniert, noch besonders geduldig."

Sie biss sich auf die Lippe und ihre Wangen röteten sich ein wenig. „Du hast dir schon ein wenig Zeit gelassen."

Da beugte ich mich vor und küsste sie erneut. Mein Schwanz, der immer noch in ihr steckte, zuckte leicht.

Viel zu schnell erinnerte sie mich daran, dass sie die Pferde wieder rauslassen musste. Wir duschten schnell, zogen uns an und gingen hinaus, um sie wieder auf die Weide zu lassen.

Nachdem wir ins Haus zurückgekehrt waren, erfuhr ich, dass sie Science-Fiction-Filme liebte. Wir schauten uns einen an, bevor wir die Pferde für die Nacht hineinbrachten. Ich spielte mit dem Gedanken, sie erneut im Futterraum zu verführen, aber dann entschied ich, dass das Bett doch bequemer war.

Danach hatte ich wieder mal den besten Schlaf meines Lebens. Ich könnte mich ernsthaft daran gewöhnen, mehr Nächte mit Gemma zu verbringen.

Am nächsten Morgen telefonierte sie wieder, als ich den Flur entlang in die Küche kam. Wieder wurde meine Neugier geweckt.

„Neal, vielen Dank für deine Hilfe, aber ich habe das im Griff. Ich rufe die Staatsanwaltschaft an und sage ihnen, dass ich bereit bin, auszusagen. Sollte ich weitere Unterstützung benötigen, gebe ich dir Bescheid.“

Warum zum Teufel redete sie nur von Anwälten und Aussagen? Ich hasste die Zweifel, die mich plagten. Aber ich wollte nicht aufdringlich sein, also fragte ich nicht weiter. Stattdessen nahm ich Platz und genoss nochmal das leckere Frühstück. Ich konnte nicht widerstehen, ihr noch einen langen Kuss zu geben, wie sie so neben meinem Motorrad stand, bevor ich losfuhr.

Ich kehrte zum Resort zurück und überlegte, ob ich Gemma eine Nachricht schicken und sie fragen sollte, ob ich sie an diesem Abend sehen könnte. Trotz meiner aktuellen Wohnsituation hätte ich sie zwar zu mir mitnehmen können, aber dann hätte sie sich garantiert wie unter dem Mikroskop gefühlt. Schließlich hatte ich drei neugierige Kumpels und eine noch viel neugierigere Schwester, die bei mir lebte.

Ich hatte kaum die Küche des Resorts betreten, um mir noch eine Tasse Kaffee zu holen, als Harley aus der Speisekammer stürmte. „Warum zum Teufel ruft mich ein Anwalt an?“

„Woher soll ich das wissen? Und warum fragst du das gerade mich?“ Ich füllte meine Tasse auf und stellte die Kanne zurück auf den Herd. Dann wandte ich mich um, stützte mich mit den Hüften an der Arbeitsplatte ab und nahm einen Schluck.

„Ein Anwalt hat mir eine Nachricht hinterlassen, die Gemma betrifft.“

Ich stellte meine Kaffeetasse ab und ein eisiger Schauer lief mir über den Rücken. „Was?“

Harley reichte mir ihr Handy, tippte auf das Display, um ihre Voicemail zu öffnen, und drückte auf „Abspielen“.

„Ich bin auf der Suche nach Harley Jackson. Hier spricht Tom Johnson, Anwalt aus Portland. Ich habe gehört, dass Sie eine gewisse Gemma Marlon kennen. Wir haben eine Frage zu einem Rechtsfall, der sie betrifft, und hoffen, dass Sie uns vielleicht weiterhelfen können."

„Was zum Teufel?", murmelte ich, nachdem sie die Wiedergabe angehalten und ihr Handy zugeklappt hatte.

„Genau das habe ich auch gedacht", entgegnete Harley trocken.

Ich holte mein Handy heraus und wollte schon Gemma anrufen, als Harley ihre Hand auf meinen Unterarm legte. „Ruf sie noch nicht an. Wir müssen doch erst mal herausfinden, was hier gespielt wird."

Daphne kam in die Küche, ihr aufmerksamer Blick huschte durch den Raum. „Was ist denn hier los?", fragte sie, trat direkt an die Kaffeemaschine heran und schenkte sich eine Tasse ein.

„Ich habe eine echt seltsame Nachricht über Gemma erhalten", berichtete Harley. Dann spielte sie die Nachricht für Daphne ab.

Daphne runzelte die Stirn und betrachtete uns besorgt. „Das klingt echt komisch. Du kennst Gemma doch erst, seit du hier bist, oder?" Sie richtete ihre Frage an Harley.

„Ja, warum sollten die also ausgerechnet mich anrufen? Ich weiß nur, dass Diego auf sie steht und dass sie eine richtig gute Yogalehrerin ist."

Ich hasste es, mich so zu fühlen, so ratlos und voller Fragen.

„Ich fürchte, wir müssen darüber mit Gemma reden", sagte Daphne entschlossen.

„Lieber nicht", warf Harley ein und schüttelte schnell den Kopf. „Was weißt du schon über sie?"

Daphne ließ sich nicht so leicht einschüchtern und warf meiner Schwester einen scharfen Blick zu. „Nicht viel, aber ich vertraue ihr. Und das Ganze kommt mir reichlich seltsam vor. Es gibt keinen vernünftigen Grund, warum jemand dich anrufen sollte, es sei denn, es wäre was im Busch."

Harley runzelte die Nase und blinzelte. „Na guuut. Sollen wir Gemma von der Nachricht erzählen?"

„Rufst du sie an?", fragte Daphne und warf mir einen Blick zu.

Das Gefühl der Begeisterung, das mich nach meiner Nacht mit Gemma noch begleitet hatte, war verflogen. Ich fühlte mich, als hätte mir jemand einen Eimer eiskaltes Wasser über den Kopf gegossen. Natürlich durfte Gemma nichts davon wissen. Bei Frauen war ich extrem vorsichtig, und nun waren meine Bedenken geweckt.

„Ich weiß nicht, ob ich das wirklich tun sollte", antwortete ich schließlich und kam mir dabei wie ein Arschloch vor.

Daphne funkelte mich an, in ihren Augen war ein Hauch von Ratlosigkeit zu sehen. „Ich habe gedacht, du wärst mit ihr zusammen."

„Wir waren zweimal zusammen essen", stellte ich richtig und kam mir jetzt noch mehr wie ein Arsch vor. Im Grunde genommen stimmte das zwar, aber was zwischen uns passiert war, war weit mehr als nur eine flüchtige Begegnung. Und das war nun mein Problem.

Daphne hob die Augenbrauen, und sogar Harley sah mich argwöhnisch an. Dann zuckte Daphne mit den Schultern. „Also, für mich ist Gemma eine Freundin, also rufe ich sie an. Und da dich das offenbar nichts angeht, brauchst du auch nicht mitzuhören."

Mit einer abweisenden Handbewegung über ihre Schulter schritt Daphne davon. Immer wieder erinnerte sie mich daran, warum Flynn ihr den Spitznamen „Prinzessin" gegeben hatte. Am liebsten wäre ich ihr hinterhergelaufen und hätte ihr gesagt, dass ich Gemma anrufen würde, aber jetzt kam ich mir wie ein Feigling vor. Verärgert über mich selbst und die ganze Sache schnappte ich mir meine Kaffeetasse und trank sie schnell aus, bevor ich den Raum verließ. Ich hatte heute Morgen nicht viel Zeit, bevor ich zum Flughafen musste. Ich brauchte noch Klamotten zum Wechseln und meine Tasche, deshalb war ich ja überhaupt nach Hause gekommen. Was ich jetzt schon bereute.

Kapitel Sechsundzwanzig

GEMMA

„Sorry, kannst du das nochmal sagen?", fragte ich und hielt mein Handy besser fest.

„Harley hat eine echt komische Nachricht bekommen", erzählte Daphne. „Ich habe sie dir aufgeschrieben. ‚Ich bin auf der Suche nach Harley Jackson. Hier spricht Tom Johnson, Anwalt aus Portland. Ich habe gehört, dass Sie eine gewisse Gemma Marlon kennen. Wir haben eine Frage zu einem Rechtsfall, der sie betrifft, und hoffen, dass Sie uns vielleicht weiterhelfen können.'"

Bittere Beklemmung überkam mich und mir wurde auch ein wenig übel. „Kennst du diesen Anwalt?", fragte Daphne eindringlich.

Ich schluckte und spürte, wie die mir vertraute panische Angst meine Brust zusammenzog. Mehrmals musste ich tief durchatmen, bevor ich eine Antwort herausbrachte. „Allerdings. Und nun muss ich dir was ziemlich Unangenehmes erklären."

„Wollen wir uns treffen und darüber reden? Wäre das besser?"

„Ja, das wäre gut. Sollen wir einen Kaffee im Misty Mountain trinken?"

„Ich kann in einer halben Stunde da sein", antwortete Daphne.

———

Ich nahm einen Schluck Kaffee, ich brauchte jetzt diesen starken Geschmack. Nervös fuhr ich mit dem Finger über die Tischkante und fragte mich, wann Daphne wohl kommen würde. Ich fühlte mich irgendwie bloßgestellt, als ich so ganz alleine am Tisch saß. Als ob alle im Café meine Vergangenheit kannten und die Ereignisse, die einen bleibenden Fleck auf meinem Leben hinterlassen hatten.

Cammi war wie immer supernett und hatte meinen Kaffee sofort fertig, obwohl sie sich gerade mit einer anderen Gruppe von Kunden unterhielt. Obwohl sie sich nichts hatte anmerken lassen, spürte ich genau, dass ihr nicht entgangen war, dass ich mich nicht wohlfühlte. Ich wusste gar nicht, ob „nicht wohlfühlen" genau das ausdrückte, was ich empfand. Es war eher so, als wäre eine alte Welle der Scham über mich hinweggespült, gefolgt von einem Gefühl der Erschöpfung und der Unruhe. Ich hatte keine Kontrolle über die Ereignisse und hasste dieses Gefühl der Hilflosigkeit.

„Möchtest du mal probieren?", fragte Cammi, die an den Tisch in der Ecke kam, an dem ich saß.

Ich schaute auf das Tablett, das sie in der Hand hielt und auf dem sich verschiedene Backwaren befanden. Ich hatte zwar nicht wirklich Appetit, aber mein Körper sah das offenbar anders. „Klar", erwiderte ich und war froh, dass meine Stimme normal klang. „Was ist das alles?"

„Ich probiere gerade ein paar neue Gerichte für die Speisekarte aus. Es gibt herzhafte Häppchen – Spinat mit roter Paprika und Feta und Popovers mit Schinken und Gruyère. Und dann habe ich auch noch die eine oder andere Süßigkeit, darunter Apfel, Blaubeere und Holunderbeere."

„Kann ich vielleicht auch zwei probieren?", fragte ich. Die Auswahl weckte meinen Appetit ein wenig.

„Klaro." Sie reichte mir einen Zettel. „Sag mir Bescheid, welche dir am besten schmecken. Ich verfolge da einen streng wissenschaftlichen Ansatz." Dabei grinste sie verlegen. „Gut, vielleicht ist das nicht ganz wissenschaftlich, aber ich würde gerne wissen, was die Leute denken."

Ich warf einen Blick auf den Zettel. Darauf waren alle Gebäckstücke aufgelistet und es gab ausreichend Platz für Notizen. „Ich probiere sie alle." Sie waren klein, also würde ich das schon schaffen.

„Gerne." Während sie mir einen Teller reichte und die Gebäckstücke vorsichtig darauflegte, fragte sie: „Ansonsten alles in Ordnung?"

Ich brachte etwas zustande, das wie ein Lächeln aussah. „Alles in Ordnung. Und bei dir?"

Ich gratulierte mir im Stillen dazu, dass ich eine normale Unterhaltung geführt hatte, obwohl etwas äußerst Seltsames, Stressiges und mit dem schmerzhaftesten Teil meines Lebens Verbundenes wie ein Meteorit auf mich zuraste, dem ich nicht ausweichen konnte.

„Viel zu tun, aber so ist nun mal das Leben", antwortete sie. „Wenn du irgendwas brauchst, sag einfach Bescheid."

Anschließend wechselte Cammi zu einem anderen Tisch, und kurz darauf kam Daphne durch die Tür des Cafés. Sie winkte mir zu, bevor sie sich an die Theke stellte. Ich machte mich hungrig über die Gebäckstücke her.

Ein paar Minuten später nahm Daphne mir gegenüber Platz und lächelte. „Hey, ich habe gehört, wir probieren Neuzugänge für die Speisekarte."

„Ich bin eine ganz furchtbare Kritikerin", gab ich zu. „Ich finde alles superlecker."

„Das macht dich doch nicht zu einer furchtbaren Kritikerin", sagte Daphne beruhigend. „Manchmal ist eben alles gut." Dann warf sie einen Blick auf die Karte und lächelte schüchtern. „Sie probiert meine Vorschläge aus."

„Man kann davon ausgehen, dass alles, was du in Sachen Essen vorschlägst, der Hammer ist."

Daphne verdrehte die Augen. „Jeder hat einen anderen Geschmack. Wir haben uns getroffen, um zu besprechen, was hier gut ankommen könnte, während sie versucht, die Speisekarte zu überarbeiten. Es hat echt Spaß gemacht, ihr dabei zu helfen, originelle Gerichte zu finden, die sie aus hiesigen Zutaten der Saison zubereiten kann."

Daphnes leichter Südstaatenakzent beruhigte meine angespannten Nerven, und wir unterhielten uns locker über die Speisekarte. Sie machte sich ausführlichere Notizen als ich auf ihrem Zettel. Als sie das unangenehme Thema schließlich ansprach, war ich schon entspannt und nicht mehr so aufgekratzt.

„Also, schieß los", sagte sie leise. „Die Nachricht, die Harley bekommen hat, war schon ziemlich seltsam."

Ich nahm einen langen Schluck Kaffee. Ich brauchte nun die Kraft des Koffeins. Nach einem tiefen Atemzug begann ich: „Ich kenne diesen Anwalt. Aber nicht, weil er mein Anwalt ist. Er hat mich auch angerufen und mich ersucht, für meinen alten Softballtrainer aus der Highschool auszusagen."

Daphne nickte. „Gut, aber worum geht es da?"

Jetzt kam der schwierige Teil. Egal, wie sehr man mich unterstützen wollte, niemand hörte gerne solche unangenehmen Geschichten. Ich hatte auf die harte Tour erfahren, dass manche Leute einfach lieber nicht die Wahrheit wissen wollten. Sie ließen die Wahrheit lieber im Dunkeln und aus dem Blickfeld. Es sei denn, es war eine Wahrheit, die ihnen passte.

„Softball war mein Lieblingssport in der Highschool. Darin war ich auch echt gut. Wir haben zweimal sogar die Landesmeisterschaft gewonnen."

„Das ist doch toll, oder?", fragte Daphne zögerlich.

„Das Gewinnen schon. Weniger toll war, dass unser Trainer einige von uns sexuell missbraucht hat. Darunter auch mich. Ich habe aber nie was darüber gesagt, bis ich ihn eines Tages mit einer meiner besten Freundinnen erwischt habe.“

Daphne machte große Augen und sie griff nach meiner Hand. „Oh nein. Das ist ja schrecklich. Das tut mir so leid. Was ist denn danach passiert?“

Daphne zeigte echte Besorgnis. Ich war erleichtert und atmete tief durch, ihre ruhige und unterstützende Art gab mir Kraft.

„Nun, wir haben gemeinsam beschlossen, es unseren Eltern zu erzählen, und sie sind zur Schule gegangen. Alle aus dem Team sind befragt worden. Ein paar haben geredet, andere wiederum nicht. Das Ganze war ziemlich unschön. Danach hat es aber keine weiteren Folgen für ihn gegeben, und er hat einfach weiter trainiert. Ich habe einige enge Freundinnen verloren, darunter auch einige, bei denen mich das ziemlich überrascht hat. Es war aus vielerlei Gründen schwer, aber auch, weil das, was uns alle verbunden hat, plötzlich ... zerbrochen schien.“ Ich stolperte über die letzten Worte. Dieser Ausdruck war allerdings der Einzige, der mir einfiel, um das Erlebte zu beschreiben.

Als Daphne mir aufmunternd zunickte, fuhr ich fort: „In meinem letzten Jahr habe ich mir den Rücken verletzt und konnte nicht mehr spielen. Ich bin aber schon immer gerne geritten, also habe ich damit mehr Zeit verbracht. Ich habe danach nie wieder an Wettkämpfen teilgenommen und habe das Team verlassen. Er hat weiter trainiert, und alles ist mir plötzlich wie eine Verschwendung vorgekommen, die den ganzen Ärger nicht wert war.“

Daphne seufzte. „Das tut mir so leid. Gott, warum fühlen sich all diese Geschichten so ähnlich an?“

Ich zuckte mit den Schultern. „Vielleicht, weil sie es sind.“ Ich versuchte nicht mal, die Bitterkeit aus meiner Stimme zu verbannen. „Er hat dann einen guten Job als Trainer für College-teams ergattert und einige Jahre lang ein Spitzenteam geleitet, bis es auch dort zu einem Vorfall gekommen ist. Heute achtet man mehr auf derartige Vorkommnisse. Und nun muss er sich zum ersten Mal vor Gericht verantworten. Die Staatsanwaltschaft hat mich gefragt, ob ich bereit wäre, bei seiner Verhandlung auszusagen, um ihnen zu helfen, ein Verhaltensmuster herauszuarbeiten. Ich bin mir sicher, dass auch einige meiner alten Freundinnen gefragt worden sind, aber das weiß ich nicht mit Sicherheit, weil wir keinen Kontakt mehr haben. Das alles ist nun über zehn Jahre her."

„Was hast du nun vor?"

„Bis sein Anwalt mich angerufen hat, war ich mir nicht sicher. Das ist der Anwalt, der Harley eine Nachricht hinterlassen hat, zumindest glaube ich das. Aber nachdem er sich bei mir gemeldet hat, habe ich mir gedacht: Scheiß drauf, ich lasse mich doch nicht von denen ausnutzen. Aber inzwischen bin ich ziemlich ratlos. Woher weiß er überhaupt, dass ich Diego kenne, geschweige denn Harley? Das Ganze fühlt sich an wie ein Albtraum, als würden sie versuchen, Leute aus meinem Leben ausfindig zu machen, um mich nervös zu machen. Ich bin doch hierhergekommen, um ganz neu anzufangen. Und jetzt scheint es, als würde mich mein altes Leben bis hierher verfolgen."

Daphne drückte meine Hand fest, bevor sie sich in ihrem Stuhl zurücklehnte und sie dann losließ. „Ich weiß nur zu gut, wie es sich anfühlt, wenn etwas einen langen Schatten wirft. Aber leider kommt es immer wieder vor, dass Anwälte in hochkarätigen Fällen, bei denen jede Menge Geld im Spiel ist, nach jedem Mittel suchen, um Zeugen zu verunsichern. Ich habe keine Ahnung, wie er herausgefunden hat, dass du Diego kennst, aber daran lässt sich jetzt wohl nichts mehr ändern."

„Ich möchte mir gar nicht ausmalen, was Diego über die ganze Sache denkt", stieß ich hervor und legte mein Kinn in meine Handfläche. „Ich möchte ihm davon eigentlich gar nichts erzählen. Es ist nicht gerade angenehm, darüber zu sprechen, wenn man gerade eine Beziehung beginnt. Außerdem weiß ich ja nicht mal, ob ich überhaupt von einer Beziehung zwischen uns beiden sprechen kann."

Ich meinte zwar ernst, was ich da gesagt hatte, aber ich

wusste auch, wie ich mich fühlte, wenn ich mit ihm zusammen war. Das zwischen uns war viel mehr als eine flüchtige, zufällige Begegnung. Und jetzt hatte meine alte, hässliche Vergangenheit mich eingeholt und sich in meinem Leben breitgemacht. Schon wieder. Das Ganze machte mich bloß unglaublich müde.

Daphne musterte mich schweigend. „Ich weiß natürlich nicht, was in deinem Herzen vorgeht, oder in Diegos. Aber ich weiß, dass er dich unglaublich mag. Sag ihm einfach, was passiert ist. Du hast überhaupt nichts falsch gemacht. Ich würde auch darüber nachdenken, einen Anwalt einzuschalten. Wenn der Anwalt dieses Kerls sich so in das Leben anderer Leute einmischt, brauchst du unbedingt jemanden, der das unterbindet. Ich würde auch die Staatsanwaltschaft informieren. Die können sich einschalten und dafür sorgen, dass das aufhört. Was für ein Arschloch", stieß sie grob hervor.

„Ich weiß nicht, ob ‚Arschloch' für ihn ausreicht", murmelte ich.

„Vergiss nicht, dass du darüber hinweg bist", antwortete sie mit Nachdruck. „Du darfst nicht zulassen, dass das dein Leben bestimmt."

Daphnes Worte hallten später in meinen Gedanken wider. Ich würde nicht zulassen, dass die Vergangenheit mein Leben bestimmte. Das änderte jedoch nichts daran, wie genervt und auch stinksauer ich über das Verhalten dieses Anwalts war. Ich würde mir meine Geschichte zurückholen und nicht zulassen, dass dieser Mann mein Leben noch mehr versaute, als er das bereits getan hatte.

Kapitel Siebenundzwanzig

DIEGO

„Was meinst du damit?", hakte Harley nach, stützte eine Hand in die Hüfte und warf Daphne einen misstrauischen Blick zu.

Daphne war mit Kochen beschäftigt, wie fast immer. Wenn sie kochte, schien sie in denselben Entspannungszustand zu verfallen, den ich auch beim Fliegen erlebte. Und dafür war ich ihr zutiefst dankbar, denn ihre Liebe zum Kochen kam mir und allen, die mir wichtig waren, sehr zugute.

Ich wartete auf ihre Antwort. Im Gegensatz zu meiner Schwester hielt ich mich zurück, wenn ich einer Situation misstrauisch gegenüberstand, und versuchte, den Dingen ihren Lauf zu lassen. Das war eigentlich die einzige Möglichkeit, die Wahrheit herauszufinden.

Daphne stellte den Herd unter einer Pfanne aus, hob das gebratene Hähnchen vorsichtig mit einem Pfannenwender heraus und legte es in eine Schüssel. Als sie damit fertig war, warf sie Harley einen dezenten Blick zu, legte den Pfannenwender beiseite und musterte uns. „Das muss Gemma dir schon selbst erzählen. Ich kann ja verstehen, warum du es wissen möchtest, vor allem, weil der Anwalt dir eine Nachricht hinterlassen hat. Aber die Sache ist vertraulich. Ich kann dir versichern, dass

Gemma nichts Schlimmes getan hat. Aber ich schlage vor, du fragst sie selbst."

Harley schnaubte. „Ernsthaft? Du hast mit ihr gesprochen und jetzt möchtest du uns nichts erzählen?"

Ich wollte Gemma beschützen, auch wenn mich Zweifel plagten. „Harley, lass es gut sein. Wenn die Sache vertraulich ist, wie Daphne gesagt hat, dann liegt Ball bei Gemma."

Harley kniff die Augen zusammen und musterte Daphne. „Hat Gemma dich etwa gebeten, niemandem was zu sagen?"

Daphne verdrehte die Augen, drehte sich um, verschwand in der Speisekammer, um etwas zu holen, und kam dann zum Tresen zurück. „Nicht ausdrücklich, aber für mich fühlt sich das wie Klatsch an, und ich fühle mich dabei nicht wohl", antwortete Daphne entschieden.

Daphne war vielleicht nicht so forsch wie meine Schwester, aber es war klar, dass sie nicht nachgeben würde. Harley versuchte noch ein paar Mal, Druck auf sie auszuüben, aber ohne Erfolg.

„Das reicht. Ich spreche heute Abend mit Gemma, weil ich zu ihrem Yogakurs in die Stadt fahre. Dort ersuche ich sie, dich anzurufen, da du offenbar selbst nicht dazu in der Lage bist", stellte Daphne mit spitzem Unterton fest.

Harley sah mich an, als glaubte sie, ich würde versuchen, Daphne umzustimmen. Doch ich schüttelte den Kopf und wandte mich ab. Ich musste noch Wäsche waschen, was mir deutlich lieber war, als in dieser Unterhaltung festzustecken.

Ich kehrte durch die Bäume zum Personalhaus zurück und war erleichtert, dass ich es leer vorfand. Im Sommer waren meistens nur wenige von uns gleichzeitig hier, außer abends oder früh morgens. Wir hatten zu viele Flüge, um viel Zeit zu Hause zu verbringen. Es war reiner Zufall, dass ich den Vormittag frei hatte. Das Flugzeug, das ich heute fliegen sollte, hatte ein kleines technisches Problem. Flynn hatte mir vor etwa einer Stunde eine Nachricht geschickt, dass er das Problem gefunden habe und das Flugzeug am frühen Nachmittag startklar sein würde. Bis dahin hatte ich unerwartet Zeit.

Seit dieser seltsamen Nachricht, die Harley erhalten hatte, fühlte ich mich in Gemmas Nähe, als ob alles in mir ins Stocken geraten wäre. Ich konnte nicht klar denken, meine Gedanken waren von zu vielen Empfindungen und Reaktionen vernebelt. Ich stürmte in mein Zimmer, sammelte meine Wäsche zusammen und schaltete die Waschmaschine ein, nur um sofort zu merken, dass mit Wäschewaschen auch jede Menge Wartezeit verbunden war bedeutete. Diese Aufgabe würde mich nicht lange auf Trab halten.

Ich ließ mich also auf die Couch fallen und beschloss, ein wenig fernzusehen. Doch schon nach wenigen Minuten war ich genervt. Mein Handy vibrierte auf dem Couchtisch, ich griff danach und nahm automatisch ab, ohne einen Blick auf das Display zu werfen.

„Hallo?“

„Hallo, ich suche Diego Jackson“, verkündete eine männliche, sanft Stimme.

Für einen Augenblick war ich verwirrt, warum ich die Stimme erkannte, aber dann wurde mir klar, dass es die Stimme aus Harleys Voicemail war. Verwirrung und Ärger schossen mir durch den Kopf, aber ich beschloss, mitzuspielen.

„Ja?“, antwortete ich

„Spreche ich mit Mr. Jackson?“, fragte der Mann.

„Allerdings.“

„Ausgezeichnet. Ich rufe an, weil ich gehört habe, dass Sie eine gewisse Gemma Marlon kennen.“

„Mmm“, antwortete ich ausweichend.

„Es mag seltsam erscheinen, dass ich Sie aus heiterem Himmel anrufe. Aber ich arbeite für eine Anwaltskanzlei in Portland, und Miss Marlon ist als Zeugin in einem bevorstehenden Gerichtsverfahren gelistet. Wir haben Schwierigkeiten, sie zu erreichen, deshalb versuchen wir, Leute aus ihrem Umfeld ausfindig zu machen.“

„Hören Sie, wenn ich Gemma kennen würde, warum sollte ich Ihnen dann helfen? Das wäre doch total bescheuert."

„Sie müssen wissen, dass sie als Zeugin in einem hochkarätigen Strafverfahren gegen einen berühmten Collegetrainer vorgesehen ist. Wir möchten sicherstellen, dass sie sich der möglichen Fragen bewusst ist, sollte sie sich entscheiden, gegen unseren Mandanten auszusagen."

„Worum geht es in diesem Prozess?", fragte ich, wirklich neugierig, aber auch nur, um den Typen noch ein paar Minuten am Telefon zu halten.

„Sie haben vielleicht in den Nachrichten davon gehört. Unser Mandant wird mehrfacher sexueller Verfehlungen gegenüber Studentinnen während seiner Tätigkeit als Trainer beschuldigt. Das Training ist sein Leben und seine gesamte Karriere. Auch wenn manche Opfer vom Rechtssystem nicht immer angemessen behandelt werden, bedeutet das noch lange nicht, dass jeder, der eines Verbrechens beschuldigt wird, auch tatsächlich schuldig ist. Unser Land kennt nicht ohne Grund ein Rechtssystem mit seinen fundamentalen Grundsätzen."

Mein Magen krampfte sich zusammen. Ich hasste solche Sachen – wenn mächtige Leute und Geldsäcke allen anderen das Leben schwer machten. Obwohl das hier überhaupt nichts mit dem kleinen Unterschlagungsfall meiner Eltern zu tun hatte, erinnerte ich mich noch genau daran, wie viel Geld sie für Anwälte ausgeben hatten müssen, um die Sache rechtlich zu klären.

Ich hatte nicht vor, diesem Mann zu helfen. „Da haben Sie den Falschen angerufen. Ich unterstütze Sie auf keinen Fall."

Ich legte auf, warf das Handy auf den Couchtisch und seufzte genervt. Ich wollte unbedingt mit Gemma reden und herausfinden, was zum Teufel hier los war.

Ich zwang mich zu warten, bis ich meine Wäsche in den Trockner umräumen konnte, bevor ich ging. Ich hätte zwar auch Harley bitten können, sich darum zu kümmern, aber dafür hätte ich mit ihr reden müssen, und meine Schwester war gerade nicht in der allerbesten Stimmung.

———

„Jetzt hebt ihr eure Arme, legt eure Handflächen flach aneinander, beugt euch nach vorne, entspannt euch und lasst euren Kopf nach unten hängen. Dann beugt ihr eure Knie leicht, damit sich euer unterer Rücken entspannen kann. Streckt eure Beine nur, wenn die Rückseiten eurer Oberschenkel locker genug sind."

Gemmas Stimme klang beruhigend und melodisch. Ich folgte ihren Anweisungen zusammen mit dem Rest der Gruppe und atmete tief durch, während die Anspannung langsam aus meiner Wirbelsäule wich. Nachdem ich mit Daphne ihren Wochenplan gecheckt und festgestellt hatte, dass sie eine kurze Mittagspause hatte, hätte ich fast einen Geschwindigkeitsrekord gebrochen, um rechtzeitig in die Stadt zu kommen. Ich hatte nur eine Stunde Zeit bis zu meinem Flug, aber ich wollte zumindest versuchen, noch vorher kurz mit Gemma zu sprechen.

Da mein Flugzeug heute Morgen ausgefallen war, hatten wir unseren Zeitplan etwas umstellen müssen, sodass ich nun für einen Trip mit einer Gruppe zum Katmai-Nationalpark gebucht war und mehrere Tage weg sein würde.

Gegen Ende des Kurses führte Gemma uns durch mehrere weitere Posen, und wir beendeten die Stunde flach auf dem Rücken liegend, die Handflächen nach oben gerichtet. Beruhigende Musik spielte, während sich die Gruppe langsam auflöste. Einige Leute eilten hinaus, während ich abwartete.

Gemma wirkte angespannt. Ihre Schultern waren straff angezogen und ihre Augen leicht zusammengekniffen. Ihr übliches lockeres Lächeln reichte nicht ganz bis zu ihren Augen. Sie unterhielt sich mit einer älteren Frau, also nutzte ich die Gelegenheit, um kurz auf die Toilette zu gehen. Als ich zurückkam, räumte sie gerade einige Yogamatten weg und die Musik war ausgeschaltet. Ein kurzer Blick in den Raum verriet mir, dass wir endlich allein waren.

Ich ging auf sie zu und blieb ein paar Schritte entfernt von ihr stehen. „Gemma."

Sie drehte schnell ihren Kopf in meine Richtung und ihre Augen wurden etwas größer. „Hi, Diego. Schön, dass du heute beim Kurs warst." Ihr Tonfall war höflich und knapp.

„Hör mal, ich hatte gehofft, wir könnten uns kurz unterhalten", sagte ich.

Ich hatte so überhaupt kein Bedürfnis nach diesem Gespräch. Aber mein Bauchgefühl sagte mir, dass es einen Grund gab, warum dieser Anwalt Harley und mich ins Visier genommen hatten. Schon allein deshalb, weil wir noch neu in Gemmas Welt waren und daher möglicherweise Informationen über Gemma ausplaudern würden, ohne dass sie davon erfuhr..

Gemma musterte mich mit wachsamer Miene. „Klar, was gibt's?"

„Hast du von der Nachricht gehört, die der Anwalt Harley hinterlassen hat?"

Sie nickte. „Daphne hat mir davon erzählt. Bitte sag Harley, dass es mir leid tut. Ich hatte natürlich nichts damit zu tun. Nun, mit der ganzen Sache natürlich schon, aber nicht damit, dass irgendein Anwalt Leute belästigt, die ich gar nicht so gut kenne."

„Mich kennst du doch schon gut", hörte ich mich sagen.

Sie musterte mich ruhig. „Ich glaube schon", erwiderte sie zögernd.

„Erzähl schon, was passiert ist."

Sie presste die Lippen zu einer schmalen Linie zusammen und wandte den Blick ab. Dann richtete sie ziellos einige der aufgerollten Yogamatten auf dem Regal. „Das ist aber eine längere Geschichte und nicht wirklich die Art von Story, die ich einem Mann erzählen möchte, den ich gerade erst kennenlerne."

Als sie wieder zu mir sah, war ihr Blick entschlossen. Sie hob leicht das Kinn und verschränkte die Arme vor der Brust. „Ich schätze, Harley ist wegen dieser Nachricht ein wenig außer sich."

Ich zuckte mit den Schultern. „Der Anruf ist für sie natürlich aus heiterem Himmel gekommen, und sie hat auch nicht wirklich verstanden, warum man sich ausgerechnet an sie gewandt hat. Aber ich glaube nicht, dass sie deshalb ausflippen würde. Daphne hat uns schon gesagt, dass es sich um etwas Persönliches handelt."

Gemma sah hin- und hergerissen aus, dann schürzte sie die Lippen. „Ich habe sie nicht gebeten, irgendwas vor euch geheim zu halten."

„Das hat sie auch gesagt, aber sie findet, dass das Ganze deine Geschichte ist, die du schon selbst erzählen musst. Erzähl mir doch einfach alles. Ich sollte vielleicht noch dazusagen, dass derselbe Anwalt auch mich heute angerufen hat."

Sie machte große Augen und atmete überrascht ein. „Was? Was wollte er denn?"

„Er hat bloß gesagt, dass er sich vergewissern möchte, dass du verstehst, wie ernst die Sache ist, und dass sie Schwierigkeiten haben, dich zu erreichen. Mein Bauchgefühl sagt mir, dass er ein Arschloch ist."

Sie schlang die Arme um ihren Oberkörper und wandte sich von mir ab. Als sie wieder zu mir herübersah, wirkte sie erschöpft und traurig. „In der Highschool habe ich Softball gespielt. Wir waren eine Spitzenmannschaft." Ihr Tonfall war nun nachdenklich, fast distanziert. „Das Ganze ist aus dem Ruder gelaufen, als unser Trainer mich geküsst und dann versucht hat, weiterzugehen. Keine Sorge, er hat mich nicht vergewaltigt", fügte sie hastig hinzu.

Ich war außer mir vor Wut, aber ich biss die Zähne zusammen und schwieg.

„Ich war nicht die Einzige. Ich war nichts Besonderes. Nicht, dass ich mich besonders gefühlt hätte. Ich wollte mich auch gar nicht besonders fühlen und wollte auch nicht, dass er mich jemals wieder ansieht. Das Gleiche ist auch einigen meiner Teamkolleginnen passiert, die zugleich meine Freundinnen waren. Es hat dann ein paar Ermittlungen gegeben, die aber im

Sande verlaufen sind.", berichtete sie. „Ich habe mein Leben weitergelebt und mir zu Beginn der folgenden Saison zu allem Unglück auch noch den Rücken verletzt. Wir haben alle so getan, als wäre das keine große Sache gewesen. Wir haben wohl gedacht, das wäre unsere Pflicht, da die Untersuchung ja zu nichts geführt hatte. Später ist er dann Trainer geworden und hat mit mehreren Colleges Meisterschaften gewonnen, und nun wird er endlich strafrechtlich verfolgt. Ich war mir nicht sicher, ob ich aussagen würde, aber jetzt habe ich meinen Entschluss gefasst. Mein Bruder glaubt, er versucht, Leute aus meinem Umfeld ausfindig zu machen, um mir Angst einzujagen, damit ich nicht aussage."

„Das soll wohl ein Scherz sein?", platzte es endlich aus mir heraus.

Gemma drehte sich zu mir herum, ihr Blick war verstörend ruhig. „Natürlich nicht. Du hast mir doch gerade gesagt, dass er dich auch angerufen hat. Ich habe meinem Bruder eine Nachricht hinterlassen. Er ist Anwalt. Ich hoffe, er kann den Anwälten des Trainers beibringen, dass sie sich verdammt noch mal zurückhalten und mich in Ruhe lassen sollen. Denn ich bin fest entschlossen, auszusagen."

Sie verstummte für einen Augenblick. Mein Herzschlag hallte in meinen Ohren wider. Mit immer noch fest um sich geschlungenen Armen wandte sie sich ab und ging zu den Fenstern an der Vorderseite des Raumes. Ich folgte ihr, als wäre ich an einer Schnur an ihr befestigt gewesen.

„Das Ganze wirft ja ein überaus glanzvolles Licht auf die Frau, mit der gerade mal zweimal zu Abend gegessen hast", sagte sie, ihre Worte scharf wie Glasscherben.

„Gemma, ich weiß, dass das Leben nicht nur aus Spaß besteht. Es tut mir wirklich unfassbar leid, dass du das durchmachen musstest."

Meine Worte kamen mir erbärmlich unzureichend vor.

Endlich ließ sie ihre Arme sinken, hob eine Hand, um sich den Nacken zu reiben, und drehte sich dann um. „So ist das

Leben nun mal. Wir alle müssen immer wieder durch die Scheiße gehen. Aber jetzt muss ich wirklich los."

Mit diesen Worten eilte sie in einen kleinen Raum neben dem Esszimmer, kam mit ihrer Handtasche zurück, schlüpfte in eine leichte Jacke und streifte ein Paar Turnschuhe über. Ich wusste nicht warum, aber ich hatte das Gefühl, sie würde mir entgleiten.

„Gemma", begann ich.

Doch sie schüttelte den Kopf. „Du kannst das nicht in Ordnung bringen, Diego. Bitte sag Harley, dass es mir leidtut, dass der Anwalt sie angerufen hat. Ich habe keine Ahnung, wie die an deine oder ihre Nummer gekommen sind. Ich gebe dir Bescheid, was mein Bruder sagt."

Sie war so schnell, dass sie schon an der Eingangstür war, bevor ich sie überhaupt einholen konnte. „Wann sehen wir uns wieder?", fragte ich.

Sie sah mich an, aber ihre Augen waren wie verschlossen, grenzten mich aus. „Ich bin sicher, wir sehen uns, wenn ich zum Yoga ins Resort komme. Ich bin morgen Abend dort."

„Ich fliege für drei Tage in den Katmai, also werde ich dich dort nicht sehen."

„Dann eben nächste Woche", verkündete sie fröhlich, ihr Lächeln wirkte fast gezwungen.

Sie trat bereits durch die Tür und hielt sie für mich auf. Ich wartete, während sie hinter uns abschloss. „Wie wäre es mit diesem Wochenende?", drängte ich. „Bis dahin bin ich wieder zurück."

„Da habe ich zu tun", gab sie knapp zurück. „Alles Gute für deinen Trip, wir sehen uns nächste Woche im Resort."

Sie gab mir keine Gelegenheit, weiter zu diskutieren, winkte mir kurz zu und stürmte fast zu ihrem Auto.

Ich stand da und sah ihr nach, während sie davonfuhr, und fragte mich, wie ich das nur alles so vermasseln konnte.

Kapitel Achtundzwanzig

DIEGO

Am Flugzeughangar angelangt, war es schon ziemlich knapp, und ich musste mich beeilen, um das Flugzeug für den Flug startklar zu machen. „Danke, Mann", rief ich Ryan Brooks zu.

Ryan war ein junger Typ, der gerade seine Pilotenlizenz machte und nebenbei als Mechaniker jobbte. Flynn hatte ihn für kleinere Reparaturarbeiten engagiert. Zwar konnten wir alle Reparaturen erledigen, aber wir hatten schon mehr als genug zu tun. Er grinste mich an. „Gern geschehen. Ihr haltet mich auf Trab und seid überdies eine super Visitenkarte für mich."

Ryan war der jüngere Bruder von Eli Brooks, einem Freund, der einen hiesigen Laden für Touren und Outdoor-Ausrüstung betrieb. Ryan für uns arbeiten zu lassen, war für alle Beteiligten ein Gewinn. Wir schickten ihm Kunden, und Ryan sammelte jede Menge Flugstunden für seine Ausbildung. Flynn bestand darauf, ihm den vollen Preis für seine Arbeit als Mechaniker zu zahlen, obwohl Ryan immer versuchte, uns einen Rabatt einzuräumen.

Er tat uns einen Riesengefallen, indem er uns immer kurzfristig aushalf, wenn er konnte, so wie heute Morgen. Noch bevor er weggefahren war, hielt ein Auto auf dem Parkplatz und eine Familie stieg aus. Die Ablenkung, die ich so dringend brauchte, kam in Form von zwei Teenagern, die mir halfen, das Flugzeug zu beladen. Ihre Eltern waren nachsichtig mit ihnen, und die Familie war unglaublich aufgeregt wegen dieses Trips in die Wildnis.

Während sie auf das Einsteigen warteten, eilte ich in den Hangar, um nochmal nach meiner Ausrüstung zu sehen und sicherzustellen, dass mein Funkgerät auch voll aufgeladen war und ich eine Ersatzbatterie dabeihatte. Als ich aus der Toilette kam, vibrierte mein Handy. Ich sah Harleys Namen auf dem Display und nahm schnell ab: „Was gibt's, Schwester? Ich habe nur eine Minute, weil ich gleich fliegen muss."

„Ach ja, stimmt. Ich habe ganz vergessen, dass du drei Tage weg bist. Also, der Anwalt hat mich angerufen. Schon wieder." Sie fasste in etwa zusammen, was der Anwalt mir auch schon gesagt hatte, fügte aber hinzu: „Er hat gemeint, Gemma könnte richtig Ärger bekommen, wenn sie sich nicht bei ihnen meldet."

Ich hätte am liebsten vor Frust laut losgeflucht. Gemma hatte mir zwar alles erzählt, aber mir gefiel nicht, wie Harley in diese Sache hineingezogen wurde. Meine Schwester, die sich nie etwas vorschreiben ließ, musste jetzt verdammt noch mal zurückrudern.

„Harley, lass das, verstanden? Ich habe mich heute mit Gemma unterhalten. Sie hat nichts Unrechtes getan. Das Klügste, was du tun kannst, ist, diese Anrufe nicht anzunehmen. Diese Leute versuchen, sie fertigzumachen."

„Na ja, wenn du mir wenigstens sagen würdest, was zum Teufel los ist ..."

Ich unterbrach sie schnell. „Daphne hatte völlig recht. Das ist vertraulich, und es ist Gemmas Entscheidung, wem sie davon erzählt. Du bist meine Schwester, und ich habe dich auch super lieb, aber in dieser Sache musst du mir vertrauen."

Ich legte auf und hoffte inständig, dass Harley sich meine Worte zu Herzen nehmen würde. Danach schickte ich Gemma kurzerhand eine Nachricht.

Nur zur Info. Der Anwalt hat sich wieder bei Harley gemeldet. Ich habe ihr nicht erzählt, was du mir gesagt hast, weil das deine Entscheidung ist. Aber vielleicht solltest du lieber früher als später mit deinem Bruder sprechen.

Meine Daumen schwebten über dem Bildschirm. Ich hatte das dringende Bedürfnis, die Worte „Ich liebe dich" zu tippen. Das war doch total durchgeknallt. Was zum Teufel dachte ich mir bloß dabei? Ich war viel zu vorschnell.

Ich bin in drei Tagen zurück. Ich denke an dich. Wenn du irgendwas brauchst, ruf Daphne an. Flynn kann mich erreichen. Bitte pass auf dich auf und ruf deinen Bruder an.

Kapitel Neunundzwanzig

GEMMA

Das Telefon klingelte in meinem Ohr, und der Klang zerrte an meinen ohnehin schon angespannten Nerven. Gerade als ich dachte, ich würde die Voicemail meines Bruders hören, nahm er ab.

„Hey, Gemma. Was gibt's?", fragte Neal.

Ich holte kurz Luft und schluckte nervös, bevor ich etwas sagen konnte. Meine Pause muss wohl zu lang gewesen sein, denn Neal fragte: „Gemma?"

„Hey", brachte ich endlich heraus. Dabei klang meine Stimme fröhlich und irgendwie normal. „Hör mal, ich brauche Hilfe. Es sind da ein paar merkwürdige Dinge vorgefallen."

Ich erklärte ihm schnell, was los war. Während ich sprach, war ich überrascht, wie lächerlich das Ganze klang. Ich konnte nicht glauben, dass mein ehemaliger Trainer eine Anwaltskanzlei engagiert hatte, die tatsächlich versuchen würde, sich in mein Privatleben einzumischen, nur, um mich davon abzuhalten, auszusagen.

Neal hingegen schien überhaupt nicht beeindruckt zu sein. „Das ist ganz normal, Gemma. Du hast doch die Nachrichten gesehen. Am einfachsten bringt man Leute zum Schweigen, indem man ihnen ein schlechtes Gewissen einredet. Keine

Sorge. Ich kümmere mich darum. Wir können eine Unterlassungserklärung einreichen und über die Staatsanwaltschaft ordentlich Druck auf sie ausüben. Gerichte können es nämlich nicht ausstehen, wenn Zeugen beeinflusst werden. Ich weiß ja nicht, ob das schon eine Behinderung des Gerichts darstellt, aber das ist durchaus möglich. Ich schätze mal, du bist nicht die einzige mögliche Zeugin, bei der sie sich gemeldet haben.“

„Aber warum rufen sie meine Freunde an? Ganz zu schweigen davon, dass ich diesen Typen gerade erst kennengelernt habe. Es fühlt sich an, als würden die mich ausspionieren. Das ist echt gruselig.“

„Genau darum geht es“, entgegnet er nüchtern. „Sie wollen, dass du dich unwohl fühlst. Ich vermute, sie haben einen Privatdetektiv engagiert, der irgendwie herausgefunden hat, dass du ein paar Mal mit diesem Mann ausgegangen bist. Jemand, der neu in deinem Leben ist, lässt sich leichter beeinflussen als jemand, der dich schon lange kennt. Dieser Typ hat wahrscheinlich nichts über den Fall gewusst, oder?“

„Nein! Das ist nicht gerade ein Thema, über das man sich beim ersten Date unterhält. Also hat ein Detektiv wohl herausgefunden, dass ich ein paar Mal mit ihm ausgegangen bin, und ihn und seine Schwester angerufen. Das ist doch total aufdringlich. Ich schäme mich so.“

„Genau darum geht es ja. Ich kümmere mich darum. Die ziehen sich zurück. Versprochen“, sagte Neal entschlossen. „Hast du eigentlich schon mit Mom und Dad darüber gesprochen?“

„Oh weia. Nein. Warum sollte ich das? Ich bin doch schon so die Unruhestifterin in unserer Familie. Ich möchte sie wirklich nicht in alles hineinziehen, Neal. Aber das kannst du wahrscheinlich nicht ganz nachvollziehen.“

Mein Bruder schwieg, und ich hörte seinen Seufzer durch die Telefonleitung. „Ich verstehe dich, Gemma. Aber du bist doch nicht die Unruhestifterin in unserer Familie, und ich wünschte, du würdest dich nicht so beschreiben. Mom und Dad wollen einfach nur für dich da sein."

„Ich rufe Mom heute an. Außerdem wollte ich dir noch sagen, dass ich mich entschlossen habe, auszusagen. Ich habe eine Nachricht bei der Staatsanwaltschaft hinterlassen."

„Das ist ganz allein deine Entscheidung. Vergiss das nicht."

„Keine Sorge."

„Ich muss jetzt Schluss machen, da ist jemand am Telefon. Ich hab dich lieb", sagte Neal.

„Ich dich auch."

Ich legte auf und überlegte, was ich als Nächstes tun sollte. Ich fühlte mich hin- und hergerissen, und die Angst schnürte mir die Kehle zu. Ich beschloss, eine Runde zu reiten. Charlie konnte die Bewegung gebrauchen, und ich musste irgendwas tun, um mich zu entspannen. Am Abend hatte ich zwei Kurse im Resort, und bis dahin hatte ich noch jede Menge Zeit für einen Ausritt.

———

„Bitte bleiben Sie doch einen Augenblick dran", bat der Empfangsmitarbeiter höflich.

Der Mann schien sich meiner Notlage nicht bewusst zu sein. Was für ihn wahrscheinlich Routine war, ließ mein Herz wie wild pochen und meinen Atem stocken. Es war keine Aufregung, sondern pure Angst, die meinen Körper antrieb. Irgendwie schaffte ich es schließlich, langsam zu atmen, und die Anspannung in mir ließ etwas nach, aber nur ganz wenig.

„Hallo, Gemma?", meldete sich eine Frauenstimme.

„Ja, hier ist Gemma." Meine Worte kamen schnell und holprig heraus.

„Schön, von Ihnen zu hören. Ich wollte Ihnen sagen, dass ich heute schon mit Ihrem Bruder gesprochen habe. Es tut mir sehr leid, das von Mr. Johnson zu hören. Ich weiß zwar nicht, ob Ihnen das ein Trost ist, aber das Gleiche haben sie mit mehreren

Zeugen durchgezogen. Das sind ganz üble Tricks, und das ist nicht in Ordnung. Wir werden das Gericht darüber in Kenntnis setzen. Der Angeklagte wird mit Sicherheit behaupten, er habe keine Ahnung gehabt, was seine Anwälte da hinter seinem Rücken getrieben hätten, aber wir kümmern uns darum."

Zum ersten Mal war ich echt erleichtert, dass mein Bruder immer alles im Griff hatte und so verlässlich war. Als ich noch jünger war, hatte es mich immer tierisch genervt, wie schnell er mit allem war. Wegen meiner Legasthenie hatte ich in der Schule echt Probleme gehabt, bis wir der Sache schließlich auf den Grund gingen. Es war für mich immer schon eine Art Überlebensstrategie gewesen, Dinge aufzuschieben und zu vermeiden. Das genaue Gegenteil von meinem Bruder. Mittlerweile ging es mir zwar bedeutend besser, aber trotzdem. Beziehungen zwischen Geschwistern sind nun mal der Nährboden für Kindheitsfrust, auch, wenn man sich liebt.

„Also, wie kann ich Ihnen helfen?", riss mich die Frage der Anwältin aus meinen Gedanken zurück.

„Ich rufe an, weil ich mich entschlossen habe, auszusagen. Ich war sowieso schon zu diesem Entschluss gekommen, aber dass der Anwalt mich und dann meine Freunde belästigt hat, hat das Fass zum Überlaufen gebracht. Ich bin stinksauer.

Obwohl die Staatsanwältin mich nicht sehen konnte, straffte ich meine Schultern, während ich aus dem Fenster blickte. Die Berge ragten majestätisch in der Ferne empor, hoch und still, und ihre beeindruckende Erscheinung gab mir Kraft.

Obwohl ich der Bedrohung durch dieses Trauma, das mein Leben überschattete, überdrüssig war, hatte ich zum ersten Mal das Gefühl, die Kontrolle über die Geschichte zu übernehmen. Und vielleicht, nur vielleicht, würde mir das auch helfen, endlich nicht mehr länger davor wegzulaufen.

„Das freut mich zu hören", antwortete sie herzlich. „Natürlich wollen wir niemanden unter Druck setzen, auszusagen. Ich kann mir kaum vorstellen, wie Sie sich gefühlt haben müssen, als der ursprüngliche Fall völlig im Sande verlaufen ist. Sie werden in diesem Prozess nicht allein sein, und ich hoffe, dass Sie dadurch auch eine Art von Abschluss finden können. Ihre Aussage wird unseren Fall auf jeden Fall stärken. Ich möchte Ihnen versichern, dass wir gegen den Trainer stichhaltige Beweise haben. Mit oder ohne Ihre Aussage und die der anderen Zeugen sollte er sich endlich mit den Folgen seines Handelns auseinandersetzen müssen."

„Das hoffe ich", flüsterte ich. „Wirklich."

Unser Gespräch ging noch ein Weilchen weiter und sie erklärte mir den Ablauf und dass sie eine Videokonferenz mit einem ihrer Mitarbeiter organisieren würde, um meine Aussage durchzugehen und mich zu unterstützen.

Kurze Zeit später legte ich auf und fühlte mich stark und aufgewühlt zugleich. Ich war bereit, mich der Sache zu stellen. Aber zuerst mal hatte ich ein Leben – ein Leben hier in Alaska und Yogakurse, die ich geben musste.

Ich verließ mein Haus und machte mich auf den Weg zu Walker Adventures. Dabei wünschte ich mir nichts sehnlicher, als dass Diego heute Abend auch dort sein würde.

Kapitel Dreißig

DIEGO

Ich lehnte mich an das Geländer einer Aussichtsplattform an den Brooks Falls im Katmai-Nationalpark und beobachtete die Braunbären, die sich von den Lachsen ernährten, die jedes Jahr hier den Fluss hinaufschwammen. Obwohl ich seit meinem Umzug nach Alaska schon mehrmals im Jahr hier gewesen war, war ich immer noch beeindruckt.

Es war überwältigend, die majestätischen und ausgesprochen mächtigen Bären dabei zu beobachten, wie sie frische Lachse aus dem Fluss schnappten. Mit den Reichtümern der Natur war dies hier eindeutig ein Spitzenrestaurant in der Welt der Braunbären. Wir waren nun bereits den zweiten Tag dort, und das Wetter war traumhaft für die Familie, die diesen Trip gebucht hatte. Der Himmel war klar und nur vereinzelt zogen flauschige Wolken vor dem strahlend blauen Hintergrund vorbei. Das gute Wetter half allerdings nicht gegen die Mücken, von denen eine unaufhörlich um mein Ohr schwirrte. Ich versuchte vergeblich, sie zu verscheuchen. Wie so vieles hier in Alaska hatten auch die Mücken sich das Leben hier zu eigen gemacht. Sie waren so groß, dass sie wie Gewichtheber in Insektenform aussahen.

„Hey, Diego", meldete sich eine Stimme.

Ich schaute über meine Schulter und sah Natalie Taylor auf

mich zukommen. Ihr dunkles Haar steckte unter einer Baseballkappe und sie kam mit einem Winken näher. „Hey", antwortete ich. „Was hast du denn hier zu suchen?"

Sie grinste, als sie neben mir stehenblieb. „Wahrscheinlich dasselbe wie du. Ich bin zwar nicht geflogen, aber ich führe hier eine kleine Wandergruppe für Lacey's Adventure Outfit durch."

Natalie wohnte in Anchorage und nahm überall in Alaska Jobs als Outdoor-Guide an. Lacey und ihr Mann Quinn besaßen eine kleine Firma, die Outdoor-Ausflüge in ganz Alaska organisierte. Quinn war selbst nicht oft als Guide unterwegs, da er als Arzt in einer örtlichen Praxis arbeitete. Lacey leitete einige Ausflüge, stellte aber auch regelmäßig Guides ein, die aushalfen.

Natalies braune Augen funkelten, als sie zu mir aufsah, und mir fiel der neckische Glanz darin auf. Wir waren uns schon ein paar Mal begegnet; mir fiel einfach kein besseres Wort dafür ein. Vielleicht waren wir gute Bekannte mit gelegentlichen Vorteilen. Sie war nicht oft genug in der Nähe, als dass ich sie als enge Freundin hätte bezeichnen können.

„Bleibst du über Nacht?", fragte sie.

„Ja. Wir fliegen morgen früh. Und du?"

„Bin heute erst angekommen. Mein Timing war wohl besser als erwartet."

Ich zuckte unverbindlich mit den Schultern und war erleichtert, als in der Nähe Unruhe aufkam. Ich wandte meinen Blick ab und sah, dass eine Gruppe jüngerer Gäste etwas zu nah an einen Bären herangetreten war, der sich im hohen Gras in der Nähe aufgerichtet hatte. Die Jugendlichen waren klug genug, sofort zu reagieren und ein paar Schritte von der Brüstung zurückzutreten.

„Das sind nun mal Wildtiere", stellte Natalie locker fest. „Und, was gibt's Neues bei dir?"

„Nicht viel. Ich fliege und liebe meinen verdammten Job. Wir haben gerade Hochsaison, daher habe ich nicht viel Freizeit. Hast du diesen Sommer noch andere Touren für Lacey und Quinn?"

„Ich habe mich für drei Touren gemeldet. Ich werde wohl ein paar Wochen in Diamond Creek sein. Vielleicht können wir uns nach heute Abend ja tatsächlich wieder mal sehen."

Ich stöhnte leise. Sie hatte Erwartungen. Das konnte ich ihr nicht verübeln. Jetzt, wo ich darüber nachdachte, hatten wir die letzten Male, als wir uns gesehen hatten – was weniger als einmal im Jahr war –, unsere Zweisamkeit ausgiebig genossen.

Während ich mir zuvor über meine Gefühle für Gemma nicht ganz im Klaren gewesen war, waren sie mir in diesem Augenblick blitzartig bewusst geworden. Ich hatte überhaupt kein Interesse an Natalie oder irgendeiner anderen Frau. Gemma war die Einzige für mich. Da wollte ich den Stier am besten direkt an den Hörnern packen, anstatt das Thema zu umschiffen. Da wir heute Abend gemeinsam hier sein würden und sonst nicht viel los war, wollte ich keine falschen Erwartungen wecken.

„Hör mal", begann ich, „ich bin in einer Beziehung. Es ist ja klasse, dich zu treffen, aber ..."

Sie unterbrach mich schnell. „Ich bin also ganz offiziell zur guten Freundin geworden. Verstanden." Sie nickte entschlossen. „Vielen Dank, dass du so offen bist."

Ich verspürte ein leichtes Unbehagen. „Zur guten Freundin geworden? Ich habe gar nicht gewusst, dass wir mehr als nur Freunde waren."

„Das waren wir auch nicht. Du musst mir gar nichts erklären. Aber du hast mir gerade klar zu verstehen gegeben, dass zwischen uns nichts laufen wird. Ich habe auch nie gedacht, dass wir mehr als Freunde sind, aber wir haben da ein paar Mal eine gewisse Grenze überschritten", entgegnete sie.

Ich öffnete den Mund, um nachzuhaken. „Ich wollte nie irgendwelche falschen Erwartungen wetten."

Natalie verdrehte die Augen. „Das weiß ich doch, aber hoffen wird man doch noch dürfen. Wir hatten nun mal Spaß miteinander. Außerdem habe ich eine Schwäche für unerreichbare Männer. Aber das Allerschlimmste ist, wenn ein Unerreichbarer plötzlich für eine andere erreichbar wird."

„Hey", begann ich, hielt aber schnell inne, als sie heftig den Kopf schüttelte.

„Um Gottes willen, kein Grund, sich zu entschuldigen. Du musst diese Frau aber wirklich mögen. Ist es denn was Ernstes?"

Ich nickte, noch bevor ich mir eine Antwort zurechtgelegt hatte. Wir hatten zwar nur zwei offizielle Dates gehabt, aber zwischen Gemma und mir war so viel mehr passiert. Allein der Gedanke an sie löste eine Welle heftiger Sehnsucht aus. Ich wünschte, ich wäre wieder in Diamond Creek. Ich war nur ungern losgeflogen, weil zwischen uns alles so unklar war. Ich hoffte, dass es Gemma gut ging und dass meine Schwester genug Verstand besaß, um nicht noch mehr Ärger zu machen.

„Gut. Wenn du dich verliebst, dann soll es das auch wert sein."

Ich lachte leise. „Du sagst es. Hoffentlich vermassle ich das nicht."

„Vergiss bloß nicht, ihr zu sagen, wie viel sie dir bedeutet. Das ist die Hauptsache", riet Natalie mir noch.

―――――

Der nächste Morgen brach kühl und so neblig an, dass wir nicht mal den Himmel sehen konnten. Der Nebel war dicht und hüllte alles wie eine dicke Decke ein. Normalerweise kam ich gut mit dem Wetter klar. Das gehörte dazu, wenn man Pilot in der Wildnis Alaskas arbeitete. Das Wetter entschied über alles. In diesem Fall bedeutete das, dass ich die Familie aufsuchen musste, die ich heute Morgen nach Diamond Creek fliegen sollte.

„Wir können leider noch nicht los", teilte ich dem Vater mit. „Vielleicht lichtet sich der Nebel am Nachmittag, aber wir müssen rechtzeitig starten können, um zurückzukommen. Ich erkundige mich mal beim Personal hier nach der Wettervorhersage ist. Außerdem melde ich mich beim Resort. Die haben bestimmt auch aktuelle Infos. Das Beste daran ist, dass ihr noch etwas länger die Aussicht genießen könnt. Ich hoffe, ihr habt für morgen nichts allzu Aufwändiges auf der anderen Seite der Bucht geplant."

Die Mutter grinste. „Uns war schon klar, dass das Wetter den Flugplan beeinflussen könnte, deshalb haben wir einen Zeitpuffer von zwei Tagen eingeteilt."

„Kluger Plan", antwortete ich. „Bleibt bitte in der Nähe, damit ich euch leicht wiederfinde, sobald die Sonne durch den Nebel bricht."

Ich kehrte zurück zum Flugzeug, um Flynn anzufunken. Ein paar Minuten später hatte ich Flynn in der Leitung. „Im Augenblick sind wir im Nebel gefangen."

„Ich habe mir schon gedacht, dass ich bald von dir hören würde", antwortete er. „Du könntest noch ein oder zwei Tage festsitzen. Eine Regenfront ist im Durchmarsch. Es soll erst morgen Nachmittag aufklaren. Ich schätze, das wird schon zu spät sein, um dann noch aufzubrechen."

„Scheiße", fluchte ich.

„Was ist denn los? Du kommst doch normalerweise gut mit dem Wetter zurecht."

„Ich weiß, aber ich mache mir Sorgen um Gemma. Hast du irgendwelche Neuigkeiten?"

„Ich frage mal bei Daphne nach. Harley hat sich zurückgehalten."

„Zum Glück", antwortete ich mit einem Lachen.

„Soll ich Gemma etwas von dir ausrichten?", bot Flynn an.

Ich wollte Gemma bloß sehen. Ich wollte ihr nicht über einen Freund mitteilen, wie ich mich fühlte. Nicht jetzt. „Hoffentlich bin ich morgen zurück, und vielleicht ist die Wettervorhersage ja auch falsch."

Flynn lachte kurz auf. „Klar. Aber die ist normalerweise nur falsch, wenn schönes Wetter angesagt ist", gab er trocken zurück.

Ich seufzte. „Man wird ja wohl noch hoffen dürfen."

Kapitel Einunddreißig

GEMMA

„Ja!", rief Cat, während sie aus dem Meereswasser trat und dabei ein Netz hinter sich herzog.

Ich stand auf dem Sand, noch feucht von den Wellen, die sich am Ufer brachen. Fischen mit einem Kescher hatte ich noch nie gesehen und es war ein toller Anblick.

Cat strich sich die Zöpfe aus dem Gesicht, grinste mich an und befreite den Lachs aus dem Netz. Mit schnellen, geschickten Handgriffen schlug sie den Fisch tot und nahm ihn kurz darauf aus. Über uns kreischten lautstark Möwen. Eine stürzte sich auf den Fisch, um sich die Reste einzuverleiben.

Ich hatte Nora heute früh in der Stadt getroffen, um mit ihr und Cat zur Mündung des Kenai River nördlich von Diamond Creek zu fahren. Die Küste wurde von Minute zu Minute voller, immer mehr Leute kamen mit Kühlboxen, viele trugen Watstiefel, einige sogar Neoprenanzüge. Sie standen im eiskalten Wasser mit langstieligen Netzen, um die Lachse zu fangen, die flussaufwärts schwammen, um zu laichen.

Da ich erst kürzlich nach Alaska gezogen war, durfte ich nur zuschauen. Cat hatte mir auf der Fahrt dorthin die Regeln des Dipnetting erklärt, und wie das Ganze so abläuft. Sie hatte mir die Verantwortung für die Kühlbox übertragen, sobald sie und

Nora sich bereit gemacht hatten, ins Wasser zu gehen. Ich schüttete frisches Eis über den nächsten Fisch, den sie hineinlegte, und sah ihr nach, wie sie sofort wieder ins Wasser lief.

Etwa eine Stunde später grinste Nora mich an, während sie ihre Stiefel und Wathosen auf dem Parkplatz mit einem Schlauch abspritzte. „Wow, das ist ja heute schnell gegangen. Wir haben unser Limit innerhalb von drei Stunden erreicht."

Heute Morgen war alles so rasch gegangen, dass ich kaum mithalten konnte. „Ich kann nicht glauben, dass ihr fünfundvierzig Fische in diesen Kühlboxen habt." Ich war nicht nur für die Kühlboxen verantwortlich, sondern auch für das Zählen. Zuerst hatte ich gedacht, wir würden vielleicht von zehn Fischen sprechen, aber dann wurde mir klar, dass ich tatsächlich mitzählen musste, wenn ich nicht hinterher glitschige Fische durchwühlen wollte, um sie zu zählen. Ich hatte die rasante Zunahme auf meinem Handy notiert, bis die Gesamtzahl erreicht war.

Nora kicherte. „Das klingt zwar nach viel, aber das verputzen wir alles locker im kommenden Winter. Flynn, Cat und ich zählen als Haushalt. Für den Haushaltsvorstand bekommt man fünfundzwanzig Lachse und für jedes weitere Mitglied zehn mehr. Die Jungs im Personalhaus zählen als separater Haushalt, aber die kommen an einem anderen Tag."

Da Diego auf der anderen Seite der Bucht war und ich wegen unseres letzten Gesprächs ein wenig unruhig und besorgt war, war ich erleichtert, als Nora mich zu diesem Ausflug eingeladen hatte. Ich konnte zwar nicht behaupten, dass ich Diego heute völlig aus meinen Gedanken verdrängt hatte, aber er war nicht mehr so allgegenwärtig wie in letzter Zeit. Der Tag war einfach zu sehr ausgefüllt mit Aktivitäten und den Gerüchen und Geräuschen des Ozeans und den Rufen der Vögel. Ich hatte sogar einen Adler beobachtet, der am Ufer gelandet war, um jemandem einen Fisch abzuluchsen, nur wenige Augenblicke, nachdem dieser ihn an Land gezogen hatte.

„Das ist wohl das Verrückteste, was ich je gesehen habe.

Dabei habe ich Lachs schon in Seattle und Portland für eine große Sache gehalten", stellte ich fest.

Cat hielt neben mir inne und strahlte mich an. „Ich liebe Dipnetting. Das ist jedes Jahr mein Highlight. Nächstes Jahr darfst du auch mitmachen."

„Können wir den Termin so legen, dass ich nächstes Jahr mitkommen kann?", fragte ich.

Nora nickte, während sie ihre abgespülte Ausrüstung in einen leeren Behälter in einen der Trucks des Resorts warf. „Klar. Spaß macht es immer, aber zusammen ist es noch besser, und man braucht immer ein paar helfende Hände. Können wir?", fragte sie und sah Cat an.

„Klar. Holen wir unterwegs noch frisches Eis im Supermarkt", antwortete Cat.

Als wir im Truck saßen und zurück nach Diamond Creek fuhren und der morgendliche Trubel langsam nachließ, kam mir Diego wieder in den Sinn. Er beschäftigte mich ganz schön.

Cat saß am Steuer, weil sie wohl erst vor ein paar Tagen ihren Führerschein gemacht hatte. Sie hatte mir heute Morgen erklärt, dass dies ihr einziger Truck mit Automatikgetriebe sei. Obwohl sie auch mit Schaltgetriebe fahren konnte, fühlte sie sich mit Automatik einfach wohler.

Nora drehte sich auf dem Sitz vor mir zur Seite und legte ihren Arm über die Rückenlehne. „Und, wie läuft's mit Diego?"

„Keine Ahnung. Ich schätze, du hast wohl schon von diesen seltsamen Anrufen gehört."

Cat warf einen mitfühlenden Blick über ihre Schulter. „Das klappt schon. Diego mag dich wirklich."

„Konzentriere du dich mal dich auf die Straße", ermahnte Nora sie freundlich.

Cat gehorchte, und Nora lächelte mich an. „Diego mag dich wirklich. Er ist ein toller Kerl."

„Ich weiß", erwiderte ich, und mein Herz zog sich ein wenig zusammen. „Aber ich habe das irgendwie vermasselt. Es war zwar keine große Sache, aber er hat versucht, mit mir zu reden, und ich habe ihn einfach so abgewimmelt."

Nora sah mich mit ihren braunen Augen liebevoll an. „Du kannst doch das nächste Mal mit ihm reden, sobald sich die Gelegenheit ergibt."

Da stieß Cat auf dem Sitz neben ihr ein Schnauben aus.

„Was?", fragte Nora.

„Es ist nur lustig, dass du ihr empfiehlst, mit ihm zu reden. Du hast seit Wochen kein Wort mehr mit Gabriel gesprochen."

Nora knurrte ihre Schwester tatsächlich an, und ich musste lachen.

„Halt dich bloß aus meinen Angelegenheiten raus", erwiderte Nora, ohne mein unbeabsichtigtes Lachen zu bemerken.

„Niemals", entgegnete Cat schnell.

Während Nora mich wieder ansah, regte sich ein gewisses Mitleid bei mir. „Geschwister. Das ist nun mal so eine Sache. Ich kann das gut nachvollziehen. Ich habe einen Bruder. Aber mit zunehmendem Alter wird es besser."

Cat hielt den Blick auf die Straße gerichtet und rief mir zu: „Wirklich? Ich habe drei ältere Geschwister, und die haben alle eine Meinung zu allem, was ich tue."

Nora knuffte ihr leicht auf die Schulter. „Weil wir dich so lieben."

„Genau deshalb finde ich ja auch, dass du mit Gabriel reden solltest", erwiderte Cat.

Diesmal seufzte Nora und sah mich mit einem Achselzucken an. „Ich sollte mir darüber vielleicht kein Urteil erlauben, aber Cat hat recht. Diego mag dich wirklich. Ganz egal, ob ich nun selbst meinen eigenen Rat befolge oder nicht, du solltest mit ihm reden, sobald er zurück ist."

———

Ich blickte gedankenverloren auf die Uhr an der Wand des Yogastudios. Der Kurs war erst vor wenigen Minuten zu Ende gegangen, daher wusste ich genau, dass es kurz nach sechs war. Ich schaute aus dem Fenster und seufzte. Ich war allein im Studio und räumte auf. Der Himmel war neblig und es hatte den ganzen Nachmittag über leicht geregnet.

Ich war zwar keine Pilotin, aber ich wusste, dass es höchst unwahrscheinlich war, dass Diego heute wie geplant nach Diamond Creek zurückgeflogen war. Das änderte jedoch nichts daran, wie sehr ich ihn vermisste.

Auf dem Heimweg meldete ich mich bei meinen Eltern und meinem Bruder. Meine Mutter hat meine Entscheidung, auszusagen, gelassen aufgenommen. Ich vermutete, dass mein Bruder ihr gesagt hatte, sie solle nicht mehr ständig davon schwafeln, wie „befreiend" das alles für mich sein würde. Mein Vater telefonierte zwar nicht gerne, aber er meldete sich dennoch, um mir zu sagen, dass er mich liebhatte. Seltsamerweise war meine Angst vor der Aussage wie weggeblasen. Irgendwie hatte mir die Vorbereitung geholfen. Ich tat etwasGreifbares, anstatt mich nur zu sorgen. Von dem Anwalt hatte ich auch nichts mehr gehört. Darüber musste besonders lachen, weil Harley ihnen offenbar die Meinung gegeigt und mich danach extra angerufen hatte, um sicherzugehen, dass ich davon erfuhr.

An diesem Abend beschloss ich, mit Charlie einen Ausritt zu machen. Ich liebte die langen Sommertage, weil ich nach Feierabend mehr Zeit hatte, um diese mit den Pferden zu verbringen oder andere Dinge zu tun.

„Hey, Kumpel", begrüßte ich ihn und tätschelte ihm leicht den Hals, nachdem ich mich im Sattel niedergelassen hatte.

Ich passte die Zügel in meinen Händen an und stieß ihm leicht in die Flanken. Seit dem Vorfall, bei dem er mich abgeworfen hatte, ritt ich nur noch auf der Weide. Ich hatte ein paar Stangen zum Traben und einen kleinen Sprung aufgestellt.

Nach ein paar Minuten im Schritt, in denen wir das Anhalten und Wenden übten, zogen wir in einem leichten Trab los. Ich atmete tief ein und genoss die nach Fichten duftende Luft und seinen ruhigen Gang. Ich ritt in einem lockeren Rhythmus dahin, während wir entlang des Zauns unsere Kreise zogen. Nachdem wir die Stangen mehrmals überquert hatten, beschloss ich, den Sprung zu versuchen.

„Los geht's", flüsterte ich Charlie zu, während ich die Zügel etwas fester in meinen Händen zusammenführte.

Er sprang geschmeidig über das niedrige Hindernis. „Guter Junge." Ich tätschelte ihm den Hals und ritt zurück, um den Sprung erneut zu versuchen.

Diesmal kam das Tier jedoch so abrupt zum Stehen, dass ich über seinen Hals stürzte und direkt auf dem Hindernis landete. „Aua!"

Ein stechender Schmerz strahlte von meinem Ellbogen aus, der auf der Begrenzung aufgeschlagen war. Die war zwar nicht sehr hoch, höchstens dreißig Zentimeter, aber trotzdem.

Ich hielt ganz ruhig und verschaffte mir einen Überblick. Meine Hüfte pochte und mein Ellbogen tat höllisch weh, aber ansonsten fühlte ich mich gut. Charlie stand genau da, wo er stehen geblieben war, und musterte mich neugierig, als könne er sich nicht erklären, wie ich vor ihm gelandet war.

Ich bewegte mich vorsichtig und rappelte mich auf. „Nun, ich fürchte, wir waren noch nicht ganz bereit für mehr als einen Sprung", murmelte ich ihm zu.

Daraufhin schnaubte er und stupste mich an der Hüfte an. Ich trug meine Reithose und nicht meine Jeans, in deren Taschen ich normalerweise Leckerlis hatte. „Wir müssen zurück in den Stall, damit du eine Belohnung bekommst."

Ich humpelte mit ihm zurück in den Stall und machte mir ein wenig Sorgen um meinen Ellbogen. Obwohl dieser pochte, nahm ich ihm sein Zaumzeug ab, striegelte ihn und brachte ihn in seine Box. Ich beschloss, die Pferden heute früher zu füttern und dann Feierabend zu machen. Ich glaubte nicht, dass ich noch einmal zurückkommen würde, um sie rauszulassen.

Als ich wenig später unter der Dusche stand, sah ich eine blaue Stelle an meiner Hüfte und untersuchte meinen Ellbogen.

Der war auch total blau, aber ich hoffte, dass das schon das Schlimmste war.

Am nächsten Tag wachte ich mit unangenehmen Schmerzen auf. Meine Hüfte war trotz der fiesen Prellung wohl in Ordnung, aber mein Ellenbogen war über Nacht noch mehr angeschwollen. Ich würde meinen Yogakurs absagen und zum Arzt gehen müssen.

Kapitel Zweiunddreißig

DIEGO

Ich gaffte auf den Zettel, der an Gemmas Yogastudio geklebt war. „Der Unterricht fällt heute aus. Danke für euer Verständnis."

Was zum Teufel war da nur los? Ich war total besorgt. Gemma hatte nicht auf meine Nachricht geantwortet, die ich ihr gleich nach meiner Landung geschickt hatte, und niemand schien zu wissen, wo sie war.

Das war so gar nicht ihre Art. Ich kehrte zu meinem Truck zurück und tippte auf das Display, um Daphne anzurufen, sobald ich losgefahren war. „Hast du was von Gemma gehört?"

„Äh, nein", erwiderte Daphne langsam. „Ich habe gar nicht gewusst, dass du schon zurück bist."

„Ich bin vor einer halben Stunde gelandet. Ich bin gleich zu Gemmas Yogastudio gefahren, weil ich gedacht habe, sie hätte einen Abendkurs, aber an der Tür hängt ein Zettel, dass der Kurs ausfällt."

„Hast du schon versucht, sie anzurufen?", fragte Daphne besorgt.

„Natürlich habe ich schon versucht, sie anzurufen. Deswegen melde ich mich ja jetzt bei dir."

Daphne schwieg einen Augenblick, bevor sie sagte: „Ich weiß

nicht, wen wir sonst noch anrufen können. Sie lebt allein. Schau doch mal bei ihr vorbei. Ich werde weiterhin versuchen, sie zu erreichen."

Das gefiel mir überhaupt nicht. Ich lenkte meinen Truck in Richtung ihres Hauses und fuhr schneller als ich sollte. Ihr Auto war nicht da und das Haus war verschlossen. Die Pferde beobachteten mich von der Weide aus.

Ich hielt an, um die Tiere zu begrüßen, und sie streckten alle ihre Köpfe über den Zaun, damit ich sie streicheln konnte. „Ihr wisst wohl auch nicht, wo sie ist", murmelte ich.

Ich war total aufgewühlt und wollte nicht den ganzen Weg zum Resort fahren, bevor ich nicht wusste, wo Gemma war. Also holte ich mein Handy heraus und rief erneut an. Doch ich erreichte wieder nur ihre Voicemail.

„Gemma, hier ist Diego. Ich habe schon versucht, dich in deinem Yogastudio zu erreichen, aber dort heißt es, der Unterricht sei abgesagt. Ich wollte nur mal nachfragen, ob alles in Ordnung ist."

GEMMA

„Ist er verstaucht?", fragte ich den netten Arzt.

Der Arzt, der darauf bestand, dass ich ihn Quinn nennen sollte, nickte. „Ja. Deshalb ist die Schwellung ja auch so stark. Es wird alles wieder gut, aber so eine Verstauchung braucht genauso lange zum Heilen wie ein Knochenbruch."

„Das ist doch ein Witz", stammelte ich und schaute auf meinen lädierten Ellbogen.

Quinn lachte leise. „Der Ellbogen ist ein stark beanspruchtes Gelenk. Zum Glück trägt er jedoch kein Gewicht. Sie sollten ihn einige Wochen lang in einer Schlinge ruhigstellen. Ich empfehle Ihnen auch ein paar Übungen. Sie sind doch die neue Yogalehrerin in der Stadt, oder?"

Dann drehte er sich auf seinem Hocker herum und öffnete eine Schranktür neben der Theke. Er richtete sich auf, um etwas weiter oben im Regal zu erreichen, und holte eine in Plastik verpackte Schlinge herunter. „Mal sehen, ob die passt."

„Ich bin die Yogalehrerin", antwortete ich mit einem Lächeln, als er sich wieder zu mir umdrehte. „Aber ich musste meinen Unterricht heute absagen. Ich werde wohl eine Weile mit einer Schlinge unterrichten müssen."

„Das lässt sich doch machen. Yoga lässt sich auch mit einem

Arm und zwei Beinen unterrichten" antwortete er mit einem schiefen Lächeln.

„Dr. Haynes ...", begann ich

Er schüttelte den Kopf und tippte mit der Hand auf sein Namensschild, auf dem „Quinn Haynes, M.D." stand.

„Nennen Sie mich doch bitte Quinn. Dies ist eine kleine Stadt und ich bin der einzige praktische Arzt hier. Es fühlt sich komisch an, so förmlich zu sein, wenn ich Sie auch im Supermarkt oder vielleicht sogar mal auf einen Drink treffen könnte."

Ich lächelte, und ich war ganz gerührt. Langsam begann ich, mich hier so richtig zu Hause zu fühlen. Ich wollte allerdings nicht in der Praxis meines neuen Arztes in Tränen ausbrechen, also holte ich tief Luft.

„Quinn, mein Ellbogen muss wirklich wieder gesund werden. Mit den Einschränkungen beim Yoga komme ich klar, aber ich kümmere mich auch um vier Pferde."

„Ah, Sie haben also Claires ehemaligen Hof gemietet. Ich habe gehört, dass sie darüber nachdenkt, zu verkaufen."

„Wirklich?" Ich war über diese Neuigkeit derart überrascht, dass ich kaum bemerkte, wie Quinn mir gekonnt die Schlinge um den Ellbogen legte.

„So hört man. Die Mutter meiner Frau weiß alles und steht ihr auch sehr nahe. Sie stehen über Kurznachrichten, E-Mail und Telefon in Kontakt. Es ist ein tolles Haus. Wenn Sie die Pferde mögen, sollten Sie sie vielleicht anrufen."

Unsere Unterhaltung wurde von einer Krankenschwester unterbrochen, die Quinn mitteilte, dass ein neuer Patient da sei, ein kleiner Junge, der offenbar einen Angelhaken in der Hand hatte.

Quinn warf mir einen Blick zu, nachdem er die Schlinge angepasst hatte. „Weiter zum nächsten Patienten. Wir wären hier soweit fertig. Das Wichtigste ist, vorsichtig zu sein und den Arm nicht zu überlasten. Vereinbaren Sie doch einen Termin für die Nachuntersuchung in ein paar Wochen. Ansonsten war es mir eine Freude, Sie kennenzulernen. Vielleicht finde ich bald mal Zeit, bei Ihrem Yogakurs vorbeizuschauen.“

Damit eilte er davon, und ich tat, wie mir geheißen, und vereinbarte meinen nächsten Termin. Auf dem Weg nach draußen traf ich Quinns Frau Lacey, obwohl ich die zunächst nicht erkannte. Sie hielt mich auf dem Parkplatz an.

„Hey“, rief sie begeistert. „Sie sind doch die Yogalehrerin, oder?“

„Allerdings.“ Ich zögerte, weil ich nicht wusste, was ich sonst noch zu der Frau sagen sollte.

„Ich bin Lacey Haynes.“ Sie hielt inne und blickte auf meinen Arm in der Schlinge. „Alles in Ordnung?“

„Es geht schon. Ich habe mir den Ellbogen verstaucht. Wenn ich mich nicht irre, sind Sie Quinns Frau“, begann ich zögerlich.

„Genau.“ Lacey hatte etwas Warmes und Jungenhaftes an sich, mit ihren kastanienbraunen Haaren und den hübschen grünen Augen. „Ich komme nächste Woche mit meiner Schwester zu Ihrem Kurs. Ich wollte ja schon viel früher kommen, aber Sie wissen ja, wie das so ist.“

„Oh ja. Oft kommt einem das Leben einfach in die Quere“, antwortete ich. „Schön, Sie kennenzulernen. Ich bin übrigens Gemma Marlon.“

„Sehr erfreut. Das mit Ihrem Ellenbogen tut mir leid.“

Ich verdrehte die Augen. „Es ist doch bloß eine leichte Verstauchung, aber hoffentlich heilt sie schnell.“

„Bei Quinn sind Sie in den besten Händen. Geben Sie denn weiterhin Unterricht?“

„Oh ja. Zum Unterrichten brauche ich meinen Ellenbogen ja nicht“, sagte ich mit einem leisen Lachen.

„Übrigens, Diego sollte bald zurück sein“, fügte Lacey hinzu.

Sie musste meine Verwirrung gesehen haben und erklärte: „Sie sind doch mit ihm zusammen, oder?“

Da ich nicht wusste, wie ich darauf reagieren sollte, nickte ich, nur, weil ich wollte, dass sie weiterredete.

„Ich leite ein kleines Reisebüro und wir haben eine Gruppe

in den Katmai geschickt. Das Wetter hat alle aufgehalten, aber ich habe heute Morgen gehört, dass er zurückfliegt." Plötzlich vibrierte Laceys Handy und sie zog es aus der Tasche. Nachdem Sie einen Blick auf das Display geworfen hatte, rief sie: „Da muss ich rangehen. Schön, Sie kennengelernt zu haben, bis bald." Sie winkte mir zu und eilte davon.

Ich stieg in mein Auto und meine Gedanken kreisten wieder um Diego. Ich hatte versucht, nicht zu viel an ihn zu denken. „Versucht" war das entscheidende Wort. Denn dabei war ich kläglich gescheitert.

Ich wünschte, ich würde ihn nicht so sehr vermissen. Das alles schien doch lächerlich. Er war erst seit ein paar Tagen weg. Ich hatte das Gefühl, unser letztes Gespräch vermasselt zu haben, und ich hatte keine Ahnung, wie ich das wieder in Ordnung bringen konnte.

Diego war der erste Mann, der mich wünschen hatte lassen, ich hätte diesen Schandfleck in meiner Vergangenheit nicht. Denn welcher Mann würde schon mit einer Frau zusammen sein wollen, deren erster Kuss mit ihrem Trainer war?

Dabei wusste ich genau, dass es nichts brachte, so zu denken. Schließlich war das Ganze ja nicht meine Schuld gewesen. Und doch hatte ich die Vorstellung verinnerlicht, dass es meine Schuld gewesen war. Sowas passiert, wenn man versucht, Hilfe zu bekommen, und einfach nichts passiert.

Kapitel Vierunddreißig

DIEGO

Ich sehnte mich nach einer heißen Dusche und frischen Klamotten. Es hatte ohnehin keinen Sinn, Gemma sofort zu suchen. Sie hatte mir eindeutig zu verstehen gegeben, dass sie mich nicht sehen wollte. Und auf meine Nachricht hatte sie nicht geantwortet.

Aber meine Hände hatten offenbar andere Pläne. Sobald mein Truck die Straße erreichte, die zu ihrem Haus führte, bog ich ab. Ich fragte mich zwar, warum ich das tat, fuhr aber weiter.

Als ich bei ihr vorfuhr, hatte ich keinen Plan. Dann sah ich Gemma mit einem Arm in einer Schlinge in die Scheune gehen. Was zum Teufel?

Sie blickte nicht zurück, und ich nahm an, dass sie mich nicht hatte kommen hören. Also sprang ich aus meinem Truck, rannte über den Parkplatz und folgte ihr in die Scheune. Ich sah sie gerade, als sie in den Futterraum im hinteren Teil bog. Eine Sekunde später stand ich in der Tür.

„Was ist denn passiert?"

Gemma wirbelte schnell herum, ihre Augen weit aufgerissen. „Diego, was machst du denn hier?"

Ich lief zu ihr und betrachtete ihren Arm, den sie mit einer königsblauen Schlinge vor sich hielt.

„Was ist denn vorgefallen?", wiederholte ich.

Sie stieß einen leisen Seufzer aus und verdrehte die Augen. „Ich bin vom Pferd gestürzt. Ich hätte es besser wissen müssen, aber Charlie war so gut unterwegs. Es ist nichts Schlimmes. Ich habe mir nur den Ellbogen verstaucht. Quinn meint, ich muss ihn mir beim Sturz leicht verdreht haben."

„Tut es denn sehr weh?"

„Ein bisschen, aber mit der Schlinge geht es ganz gut. Ibuprofen reicht aus, um die Schmerzen zu lindern." Dann hielt sie inne und sah mir in die Augen. „Wie war dein Trip? Ich habe gehört, dass du wegen des Wetters aufgehalten worden bist."

Ich war total abgelenkt und musste mich erst zusammenreißen, um mich auf ihre Frage zu konzentrieren. „Hast du meine Nachricht bekommen?"

Sie sah mich verwirrt an. Dann holte sie ihr Handy aus der Tasche und tippte auf das Display, um es zu aktivieren. „Ah, ich habe den Anruf verpasst und nicht einmal nachgesehen, ob ich Nachrichten habe. Soll ich die Nachricht abspielen?"

„Nicht nötig. Ich wollte bloß wissen, ob alles in Ordnung ist. Das ist alles."

„Wie war dein Trip?", fragte sie erneut.

„Ganz in Ordnung. Zwei Tage lang war das Wetter prächtig, aber am Tag unserer Abreise sind wir bei dichtem Nebel und Nieselregen aufgewacht."

Wir musterten uns schweigend, und der Raum um uns herum schien voller Gefühle zu sein. Ich wollte sie ja nicht drängen, aber ich wollte ihr dennoch sagen, was ich fühlte. Da erinnerte ich mich an Natalies Rat. *„Vergiss bloß nicht, ihr zu sagen, wie viel sie dir bedeutet. Das ist die Hauptsache."*

„Ich weiß, dass das Timing nicht gerade ideal ist, aber ich möchte, dass du weißt, dass ich mich in dich verliebt habe – und zwar so richtig. Ich kann gut verstehen, wenn du nicht genauso fühlst, aber ich wollte, dass du weißt, was ich empfinde."

Da öffnete Gemma den Mund und holte zischend durch die

Zähne scharf Luft. Als sie dann schnell blinzelte, fiel mir auf, dass sich ihre Augen mit Tränen füllten.

„Oh, verdammt. Ich wollte dich doch nicht zum Weinen bringen."

Ich ging auf sie zu, um sie zu umarmen, und ein Gefühl der Erleichterung und Zufriedenheit durchströmte mich, als ich sie in meine Arme schloss. Ich bewegte mich vorsichtig, um ihren verletzten Ellenbogen nicht zu berühren. Sie war weich und warm und schmiegte ihren Kopf in meine Halsbeuge. Ich atmete ihren Duft ein und genoss das Gefühl, sie wieder in meinen Armen zu haben.

Dann flüsterte sie etwas gegen meine Brust. „Was hast du da gesagt, Süße?"

Sie hob den Kopf und sah mich mit funkelnden Augen an. „Ich verliebe mich auch gerade in dich. Und zwar richtig."

In ihrem Blick blitzte Verletzlichkeit auf, während mein Herz heftig gegen meine Rippen schlug und ich kaum Luft bekam. Ich fuhr mit meiner Hand ihren Rücken hinauf, legte sie sanft in ihren Nacken, senkte meinen Kopf und streifte ihre Lippen mit meinen. Es knisterte zwischen uns, aber ich unterdrückte den Drang, mich in einen tiefen, innigen Kuss zu stürzen.

„Nun, das sind doch mal gute Nachrichten", flüsterte ich, während ich meinen Kopf hob und meine Lippen ein Lächeln zeigten.

Wir standen da und musterten uns in dem verlassenen Raum. In der Ferne hörte man ein Pferd wiehern, und draußen vor der Scheune schrie eine Elster. Ein Sonnenstrahl fiel durch das Fenster und beleuchtete die Staubkörnchen, die in der Luft schwebten.

Gemma lächelte langsam. „Das waren jetzt vier viel zu lange Tage", flüsterte sie.

„Ach ja?"

Eine Haarsträhne fiel ihr über die Augen, als sie nickte, und ich hob meine Hand, um sie wieder hinter ihr Ohr zu streichen.

Dann küssten wir uns und versanken in einem Kuss nach dem anderen. Ich verlor alles um mich herum aus den Augen, außer dem Gefühl ihrer Zunge, die über meine glitt, dem sanften Nachgeben ihrer Lippen und den leisen Geräuschen, die aus ihrer Kehle kamen.

Jede Empfindung verwandelte sich in meinem Inneren in einen Sturm aus Verlangen. Einzig ihre Schlinge riss mich aus dieser Trance.

Ich hob ruckartig den Kopf. „Scheiße. Ich habe ganz auf deinen Arm vergessen. Alles in Ordnung?"

Da musterte Gemma mich, ihre Augen waren dunkel und ihre Lippen prall von unseren Küssen. „Ja. Deshalb habe ich ja die Schlinge. Ich kann meinen Arm kaum bewegen." Dann legte sie den Kopf schief. „Sag mir jetzt bloß nicht, dass du jetzt aufhörst."

Ich war total durch den Wind, ein Gefühl, das mir nicht besonders vertraut war, und trat einen Schritt zurück, um wieder einen klaren Gedanken fassen zu können. „Gemma, du bist verletzt."

Sie presste ihre Lippen zu einer schmalen Linie zusammen. „Das ist doch bloß mein Ellbogen, nur eine kleine Verstauchung. Das geht schon."

„Lass uns erst mal die Pferde versorgen", wich ich aus.

Gemma seufzte tief. „Na gut. Deshalb bin ich ja auch hier rausgekommen."

Erleichtert folgte ich ihr und half schnell dabei, das Heu und Futter für die Pferde vorzubereiten. Sie war hingegen total genervt, als ich darauf bestand, das ganze Heu zu tragen.

„Das kann ich auch", entgegnete sie.

Ich warf ihr einen langen Blick zu. „Das weiß ich doch. Aber wenn ich zwei Arme habe, wäre es doch unsinnig, dass du dich mit nur einem Arm abmühst, diese Ballen zu schleppen."

Sie verdrehte die Augen und verschwand, um die Pferde reinzulassen. Ein paar Minuten später standen wir in ihrer Küche.

Sie ließ ihren Blick über mich schweifen. „Erzähl mir mehr von deinem Trip."

Ich zuckte mit den Schultern. „Da gibt es nicht viel zu erzählen. Die Aussicht war toll, und die Familie, die die Reise gebucht hatte, hatte jede Menge Spaß dabei, Bären zu beobachten. Es war alles gut, bis wir im Nebel versunken sind. Dabei wollte ich doch unbedingt zurück."

Gemma senkte den Blick und fuhr mit dem Finger um ein leeres Glas auf der Arbeitsplatte. Als sie wieder aufsah, wirkte sie gequält. „Es tut mir leid."

„Wofür?"

„Ich bin irgendwie ausgeflippt und habe dich richtiggehend von mir weggestoßen, bevor du abgereist bist."

„Schon gut. Ehrlich. Du hattest ja allerlei um die Ohren."

Wir standen nur etwa einen halben Meter voneinander entfernt da, und ich streckte wieder die Hand nach ihr aus. Ich musste sie unbedingt spüren. Das Gefühl haben, sie zu halten.

Da rückte sie näher an mich heran und schmiegte ihr Kinn in meine Halsbeuge. Ich fuhr mit meinen Fingern durch ihr Haar und atmete ihren Duft ein. Und bevor ich noch wusste, wie mir geschah, küssten wir einander erneut und meine Erregung war kaum noch zu bändigen. Wieder löste ich mich von ihr, lehnte meinen Kopf zurück und schnappte nach Luft.

„Ich kann einfach nicht die Hände von dir lassen", grinste ich.

Gemma drückte mir einen heißen Kuss auf mein Kinn. „Kein Problem für mich", erwiderte sie mit verschmitztem Tonfall.

Bevor ich mich versah, hatte sie auch schon meine Jeans aufgeknöpft und ihre Handfläche glitt um meinen Schwanz. Ein klarer Beweis für ihre Hartnäckigkeit und meine Schwäche für sie. Sie war auch mit einer Hand so geschickt, dass ich nicht mal klar genug denken konnte, um irgendwelche Einwände anzubringen. Als nächstes schloss sich ihr Mund um meine Eichel und sie saugte mich in ihre warme Tiefe.

Es war ein einziger Strudel aus Hitze und dem glitschigen

Saugen ihres Mundes. Ich kam, bevor ich auch nur versuchen konnte die Kontrolle über den Augenblick zurückzugewinnen. Gemma richtete sich mit einem zufriedenen Lächeln auf und fuhr sich mit der Zunge über die Lippen. „Siehst du, du hast mir überhaupt nicht wehgetan."

Ich warf ihr einen finsteren Blick zu, auch wenn dieser eher schwach ausfiel. Dann überredete ich sie, mit mir zu duschen, und dort brachte ich sie mit meinen Fingern zum Höhepunkt. Danach, als wir auf der Couch lagen, rief ich im Resort an, um irgendwen zu bitten, mir Klamotten vorbeizubringen. Denn ich wollte Gemma heute Nacht auf keinen Fall verlassen.

Kapitel Fünfunddreißig

GEMMA

Vier Monate später – Herbst

„Wie war ich?", fragte ich, total erschöpft, aber erleichtert, was wie Balsam für meine angespannten Nerven war.

„Unglaublich", erwiderte der Staatsanwalt entschieden.

Er legte mir seine Hände auf die Schultern, und seine Berührung war fest und beruhigend. Dann führte mich aus dem Gerichtssaal, wo schon meine Eltern und mein Bruder warteten. Mein Bruder senkte den Kopf. „Das hast du echt klasse gemacht. Ich weiß, dass das nicht einfach gewesen sein kann.

Ich stand einen Augenblick einfach nur da und spürte, wie sich die Anspannung in meinem Körper löste. Ich fühlte mich tatsächlich ziemlich gut. Die Wahrheit zu sagen war viel einfacher gewesen, als ich erwartet hatte.

„Und, welche Erfolgsaussichten rechnest du dem Verfahren aus?", fragte ich meinen Bruder, nachdem mich meine Eltern umarmt hatten.

„Ganz gut. Der Staatsanwalt hat mir erzählt, dass sie mit der Anklage gewartet haben, bis sie einen stichhaltigen Fall vorlegen konnten. Sie haben auf jeden Fall die besseren Karten. Bei so vielen Zeugen wird er sich noch wünschen, einen Rückzieher gemacht und einen Deal akzeptiert zu haben. Aber das hätte er sich früher überlegen sollen. Ich kann mir kaum vorstellen, dass der Staatsanwalt jetzt noch nachgibt."

Ich konnte immer noch nicht glauben, dass das Gespenst, das mich seit der Highschool verfolgt hatte, endlich verschwunden war. Das kraftvolle Sonnenlicht machte kurzen Prozess mit dunklen Geheimnissen. Außerdem konnte ich kaum glauben, dass ich nie allein gewesen war. Einige der alten Wunden und zerbrochenen Freundschaften, die nach dem Vorfall mit dem Softballteam entstanden waren, waren tatsächlich geheilt. Wir konnten zwar die Vergangenheit nicht zurückdrehen, aber wir konnten gemeinsam aufatmen, dass die Wahrheit ans Licht gekommen war und dass das Handeln unseres Trainers nun echte Folgen nach sich zog.

EPILOG

Gemma

Sechs Monate später – Frühling

Ein paar Monate nach dem Prozess hatte ich das Gefühl, dass ich endlich mit diesem Teil meiner Vergangenheit abgeschlossen hatte. Mein ehemaliger Trainer war wegen mehrerer Vergehen verurteilt worden und saß gerade seine Strafe ab. Dieser Teil meiner Vergangenheit war nun endlich vorbei und würde mich nicht mehr weiter verfolgen.

Diamond Creek fühlte sich mittlerweile wie mein Zuhause an, und ich liebte es hier. Ich war mit Diego in der Bank, an einem ausgesprochen unromantischen Ort. Die Kundenbetreuerin hatt kurz ihr Büro verlassen und nun warteten wir alleine auf sie.

Ich sah Diego an, der neben mir auf einem Stuhl saß. „Bist du dir da auch ganz sicher?"

„Absolut", erwiderte er ohne die geringste Unsicherheit.

Wir waren hier, um die Formalitäten für den Kauf des Hauses und des Grundstücks, das ich gemietet hatte, abzuschließen. Die Pferde waren mit dabei. Innerlich war ich ziemlich aufgekratzt. Das alles fühlte sich so endgültig an, und dabei waren wir noch nicht mal verheiratet.

Plötzlich überkam mich ein Gefühl der Unsicherheit. Ich schluckte und versuchte, die Angst zu unterdrücken, die sich wie eine Schraubzwinge um meine Brust legte. Ich stellte erst fest, dass meine Hände kalt und feucht waren, als ich spürte, wie seine sich um eine meiner Hände schloss, die auf der glatten hölzernen Armlehne ruhte.

Sein Griff war warm, fest und sicher, wie alles an ihm. „Sieh mich an, Gemma."

Ich wandte mich ihm zu und mein Blick traf seinen. „Keine Panik. Natürlich bin ich mir sicher. Ich liebe dich und möchte den Rest meines Lebens mit dir verbringen. Ein gemeinsames Haus zu kaufen ist da doch reine Formsache. Außerdem ziehen wir das nur so schnell durch, weil es ein Gegenangebot für die Immobilie gegeben hat und wir uns entscheiden mussten, entweder zuzuschlagen oder darauf zu verzichten."

„Du willst den Rest deines Lebens mit mir verbringen?", piepste ich.

„Ich fürchte, wir haben da einen Schritt übersprungen", sagte er und strich mit seinem Daumen über meinen Handrücken. Dann drehte sich zu mir, hob meine Hand, drehte sie herum und hauchte in der Mitte einen Kuss darauf. „Möchtest du mich heiraten? Mir wird gerade klar, dass das für mich immer eine Selbstverständlichkeit war, aber ich habe ganz darauf vergessen, dir Bescheid zu geben."

Dann lachte und weinte ich zugleich, und er fragte mich, ob das hieß, dass ich einverstanden war.

„Ja, natürlich ja!"

In diesem Augenblick kam die Kundenbetreuerin zurück in ihr Büro. Sie stand regungslos in der Tür und legte ihre Hand auf den Türknauf. „Alles in Ordnung?"

„Ja", antwortete ich, diesmal ruhiger.

Vielleicht war das ja nicht unbedingt der romantischste Moment, aber für mich war es das Allerschönste, Seite um Seite

Unterlagen zu unterschreiben, nachdem wir beschlossen hatten, zu heiraten. Das fühlte sich so an, als wäre jede Unterschrift ein weiteres Zeichen unserer Verbundenheit.

DIEGO

Mehr als drei Jahre später

Ich passte den Kurs des Flugzeugs in der Luft an und warf einen letzten Blick auf die Berge vor uns, kurz, bevor die Räder auf der Landebahn aufsetzten und das Flugzeug leicht aufsprang. Ich bewegte mich in Rekordgeschwindigkeit, holte die Passagiere aus dem Flugzeug, erledigte die Nachflugkontrollen, schloss den Hangar ab und machte mich auf den Weg nach Hause.

Ich liebte meinen Job immer noch, aber sobald ich aus der Luft war, wollte ich immer so schnell wie möglich nach Hause. Zum Glück hatte ich einen Chef, der so nett war, mich in den letzten Monaten nicht mehr auf so viele mehrtägige Trips zu schicken. Gemma war schwanger und bald sollte unser Baby zur Welt kommen.

Auf dem Heimweg gab ich Gas. Lächelnd fuhr ich an der Stelle vorbei, an der ich Gemma aufgeschnappt hatte, nachdem Charlie sie vor einigen Jahren abgeworfen hatte. Wir hatten Charlie immer noch, und er warf sie immer noch gelegentlich ab. Er führe immer irgendwas Fieses im Schilde. Ich war zutiefst erleichtert, dass Gemmas Arzt ihr dringend davon abgeraten hatte, während der Schwangerschaft auf einem Pferd zu reiten, das dazu neigte, sie abzuwerfen. Ich glaube, ich hätte sie mit meiner Sorge in den Wahnsinn getrieben, wenn ich nicht im Job alle Hände voll zu tun gehabt hätte.

Gerade als ich in unsere Einfahrt bog, klingelte mein Handy. Ich sah Gemmas Namen auf meinem Armaturenbrett und nahm den Anruf so schnell wie möglich entgegen. „Was ist denn los?"

„Ich bin im Krankenhaus. Meine Fruchtblase ist geplatzt."

In Sekundenschnelle raste ich durch die Stadt, entschlossen, im Krankenhaus anzukommen, bevor sie tatsächlich das Baby bekam. Wir wussten immer noch nicht, ob es ein Mädchen oder ein Junge war. Die ganze Schwangerschaft lang hatten wir uns so auf den Augenblick gefreut, das Geschlecht des Kindes herauszufinden. Und nun konnte ich nur noch daran denken, ob Gemma die Geburt überleben würde.

Ich rannte durch das Krankenhaus und hätte fast Violet Hamilton umgerannt. Sie rief mir hinterher: „Nichts passier!", obwohl meine Entschuldigung nur ein hastiger Ruf über meine Schulter gewesen war. „Sie wird es schaffen!"

Als ich in den Kreißsaal eilte, musterte Gemma mich. „Es geht wirklich schnell", stieß sie zwischen zwei Atemzügen hervor.

„Warum das?", fragte ich den Arzt, als wäre das ein Problem.

Der Arzt sah mich ruhig an. „Betrachten wir es doch als Segen. Ihre Aufgabe ist es nun, sie zu unterstützen."

Vier Stunden später war mir klar, warum viele Leute davon überzeugt sind, dass Frauen stärker sind als Männer. Ich hatte keine Zweifel an Gemmas Stärke gehegt, aber meine emotionale Belastbarkeit war an ihre Grenzen gestoßen. Ich hatte wirklich keine Ahnung, wie Männer das durchstehen, wenn die Wehen noch länger dauern.

Sobald unser kleiner Junge seinen ersten Schrei von sich gab und der Arzt mich herüberrief, um ihm beim Durchtrennen der Nabelschnur zu helfen, gaben meine Knie fast nach. Das Nächste, an das ich mich erinnere, ist, dass ich mein Kinn auf Gemmas Schulter legte, während sie unseren Sohn zum ersten Mal stillte. Das Krankenhauspersonal konnte meine Schwestern nur noch eine weitere Stunde lang zurückhalten.

So neugierig und aufdringlich meine Schwestern auch sein konnten, nach unserer Rückkehr nach Hause waren sie ein Geschenk des Himmels. In meiner Freizeit hatte ich den oberen Teil der Scheune zu einem Gästehaus umgebaut. Alle vier Schwestern blieben wochenlang bei uns. Sie kochten für uns und kümmerten sich um alles, während Gemma und ich uns in unsere neue Rolle als Eltern einlebten.

„Du schaffst das schon, Diego“, sagte Harley.

Ich hielt unseren Sohn mit einer Hand und wärmte mit der anderen vorsichtig eine Flasche mit Gemmas Muttermilch auf. Wir hatten ihn nach meinem Vater Jacob genannt.

„Meinst du?“

In diesem Augenblick kam Gemma aus dem Schlafzimmer, ihre Schritte waren kaum zu hören, als sie durch die Küche zu uns kam.

Harley zwinkerte mir zu und verschwand aus der Küchentür, sodass ich mit meiner kleinen Familie, meiner ganzen Welt, allein war.

„Aber natürlich schaffst du das“, flüsterte Gemma und beugte sich zu mir, um mir einen Kuss auf die Lippen zu geben.

„Manchmal bin ich mir da nicht so sicher.“ Ein Kind zu haben war aufregend und beängstigend zugleich.

„Auf jeden Fall“, entgegnete Gemma entschlossen. „Wir schaffen das gemeinsam.“

Daraufhin legte ich meinen freien Arm um sie, und ich hatte buchstäblich das Gefühl, als wäre ein Schloss eingerastet, als ich meinen Sohn in einem Arm hielt und Gemma an mich drückte. Alles war genau so, wie es sein sollte. Genau so, wie ich es wollte.

Melden Sie sich unbedingt für meinen Newsletter an, um die neuesten Nachrichten, Leseproben und mehr zu erhalten! Klicken Sie hier, um sich anzumelden: https://jhcroixauthor.com/DE

Gabriel ist tabu. Und das aus gutem Grund. Er ist nämlich der Kumpel von Noras älterem Bruder. Außerdem ist er brandheiß und *viiiel* zu verführerisch.

Die beiden *denken*, sie könnten ihre kleine Affäre geheim

halten. Sie *denken*, sie könnten „Freunde mit gewissen Vorzügen"
sein. Spoiler: Die beiden könnten nicht falscher liegen.

Erst als Nora Gabriel die kalte Schulter zeigt, begreift er, wie
weh es tut, sich selbst das Herz zu brechen.

Der grummelige, unfassbar heiße ehemalige Militärpilot
muss einen Weg finden, die einzige Frau zurückzugewinnen, die
jemals sein Herz gestohlen hat.

1 - Klick: Der Weg zurück zu uns, Firefighter-Romanze

ÜBER DEN AUTOR

USA Today-Bestsellerautorin J. H. Croix lebt mit ihrem Mann und zwei verwöhnten Hunden in einer kleinen Stadt in Maine. Croix schreibt zeitgenössische Liebesromane mit starken Frauen und Alphamännern, die sich nicht scheuen, Gefühle zu zeigen. Ihre Liebe zu schrulligen Kleinstädten und den dort lebenden Charakteren spiegelt sich in ihren Texten wider. Machen Sie einen Spaziergang auf der wilden Seite der Romantik mit ihren Bestseller-Romanen!

jhcroixauthor.com

facebook.com/jhcroix

instagram.com/jhcroix

bookbub.com/authors/j-h-croix

www.ingramcontent.com/pod-product-compliance
Lightning Source LLC
Chambersburg PA
CBHW060358310726
48976CB00003B/863